LEE NEWBERY

Y LLWYNOG TÂN OLAF

Lee Newbery. Mae Lee yn byw gyda'i ŵr, ei fab a'u dau gi mewn tref lan môr yng ngorllewin Cymru. Yn ystod y dydd mae'n cynorthwyo pobl fregus i ddarganfod gwaith a dysgu sgiliau newydd, a gyda'r nos mae'n eistedd wrth ei liniadur i ysgrifennu. Mae Lee'n mwynhau anturio, yfed llawer gormod o de a rhoi cwtshys i'r cŵn.

LEE NEWBERY

Y LLWYNOG TÂN OLAF

DARLUNIAU GAN **LAURA CATALÁN**

ADDASIAD GAN **SIAN NORTHEY**

Firefly

Cyhoeddwyd gyntaf yn Gymraeg yn 2022
gan Firefly Press
25 Heol Gabalfa, Ystum Taf,
Caerdydd CF14 2JJ
www.fireflypress.co.uk

Testun © Lee Newbery 2022
Darluniau © Laura Catalán 2022
Mae'r awdur a'r dylunydd yn datgan eu hawl moesol
i gael eu hadnabod fel awdur ac artist yn unol â
Deddf Hawlfraint, Dylunio a Phatentau 1988.
Cyhoeddwyd yn wreiddiol yn Saesneg yn 2022
dan y teitl *The Last Firefox* gan Puffin Books,
rhan o grŵp Penguin Random House o gwniau.
Addasiad Cymraeg gan Sian Northey 2022

Cedwir pob hawl.
Ni chaniateir atgynhyrchu unrhyw ran o'r llyfr hwn,
na'i gadw mewn cyfundrefn adferadwy, na'i drosglwyddo
mewn unrhyw ddull na thrwy unrhyw gyfrwng electronig,
mecanyddol, ffotocopïo, recordio, nac fel arall,
heb ganiatâd ymlaen llaw gan y cyhoeddwr.
Mae cofnod catalog CIP o'r llyfr hwn
ar gael yn y Llyfrgell Brydeinig.

ISBN 978-1-915444-26-4

Cyhoeddwyd gyda chymorth ariannol
Cyngor Llyfrau Cymru.

Cysodwyd gan: Tanwen Haf
Argraffwyd a rhwymwyd gan: CPI Group (DU) Cyf.,
Croydon, Surrey CR0 4YY

Hwn yw llyfr fy nghalon –

ar gyfer Tom a Parker, pobl fy enaid.

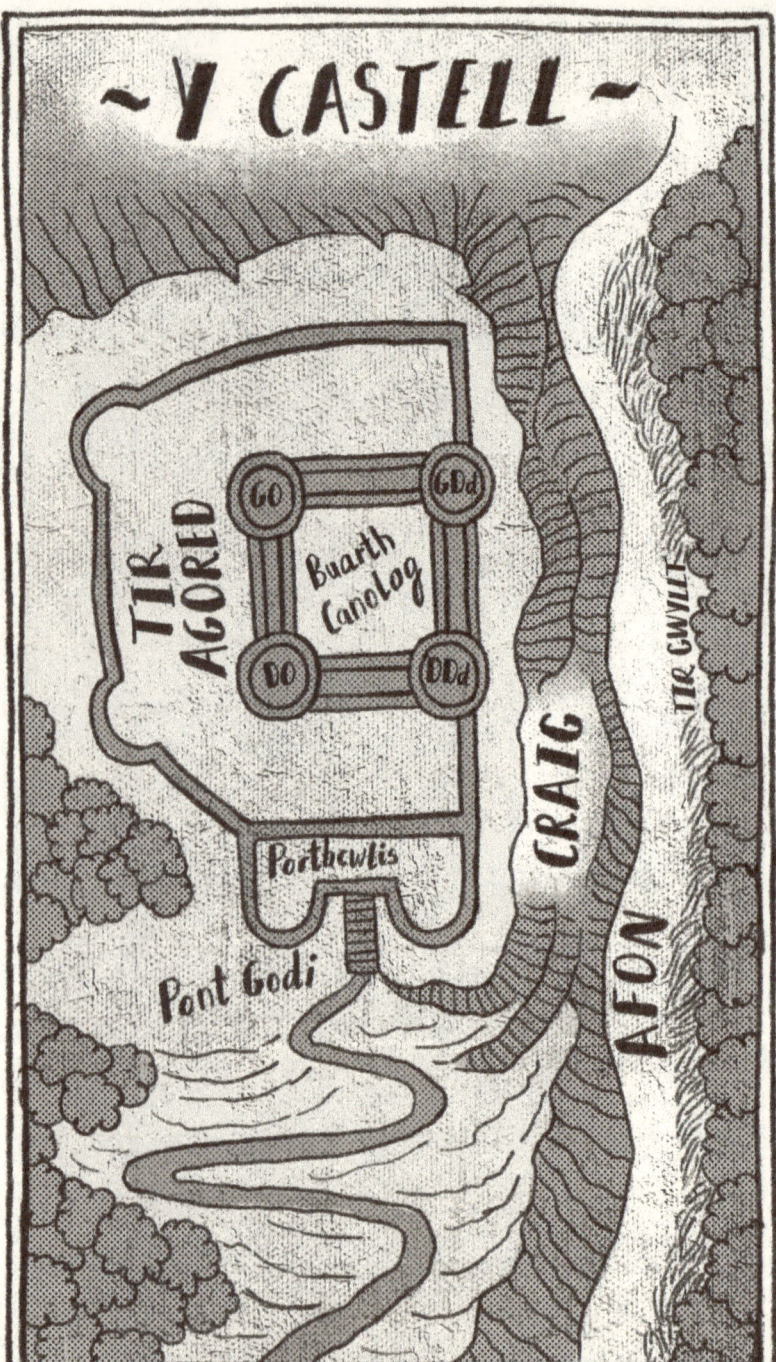

Pennod 1

Mae yna ŵydd yn rhedeg ar fy ôl i, mae hi'n mynd i fy lladd, a bai Gwenno ydi hyn i gyd.

Fyddwn i ddim yn y llanast yma heblaw amdani hi a'i syniadau gwallgof. Mae'r gêm cerrig crynion yn un enghraifft o'i syniadau gwallgof. Fisoedd yn ôl fe ddarllenodd am deuluoedd yn cuddio cerrig crwn mewn parciau er mwyn i deuluoedd eraill eu darganfod. I ddechrau, rhaid peintio'r garreg, ac yna, pan wyt ti'n darganfod carreg rhywun arall mi wyt ti'n ffeirio honno efo dy garreg di fel bod rhywun arall yn gallu darganfod honno.

Ac felly mae'r gêm yn mynd yn ei blaen. Wel, fe benderfynodd Gwenno fod angen i ni greu ein fersiwn ein hunain.

A phan mae Gwenno'n penderfynu rhywbeth, does gen i a Rŵ ddim dewis ond cyd-fynd. Mae pob un ohonom yn ei dro yn cuddio carreg wedi'i pheintio yn rhywle o amgylch Bryncastell, lle 'dan ni'n byw, ac yn rhoi cliw yn ein sgwrs grŵp. Mae'r un cyntaf i gael hyd i'r garreg yn cael ei chadw ac yn cuddio ei garreg ei hunan.

Roedd o'n hwyl i ddechrau. Ond yna roedd Gwenno yn eu cuddio mewn llefydd mwy – wel, mwy gwahanol, dduda i. Bythefnos yn ôl bu rhaid i Rŵ ofyn i'r dyn sy'n cadw'r stondin anifeiliaid anwes yn y farchnad godi carreg Gwenno allan o un o'i danciau pysgod. Cyn hynny roedd rhaid i mi dyrchu ym mhwll peli y ganolfan chwarae yn y dref, a phlant bach yn neidio i fyny ac i lawr ar fy mhen.

Felly pan anfonodd Gwenno ei chliw diweddaraf nid oedd Rŵ na finnau'n rhuthro i fod y cyntaf i ddarganfod y garreg.

Byddwch yn ei gweld yn y Tŷ Hwyaid.

Wn i ddim lle mae hi'n cael y syniadau hyn.

Edrychodd Rŵ arna i ac ysgwyd ei ben. 'Mi gei di wneud hwn.'

Roedd rhaid meddwl yn galed, ond yn y diwedd penderfynais mai'r blwch nythu ar ochr y llyn yn y parc oedd yr unig le ym Mryncastell y gallai Gwenno ei olygu pan ddywedodd 'Tŷ Hwyaid'.

Cwt bach pren yw'r bocs nythu wedi'i adeiladu ar lwyfan bychan yn y dŵr, ddim ymhell o'r lan. Palas ar gyfer hwyaid. Y cyfan oedd rhaid i mi ei wneud oedd neidio i'r llwyfan bach, plygu i lawr trwy'r drws bach a gafael yng ngharreg Gwenno.

Swnio'n ddigon hawdd, tydi?

Ac mi oedd o'n ddigon hawdd, i ddechrau. Edrychais i wneud yn siŵr nad oedd yna hwyaid o gwmpas ac yna neidio o'r lan i'r llwyfan. Wedyn plygais i lawr ar fy mhedwar a rhoi fy mhen trwy'r drws bach.

Roedd o'n edrych yn lle clyd iawn, er ei fod o'n drewi braidd. Roedd yno ddigonedd o wair sych a phethau eraill mae hwyaid eu hangen. Ac yng nghanol y gwair roedd y garreg. Carreg gron a llyfn, a llun o'r haul wedi'i beintio arni, a'r pelydrau cynnes melyn yn dod ohono fel tonnau.

A!

Ond doeddwn i ddim yn hapus am yn hir. Roeddwn i'n ymestyn fy llaw i afael yn y garreg pan glywais sŵn hisian annifyr y tu allan. Aeth fy nghorff yn dynn i gyd, ac yn araf iawn dechreuais gropian am yn ôl allan o'r cwt bach.

Cyn hyn doedd gen i ddim llawer o farn un ffordd neu'r llall am wyddau. Roeddwn i'n gwybod bod elyrch yn gallu bod yn greulon (mae ganddyn nhw yddfau hirion, hirion sy'n troelli bob sut ac adenydd sy'n gallu torri eich braich efo un trawiad) ond doeddwn i heb ystyried sut bethau oedd gwyddau.

Wel bellach dw i'n gwybod y gwir: gwyddau yw'r anifeiliaid mwyaf dychrynllyd sydd ar y Ddaear.

Roedd yr ŵydd hon yn anferthol. Hon yn bendant oedd pennaeth y gwyddau. Roedd ganddi lygaid gloywddu, yn llawn casineb, a llond ceg o bigau bach mewn rhes fel dannedd.

Rhythodd arna i, ac yn araf iawn ac yn fygythiol iawn dywedodd 'Honc'.

Fe wnes rhyw sŵn tebyg i fabi. Roedd yn rhaid i mi adael y llwyfan bach.

Fel petai wedi darllen fy meddwl sythodd yr ŵydd ei gwddw i fyny a lledu ei hadenydd. Dechreuodd eu hysgwyd a chamu tuag ataf. Sgrechiais a neidio tuag at y lan fwdlyd oedd tua metr i ffwrdd.

A methu.

I chi gael gwybod, mae dod allan o dŷ hwyaid pen ôl yn gyntaf yn chwalu eich synnwyr cyfeiriad. Doeddwn i ddim yn gwybod yn iawn lle oeddwn i ac fe neidiais i'r cyfeiriad anghywir. Yn hytrach na glanio ar dir sych glaniais yn y dŵr, a suddo o dan yr wyneb.

Roedd yr oerfel yn sioc. Tydw i ddim yn hoff o oerfel. Dw i'n hoff o byjamas sydd newydd ddod allan o'r sychwr a sanau ychydig yn fwy fflwfflyd na'r cyffredin.

Wel, doedd gan y llyn ddim fflwff ychwanegol. Roedd ganddo lysnafedd a slwj a llaca ychwanegol, o oedd, ond *dim* fflwff.

Pan ddois i yn ôl i'r wyneb, yn trio cael fy ngwynt, roedd yna ddeilen lili'r dŵr yn sownd i fy moch. Ac yna fe wnaeth rhywbeth meddal daro fy nhalcen a bownsio i mewn i'r dŵr, fel petai rhywun yn taflu malws melys ata i. Tynnais y ddeilen lili oddi ar fy moch a rhythu ar lan y llyn.

Roedd hen wraig yn sefyll yno, ac wrth ei hymyl roedd Casi, merch roeddwn i'n ei hadnabod o'r ysgol. Mae ganddi wallt melyn a gwên annwyl, ond ar y funud roedd hi'n edrych arna i'n gegagored.

Ac yna mi wnaeth 'na rywbeth arall daro fy wyneb.

'Ym, Nain,' meddai Casi. Gwelais o'i hwyneb ei bod wedi fy adnabod. Doeddwn i ddim yn siŵr be arall oedd yn mynd trwy'i meddwl. Teimlo trueni trosta i, efallai? 'Nid hwyaden ydi hwnna. Gewch chi stopio taflu bara.'

Rhoddodd yr hen wraig y gorau i rwygo darnau o fara oddi ar y dorth sych oedd ganddi (yn amlwg yn llwyr anwybyddu'r arwydd **'Peidiwch â bwydo bara i'r hwyaid'** oedd wrth ei hymyl ar y lan). Rhythodd arna i dros dop ei sbectol. 'Nage? Ro'n i'n meddwl ei bod hi'n edrych braidd yn od. Be ydi o, 'ta?'

'Ci, ym, ci heb flew, dw i'n meddwl,' atebodd Casi. 'Ac mae o ar fin cael ei fwyta gan ŵydd flin. Dowch o 'ma.' Ac fe arweiniodd ei nain oedrannus oddi wrth y llyn.

Roedd gen i ffasiwn gywilydd. Roedd fy mochau mor goch a phoeth mi fyswn i wedi taeru bod dŵr y llyn yn anweddu.

Ond. Be oedd Casi newydd ei ddweud?

Clywais hisian buddugoliaethus y tu ôl i mi. Edrychais dros fy ysgwydd a gwneud sŵn fel babi unwaith eto. Edrychodd yr ŵydd arna i'n filain. Roedd ei dannedd nodwyddog yn disgleirio yn yr haul.

'Honc,' meddai eto, a symud i fy nghyfeiriad fel roced.

'AAAAAaaaaaaa!'

Wnes i ddim gwastraffu eiliad arall. Camais trwy'r dŵr i'r lan ac yna dechrau rhedeg. Roedd fy mhocedi'n llawn dŵr a phob cam roeddwn i'n ei gymryd roedd fy esgidiau'n gwneud sŵn fel rhywun yn gollwng rhech.

A dyna sut dw i yn y sefyllfa hon – yn rhedeg trwy'r parc a gŵydd yn fy ymlid.

Dw i'n meddwl am fy nhadau. Dw i'n meddwl am Gwenno a Rŵ. Dw i'n meddwl am yr holl bethau hynny dw i heb gael cyfle i'w gwneud eto, pethau fel cael bath mewn siocled poeth neu guddio mewn siop comics nes eu bod nhw wedi cau er mwyn cael treulio'r nos yno.

Mae hyn yn ofnadwy. Dw i'n mynd i fod yn fwyd gŵydd.

A'r peth gwaethaf? Mi wnes i anghofio gafael yn y garreg wirion 'na.

Pennod 2

Mae'r holl beth braidd yn niwlog, ond yn y diwedd dw i'n llwyddo i ddianc oddi wrth yr ŵydd trwy daflu fy hun i mewn i wrych. Dw i'n gwthio fy ffordd trwy'r gwrych er bod fy nillad yn bachu yn y drain. Mae'r anghenfil yn clecian ei big arna i o'r ochr arall. Dw i'n taflu un olwg sydyn arno cyn cychwyn am adref, wedi fy ngorchfygu, yn llawn cywilydd a fy urddas wedi'i adael rhywle yn y llyn fel pysgodyn marw.

Ar ôl cyrraedd adref dw i'n mynd yn syth fyny grisiau ac yn newid i ddillad sych. Mae Dad yn y cyntedd pan dw i'n dod yn ôl i lawr. Mae o'n sefyll ar ben stôl yn ymestyn tua'r nenfwd, efo sgriw dreifar yn ei law. Mae ei wyneb yn goleuo pan mae o'n fy ngweld i.

'Charlie!' meddai mewn llais uchel. 'Sut ddiwrnod gest ti'n yr ysgol? Hei, ti isio gweld be dw i'n wneud? Dw i'n gosod larwm tân newydd sbon danlli, yr un diweddaraf un. Y Gwyliwr Gwres Tair Mil, ac mae ganddo synhwyrydd thermal...'

'Cŵl iawn, Dad. Ond mae'n rhaid i mi fynd. Mae gen i, ym, waith cartref i'w wneud.'

Dw i'n rhuthro i mewn i'r gegin ac allan trwy'r drws cefn cyn y gall Dad ofyn pam bod fy ngwallt i'n wlyb.

Dw i'n croesi'r ardd tuag at y goeden dderw fawr yn y pen pellaf. Wedi'i osod yn berffaith yn y canghennau mae yna dŷ coeden. Dad wnaeth ei adeiladu ychydig flynyddoedd yn ôl, ac mae wedi bod yn gastell yn y dail i mi ers hynny. Mae yna feranda fechan yn wynebu'r ardd, a ffenest.

Dw i'n mynd at yr ysgol raff ac yn dringo'n gyflym i fyny i fyd lle nad oes yna neb arall yn bodoli. Does yna ddim byd ond fi, tri chlustog mawr i eistedd arnyn nhw a bocs i ddal y pethau dw i eu hangen.

Prin dw i wedi cael cyfle i eistedd i lawr efo comig er mwyn tawelu fy hun ar ôl dod mor agos at farwolaeth cyn i mi glywed sŵn wrth waelod y goeden. Rhyw wich ryfedd, fel aderyn efo annwyd. I ddechrau dw i'n meddwl fod yr ŵydd wedi fy nilyn, ond wedyn mae fy ysgwyddau'n ymlacio. Nag ydi, siŵr.

Dw i'n rhoi fy nwylo wrth fy ngheg ac yn ailadrodd yr alwad i bwy bynnag sydd yno. Ond dw i'n gwybod pwy sydd yno. Does yna ond dau berson arall yn y byd sydd yn gwybod am ein cod cyfrinachol.

Mae'r ysgol yn gwichian wrth i rywun ddechrau ei dringo. Eiliad wedyn mae pen yn ymddangos dros ochr y llwyfan – pen y byddwn yn ei adnabod yn unrhyw le. Gwallt du trwchus a llygaid lliw taffi. Rupert Baltazar.

Mae Rŵ wedi bod yn ffrind gorau i mi ers yr ysgol feithrin. Mae ei deulu'n dod o Ynysoedd y Philipinos, er nad ydi o wedi bod yno erioed. Dw i'n gwgu arno fo wrth iddo dynnu ei hun i fyny ar y llwyfan a dod i mewn i'r tŷ coeden.

'Ti angen ymarfer dy alwad aderyn, Rŵ. Ti'n

swnio'n gryg.'

Tydi Rŵ ddim yn cael amser i ateb oherwydd mae yna alwad arall yn dawnsio i mewn o'r ardd. Galwad lawer mwy realistig.

'Gwenno!' gwaedda Rŵ. 'Dw i wedi gwneud yr alwad. Does dim angen i ti wneud hefyd!'

Ond rydw i'n ateb galwad Gwenno hefyd, ac yn syth wedyn mae'r ysgol yn dechrau gwichian. Mae pen arall yn ymddangos, pen merch y tro hwn. Mae ganddi lwyth o wallt coch cyrliog, ychydig o frychni haul a llygaid mawr gwyrdd. Gwenhwyfar Llewelyn. Dw i'n ei hadnabod hi bron cyn hired ag ydw i'n adnabod Rŵ.

Mae hi'n gwgu ar Rŵ. 'Sut wyddost ti be sydd wedi digwydd i mi ers i ti gyrraedd fan'ma? Mi allwn i fod wedi cael fy nghipio, ac fe allai rhywun arall fod wedi cymryd fy lle.'

'Yng ngardd Charlie wyt ti, Gwenno, nid yn y jyngl. Does 'na ddim llwyth o elynion yn mynd i dy gipio.'

Mae Gwenno yn dringo i mewn i'r tŷ coeden. 'Be ydi pwrpas cael cod cyfrinachol os nad ydan ni'n ei ddefnyddio? Helô, Charlie.'

'Helô.'

'I le wnest ti ddiflannu ar ôl ysgol?"

Dw i'n teimlo fy mochau'n cochi. 'O, mi wnes i... mi wnes i fynd am dro.'

Mae llygaid Gwenno yn culhau. 'Dw i ddim yn meddwl dy fod ti'n deud y gwir.'

'Na finna,' meddai Rŵ gan nodio.

'O'r gorau. Os oes *rhaid* i chi gael gwbod, mi es i edrych am dy hen garreg wirion di.'

Mae wyneb Gwenno yn goleuo. 'A?'

'Ac mi wnaeth yna ŵydd redeg ar fy ôl i, diolch i ti! Wnes i ddim hyd yn oed gael cyfle i godi'r garreg!'

Edrycha Gwenno a Rŵ ar ei gilydd, ac yna dechrau chwerthin. Mae Rŵ ar ei hyd ar llawr yn gwichian. Mae Gwenno yn curo'i chluniau.

'O, Charlie,' meddai yng nghanol y chwerthin. 'O leia mi wnest ti drio.'

'Dw i'n falch mai chdi aeth i chwilio am hon,' meddai Rŵ.

Dw i'n edrych ar y ddau'n flin. 'Tydi o ddim yn ddoniol. Mi allai'r ŵydd 'na fod wedi fy rhwygo'n ddarnau.'

Penderfynaf beidio sôn am syrthio i mewn i'r llyn. Dw i ddim eisiau codi mwy o gywilydd arnaf fy hun.

Mae Gwenno yn eistedd i fyny'n syth. 'Ti'n iawn, Charlie. Mae'n ddrwg gen i. Taswn i'n gwbod bod 'na ŵydd beryglus o gwmpas fyswn i heb roi'r garreg yna. Ond mae angen i ti ddysgu amddiffyn dy hun, 'sti. Os fedri di ddim sefyll i fyny yn erbyn gŵydd, sut fedri di...'

'O na,' griddfannais, 'ddim hyn eto.'

Dw i'n cael y bregeth hon gan Gwenno o leiaf unwaith yr wythnos. Ar y funud mae gen i broblem bwlio yn yr ysgol. Dwy broblem, a bod yn onest. Neu yn hytrach dau. Wil a Zac ydi'u henwau nhw, ac arna i maen nhw'n ymosod.

Maen nhw wedi bod yn pigo arna i ers i ni gael y diwrnod blasu yn yr ysgol uwchradd ychydig fisoedd yn ôl. Mae Gwenno'n credu bod y syniad o newid ysgol yn eu dychryn, ac maen nhw eisiau trio ymddangos yn ddewr a chaled trwy bigo ar y plentyn distawaf yn y dosbarth: fi.

'Tydyn nhw ddim yn galed go iawn beth bynnag,' dywedodd Gwenno un tro. 'Mae mam Wil yn ffonio bob amser cinio i wneud yn siŵr ei fod o'n iawn, a tydi Zac ddim yn cael mynd i'r parc sglefrio heb yr holl offer diogelwch. Padiau penelin, padiau penglin, pethau i amddiffyn ei arddynau a helmed efo wynebau bach melyn hapus arni.'

Ac wrth gwrs mae hyn yn gwneud i mi deimlo filwaith gwaeth nad ydw i'n gallu sefyll i fyny iddyn nhw.

'Ocê, ocê,' meddai Gwenno. 'Anghofiwch am hynna. Mae gen i newyddion. Dach chi'n gwbod bod gwyliau'r haf yn dechrau wythnos nesa, yn dydach?'

Doniol. Fel 'sa hi'n meddwl nad ydw i'n cofio. Ond mae 'na flas chwerw felys i'r gwyliau haf tro yma: dyma'r un olaf cyn mynd i'r ysgol uwchradd. Mae Blwyddyn Saith yn ein disgwyl, ac mae hynny'n dychryn yr enaid allan ohona i.

Hynny ydi, fedra i ddim dweud fy mod i wrth fy modd efo Blwyddyn Chwech. Yn amlwg 'sa'n well gen i aros adref a darllen comics. Ond mae ein hathrawes, Mrs Parry, yn neis. Mae hi ychydig bach yn hen ffasiwn, ac yn sugno mints yn swnllyd, ond mae hi'n iawn. Dw i wedi arfer efo hi. Yn yr ysgol uwchradd mi fydd gen i – wn i ddim – tua deuddeg o wahanol athrawon. Sut ar wyneb y ddaear ydw i'n fod i arfer efo cymaint â hynny?

'A dach chi'n gwbod bod Ffair Haf Bryncastell ar ail benwythnos y gwyliau?'

'Gwenno, deud be ti isio'i ddeud.'

'A dach chi'n gwbod bod Mam ar bwyllgor Ffair Haf Bryn—'

'Gwenno!'

'Iawn!' meddai Gwenno. 'Wel, dw i wedi llwyddo i gael stondin i ni!'

Roedd distawrwydd.

'Stondin?' dywedaf o'r diwedd.

'Yn gwerthu be?' gofynna Rŵ.

Mae Gwenno'n gwenu ac yn tyrchu yn ei bag. 'Dw i wedi bod yn creu rysait hollol, hollol gyfrinachol.'

O, na. Dw i ddim yn siŵr a ydw i'n licio hyn.

Mae Rŵ yn griddfan. 'Ydi hyn fel y tro wnest ti wneud pitsa banana?'

'Ddim yn union. Na, mae hwn yn rhwbath hollol wahanol. Rhwbath fydd yn dod ag enwogrwydd i Fryncastell.'

Mae hi'n tynnu ei llaw allan o'i bag ac yn dangos

bag brechdanau clir i ni yn llawn o – wel, mae o'n edrych fel baw gwyrdd.

'Ta-da!'

Mae yna ddistawrwydd anghyfforddus braidd.

'Ym, llond bag o faw trwyn?' cynigiaf.

'Ych a fi, na! Beth sydd gen i yn y fan hyn yw canlyniad fy arbrawf i greu Bwyd Bochdew Bryncastell, y llwyddiant mawr nesa yn y diwydiant bwyd cnofilod bychain.'

Mi ydw i a Rŵ yn rhythu arni.

'Mae o wedi digwydd, tydi,' meddai Rŵ wrtha i.

'Yndi, mae o wedi digwydd. Mae hi wedi colli'r plot yn llwyr.'

'O, byddwch ddistaw. Dw i wedi cael ffordd o wneud pres poced ychwanegol trwy ei werthu yn syrjeri Mam. Mae pob bochdew a llygoden a jerbil angen rhwbath blasus, yn tydyn?'

Milfeddyg ydi mam Gwenno, ac mae ganddi ei phractis ei hun yng nghanol y dref, o'r enw Ysbyty'r Anifeiliaid.

'Ocê, ond be sydd yno fo?' gofynnaf.

'Dim byd ond cynhwysion lleol o'r ansawdd gorau. Creision bran wedi'u malu, ychydig o fêl a lliw bwyd gwyrdd i wneud iddo fo edrych yn iach. Pob peth o'r Co-op yng ngwaelod y stryd. Mae Dorito, bochdew fy chwaer fach, wedi cael peth i'w drio ac mae o wrth ei fodd. Gwrandwch chi'ch dau, ydach chi'n mynd i fy helpu i efo'r stondin neu beidio?'

Dw i a Rŵ yn edrych ar ein gilydd. Does yna ddim gobaith dianc o hyn. Pethau fel hyn mae Gwenno yn ei wneud – cael syniadau gwallgof, ac yna rhaid i ni fod yn rhan ohonyn nhw.

'Felly be ydi'r fantais i ni?' gofynna Rŵ.

'Cyflenwad oes o Fwyd Bochdew Bryncastell ar gyfer unrhyw gnofilyn bychan dach chi'n ofalu amdano,' ateba Gwenno, cyn ochneidio pan mae hi'n gweld ein hwynebau. 'O'r gore, dau ddeg pump y cant o'r elw yr un.'

'*Deal*,' meddai Rŵ a finnau.

'Gwych. Rŵ, gei di edrych ar ôl yr arian. Charlie, mi gei di gadw trefn ar y stoc.'

'A be ti'n mynd i wneud?' gofynnaf.

'Fi fydd yn cael hyd i gwsmeriaid,' meddai Gwenno, a dechrau rhoi'r bag o stwff gwyrdd yn ôl yn ei bag.

Daw llais o'r tŷ i mewn trwy ffenest y tŷ coeden. 'Charlie, mae te'n barod!'

'Well i mi fynd,' meddai Gwenno. 'Dw i angen arbrofi 'mhellach efo'r bwyd. Roedd fy chwaer yn deud bod baw Dorito braidd yn wyrdd ar ôl ei fwyta. Falla fod angen rhoi llai o'r lliw yn y bwyd. A dw i'n meddwl, Charlie, bod hi ond yn deg dy fod ti'n cuddio'r garreg nesa. Mi wnest ti ddarganfod yr un ddiwethaf. Nid dy fai di oedd o fod gŵydd wedi ymosod arnat ti cyn i ti gael gafael arni. Hwyl!'

Mae hi'n mynd draw at yr ysgol ac yn diflannu o'r golwg. Ar ôl iddi hi fynd mae Rŵ'n troi ata i.

'Ti'n dallt be mae hyn yn ei olygu, yn dwyt?' gofynna.

'Be?'

'Falla nad wyt ti wedi sylwi ond mae'r llefydd mae Gwenno'n cuddio'i cherrig yn mynd yn fwy ac yn fwy eithafol...'

'Bron i mi gael fy lladd gan ŵydd, felly, do, dw i wedi sylwi.'

'Felly rhaid i ni roi diwedd ar y gêm unwaith ac am byth. Rhaid i ti guddio'r garreg yn rhywle lle wnawn ni *byth* gael hyd iddi hi.'

Dw i'n crychu fy nhalcen. 'Ond *lle*?'

Mae Rŵ'n codi'i ysgwyddau. 'Chdi sy'n gwbod, fy ffrind. Ond gwna'n siŵr ei bod yn amhosib i'w darganfod. Iawn, rhaid i mi fynd. Wela i di fory.'

'Wela i di.' Mae Rŵ'n tynnu'i hun dros ochr y llwyfan ac i lawr yr ysgol.

Fe fydd rhaid i mi feddwl yn galed iawn, iawn am y guddfan berffaith i'r garreg gron. Ond yn gyntaf mae'n amser i mi gael cinio efo fy nheulu.

Pennod 3

'Am be ti'n feddwl, Charlie?'

Rydan ni'n eistedd o amgylch y bwrdd yn cael sbageti bolonês.

Dw i'n troi'r sbageti o amgylch fy fforc, ond ddim yn bwyta chwaith. 'Dim ond meddwl lle i guddio'r garreg y tro nesa.'

'O, ydach chi'n dal i chwarae'r gêm yna?' hola Tada a gwthio'i sbectol i fyny'i drwyn.

'Yndan, a fy nhro i ydi hi. Fe wnaeth Gwenno guddio'i un hi mewn lle da iawn, felly rhaid i mi gael rhywle gwell, hyd yn oed.'

'Lle wnaeth hi guddio'r garreg?' hola Dad.

'Ymm, wrth ymyl y llyn.'

Dw i ddim yn sôn am y digwyddiad efo'r ŵydd wallgof. Roedd hi'n ddigon drwg dweud wrth Rŵ a Gwenno. A dw i'n *bendant* ddim eisiau deud wrthyn nhw amdana i'n syrthio i mewn i'r dŵr.

'Ti'n siŵr o feddwl am rwla,' meddai Dad trwy lond ceg o sbageti.

Mae Tada'n edrych arno fo, ei wyneb yn llawn o eiriau amhosib i'w darllen, ac mae Dad yn oedi.

Mae o fel petai'r ddau'n gallu siarad efo'i gilydd gan ddefnyddio eu meddyliau'n unig. Weithiau dw i'n credu'u bod nhw'n cael sgyrsiau hirion heb ddweud gair, a finnau yn yr ystafell.

'Hei, dach chi isio clywed am Y Gwyliwr Gwres Tair Mil newydd?' dechreua Dad. 'Mae o'n gallu synhwyro gwres, nid dim ond mwg ond *gwres*, ac mae posib dewis y larwm ac...'

Mae pawb yn yr ysgol yn meddwl bod fy nhad yn cŵl. Fe ddaeth i'r ysgol unwaith efo criw o ddiffoddwyr tân eraill i sôn am ddiogelwch tân, ac fe gawsom stori am sut yr achubodd Dad fachgen bach a'i gath o adeilad oedd ar dân. Wedyn roedd pawb yn edrych arna i'n od, fel pe baen nhw methu deall sut y gallai rhywun fel *fi* fod yn fab i rywun fatha *fo*.

Mae Tada'n rhyw hanner pesychu, ac mae Dad yn stopio siarad.

'Ocê, ym, iawn, 'dan ni isio siarad efo chdi am rwbath,' meddai Dad. Mae'n ymddangos i mi ei fod o'n dilyn cyfarwyddiadau distaw Tada. 'Y peth ydi, Charlie, mae Tada a finna wedi bod yn siarad llawer iawn yn ddiweddar am y posibilrwydd o... wel ...'

Pan mae'n ymddangos na all Dad orffen beth bynnag mae o am ei ddweud mae Tada'n torri ar draws.

'Charlie, mi ydan ni'n meddwl am fabwysiadu plentyn arall. Mi ydan ni am i chdi gael brawd neu chwaer fach.'

Dw i bron â disgyn oddi ar fy nghadair. O bopeth y byddai wedi bod yn bosib iddyn nhw ei ddweud, dyna'r peth *olaf* roeddwn i'n ei ddisgwyl.

'*Be?*'

'Mae'n rhaid i ti ddeall nad ydan ni'n gwneud hyn oherwydd nad wyt ti'n ddigon.' Mae'r geiriau'n rhuthro allan o geg Tada. 'Mi ydan ni'n dy garu di fwy na phopeth yn y byd —'

'Yndan. Dw i'n cofio dy ben-blwydd di'n fwy na aml na dw i'n cofio pen-blwydd Tada,' meddai Dad.

'O'r gore,' meddai Tada, a gwgu arno. 'Mi fysan ni wrth ein boddau i'n teulu ni dyfu'n fwy. 'Dan ni'n credu ein bod ni'n barod. Be wyt ti'n feddwl?'

Mae fy ngheg i'n disgyn yn agored.

'Charlie?' meddai Dad. 'Deud rhywbeth, plis.'

Maen nhw'n aros am fy ymateb i, felly dw i'n deud y peth cyntaf sy'n dod i fy meddwl. Ond mae yna ddau beth yn dod i fy meddwl ac maen nhw'n taro yn erbyn ei gilydd.

'Bendigastig!'

Mae Dad yn tynnu ystum od. 'Be?'

'Bendigedig dw i'n feddwl.' Ac yna dw i'n ysgwyd fy mhen. 'Ffantastig dw i'n feddwl. Dw i'n meddwl ei fod o'n beth Bendigastig!'

'Ydi hynna'n golygu dy fod ti o blaid y syniad?' hola Tada. 'Oherwydd mi ydan ni'n uned, ti'n gwbod. Mae sut wyt ti'n teimlo am hyn yn bwysig iawn i ni'n dau.'

'Wrth gwrs 'mod i o blaid y syniad! Felly dw i'n

mynd i gael brawd bach neu chwaer fach?'

Ac yna, wrth i mi ddeud y geiriau yna'n uchel, dw i'n teimlo ton o banig. Dw i'n teimlo fy ngwên yn dechrau diflannu.

Mae Tada yn gorffwys ei law ar ben llaw Dad. Dw i'n teimlo rhyw boen yn fy nghalon. Mi ddylwn i fod yn hapus – ond mwyaf sydyn mae yna lwmp o rywbeth anesmwyth yn fy mol.

'Wyt,' ateba Dad, ac mae llygaid Tada'n loyw. 'Chwaer fach neu frawd bach.'

Dw i'n gludo gwên ar fy wyneb, fel petai hyn y newyddion gorau erioed – ac mi ydw i'n gwybod y dylai fod, ond tydi o ddim yn teimlo felly. Ac nid oherwydd 'mod i'n poeni fod Dad a Tada wedi cael digon arna i. Tydi o ddim hyd yn oed oherwydd 'mod i'n genfigennus ac yn poeni y bydd

babi bach yn cael mwy o sylw na fi. Coeliwch neu beidio, mi fyswn i wrth fy *modd* yn cael brawd bach neu chwaer fach. Mae Dad a Tada'n gwybod hyn – maen nhw wedi sôn sawl gwaith o'r blaen am y syniad o fabwysiadu plentyn arall, ac mi oeddwn i wastad yn credu 'mod i'n hapus iawn efo'r syniad. Ond rŵan eu bod nhw'n trafod y peth o ddifri, wel...

Y broblem ydi 'mod i'n gwybod na fydda i'n gallu'u gwarchod a'u hamddiffyn. Tydw i ddim mor ddewr ag yr hoffwn i fod. A phan mae yna bobl fel Wil a Zac yn y byd, mae'n rhaid bod yn ddewr. Rhaid bod yn ddewr ar dy ran dy hun cyn y medri di fod yn ddewr ar ran pobl eraill.

Ond tydw i ddim fel Dad. Fedra i ddim rhedeg i ganol adeilad sydd ar dân. Mi wnes i redeg i ffwrdd oddi wrth ŵydd. Mae Dad yn dweud wrtha i o hyd bod angen i mi ddarganfod y tân sydd tu mewn i mi – wel, fe gafodd hynny o dân mewnol oedd gen i ei ddiffodd yr eiliad y gwnes i lanio yn nŵr y llyn.

Ond dw i'n gorfodi fy hun i wenu eto. 'Mae hynna'n newyddion gwych. Fedra i ddim aros.'

Mae fy rhieni'n gwenu ar ei gilydd fel dwy giât.

Maen nhw'n dechrau trafod eu cynlluniau i droi'r ystafell sbâr yn llofft i'r babi a thrafod y ffaith bod gweithiwr cymdeithasol i fod i alw fory i gael sgwrs sydyn.

Mae fy mwyd ar fy mhlât heb ei gyffwrdd. Diolch byth, tydi o ddim yn ymddangos bod Dad a Tada'n sylwi. Mae'r ddau'n chwerthin ac maen nhw'n edrych mor hapus nes bod fy nghalon i'n brifo. Dyma ni, y teulu Challinor. Teulu o dri sydd ar fin dod yn deulu o bedwar. Mi ddylwn i fod yn hapus, ond yr unig beth sydd ar fy meddwl yw lle y medra i gael dos fawr o ddewrder mor fuan â phosib.

Pennod 4

Pan dw i'n deffro mae yna gymylau stormus uwchben Bryncastell ac erbyn yr ail wers mae diferion mawr o law yn disgyn o'r awyr.

Dw i'n edrych allan o'r ffenest yn ystod y wers Gymraeg. Rydan ni'n sôn sut mae gan rai anifeiliaid sawl enw – pilipala, glöyn byw, iâr fach yr haf. Dw i'n astudio siâp cam llwyd y castell ar ben y bryn ar gyrion y dref. Mae o yno fel gwarchodwr uwchben y toeau, yn amddiffyn y tai a'r adeiladau sy'n lledu oddi tano. Mae yna bedwar tŵr yng nghanol y castell, un ohonyn nhw'n gwyro i mewn i'r gwynt, a muriau allanol sydd wedi disgyn i lawr mewn rhai llefydd, ond sydd bron yn berffaith mewn llefydd eraill. Mae'n llawn siamberi lle mae yna adlais, a choridorau sy'n mynd yn igam-ogam drwy'r adeilad.

Gwna'n siŵr ei bod hi'n rhywle lle gawn ni byth hyd iddi hi, ddywedodd Rŵ.

Dacw fo. Dacw'r lle delfrydol i guddio'r garreg gron.

Celf ydi'r wers olaf. Oherwydd ei bod hi'n ddiwedd tymor mae Mrs Parry yn gadael i ni wneud beth bynnag hoffem ni. Dw i'n gweithio ar lun o fy nheulu wedi'i wneud o ddotiau. Dw i'n rhoi blaen y brws yn y paent. Nid fi yw'r artist gorau ym Mlwyddyn Chwech, ond mi ydw i'n falch o'r llun. Mae fy nghlustiau i braidd yn fawr, ac mae gên Tada braidd yn gam, ond dw i'n credu fy mod i wedi dangos y peth pwysig – ein hapusrwydd.

Dw i'n dychmygu pedwerydd wyneb yn y llun, brawd neu chwaer fach yn cael cwtsh, pan dw i'n clywed sŵn yn fy nghlust chwith.

'*Hssssssssssssssssssssssss...*'

Dw i'n neidio ac yn troi rownd – ac yn gweld

wyneb annifyr o gyfarwydd. Mae fy nghalon yn suddo.

'Felly mae o'n wir,' chwardda Wil. 'Mae gen ti ofn gwyddau! Ti'n fwy pathetig nag o'n i'n gredu.'

Mae'r gwaed yn rhuthro i fy mochau. Sut oedd hwn yn gwybod? Ac yna dw i'n cofio – fe welodd Casi fi. Dw i'n edrych dros fy ysgwydd. Mae hi'n eistedd ar fwrdd arall, yn siarad efo'i ffrindiau. Efallai y bydd fy mochau'n goch am byth, diolch iddi hi.

'Llun be ydi hwn, swpar gwyddau?' gofynna Wil.

Mae ganddo fop o wallt golau ac mae o ychydig yn fyrrach na fi. Tydi o ddim llawer o fygythiad pan mae o ar ei ben ei hun, ond pan mae o efo'i bartner mae o fel teriar bach ffyrnig. Mae Zac y tu ôl iddo fo rŵan, cawr efo sbectol. Tydi o byth yn dweud llawer, ond mae o yna bob tro, yn hurt o dal ac yn chwerthin ar ben jôcs Wil.

Dw i ddim yn ateb. Mae Wil yn edrych ar fy llun ac yn crechwenu.

'Wel am lun del,' meddai mewn llais gwirion. 'Ond aros funud, dw i ddim yn deall... Pwy ydi'r hogan fach yn y canol?'

Mae Zac yn gwneud rhyw sŵn rhochian. Dw i'n credu mai chwerthin mae o.

'Rho gora iddi hi, Wil,' meddai Gwenno.

Mae Wil yn tynnu stumiau fel petai newydd sylweddoli ei bod hi yno. Tydyn nhw ddim yn pigo arna i pan mae Gwenno o gwmpas, yn bennaf oherwydd ei bod hi'n bygwth y pethau mwyaf ofnadwy, a tydyn nhw byth yn hollol siŵr a fyddai hi'n eu cyflawni nhw.

'Fedri di ddim siarad efo fi fel'na,' meddai Wil.

'A fedri di ddim deud dim byd am lun neb nes dy fod ti wedi dysgu lliwio tu fewn i'r llinellau,' ateba Gwenno. 'Rŵan cer o 'ma, neu mi wna i roi toriad papur i ti rhwng bodiau dy draed.'

Wn i ddim sut mae hi'n cael syniadau fel'na. Ond hefyd – *aww!*

Mae Wil yn trio meddwl am ateb, ond yna mae Rŵ'n dechrau gwneud rhyw sŵn chwyrnu od. Mae Zac yn symud yn anghysurus y tu ôl i'w arweinydd.

'Be mae o'n wneud?' gofynna, ac yna mae Rŵ'n cyfarth. Cyfarth go iawn.

Mae Wil yn ysgwyd ei ben. 'Tyd, gad lonydd i'r ffrîcs wneud be maen nhw'n wneud.'

Maen nhw'n diflannu, ac mae Gwenno a Rŵ yn troi yn ôl at eu gwaith.

Dw i'n rhythu ar y ddau ohonyn nhw. 'Be yn y byd oedd hynna?'

'Be?' gofynna Gwenno, gan afael yn ei brws paent.

'Chdi'n bygwth toriadau papur? A Rŵ – yn cyfarth!'

'Dim ond bygythiad gwag,' meddai Gwenno.

'Fyswn i ddim yn mynd yn agos at eu traed nhw. Ych a fi.'

'Ac mi wnes i benderfynu ffwndro nhw ychydig,' ychwaneg Rŵ. 'Weithiau y cyfan sydd rhaid ei wneud yw rhwbath mor annisgwyl fel bod ganddyn nhw ddim syniad sut i ymateb ac wedyn ti'n cael llonydd.'

Mae Gwenno yn nodio. 'Rhaid i ti ddarganfod be sy'n gweithio i chdi. Mi wnawn nhw adael llonydd i ti'n ddigon buan os gwnei di sefyll i fyny iddyn nhw.'

Maen nhw'n fy ngadael i i rythu ar fy llun. Bachgen gyda gwallt brown cyffredin iawn a llygaid glas di-fflach. Dw i eisiau iddo fo fod y math o fachgen all ofalu amdano fo'i hun, nid y math o fachgen sy'n dibynnu ar ei ffrindiau. Dw i angen ychydig o'u tân nhw os dw i am fod yn frawd mawr da.

Ond does gen i ddim syniad lle fedra i gael y tân hwnnw.

Erbyn i'r gloch olaf ganu mae'r glaw wedi arafu. Tydi hi ond yn pigo bwrw, a dw i'n penderfynu mynd i fyny i'r castell i guddio fy ngharreg. Dw i wedi peintio llun tân ar y garreg, ond mae o'n edrych fel dim byd mwy na marciau oren, melyn a choch braidd yn flêr. Mae'r llun wnes i yn y dosbarth gen i hefyd. Gan ei bod hi'n ddiwedd y flwyddyn mi rydan ni'n cael mynd â'n gwaith adref efo ni. Mae Mrs Parry wedi benthyg ffeil blastig i mi i'w gadw'n sych.

Dw i newydd gyrraedd y llwybr ger y gwrych pan maen nhw'n cael gafael arna i. Mae fy hwd dros fy mhen oherwydd y glaw a tydw i ddim yn eu gweld nhw nes ei bod hi'n rhy hwyr.

Dw i'n cael fy ngwthio yn fy nghefn a'r peth nesaf dw i ar fy hyd ar lawr. Mae mwd yn tasgu i mewn i fy llygaid a 'ngheg. Mae dŵr yn treiddio trwy fy nillad ac yn gwneud fy nghroen yn oer.

Dw i'n pesychu a thagu. Mae rhywbeth yn cael ei rwygo o fy llaw. Trwy'r mwd sy'n fy llygaid dw i'n eu gweld nhw: mae Wil a Zac yn sefyll uwch fy mhen. Tydi o ddim yn ymddangos bod ganddyn nhw lawer o ddiddordeb yna i. Mae ganddyn nhw fwy o ddiddordeb yn yr hyn mae Zac yn afael ynddo – fy ffeil gwaith celf.

'Agor o,' gorchmynna Wil, a gwên hyll ar ei wyneb, ac mae Zac yn ufuddhau.

'Na!' gwaeddaf a dechrau codi, ond mae Wil yn fy ngwthio yn ôl i'r llawr.

'Gwna fo!' gwaedda. 'Ddim digon dewr i'n wynebu ni ar dy ben dy hun, bwyd gŵydd?'

Dw i'n gwbod be 'sa Gwenno'n ddeud petai hi yma. *Ddim digon dewr i ymosod arna i ar dy ben dy hun, Wil?*

Ond fedra i ddim dweud hynna. Er ei fod o'n wir. Fedra i ond edrych wrth i Zac droi'r ffeil gelf ar ei phen i lawr. Mae fy llun o 'nheulu yn llithro allan, ac yn hedfan am ychydig fel glöyn byw yn cael ei ryddhau. Ond yna mae'r glaw yn ei daro ac mae o'n disgyn i'r ddaear. Mae'n glanio ar i fyny. Dw i'n gallu gweld ein hwynebau'n gwenu.

Dw i'n ceisio'i achub ond mae Wil yn fy nal ar y llawr. Yna mae Zac yn camu yn ei flaen ac yn gwasgu'r llun i mewn i'r mwd efo'i droed. Dw i'n rhy syfrdan i symud. Alla i ddim gwneud dim byd wrth iddo stwnsio fy llun i mewn i'r ddaear wlyb.

Erbyn iddo orffen alla i ddim dweud be sydd yn llun a be sydd yn fwd.

'Ty'd, awn ni i'r parc sglefrio,' meddai Wil gan bwnio'i gynorthwywr yn ei ysgwydd. Maen nhw'n edrych arna i un tro olaf cyn rhedeg i ffwrdd a fy ngadael i ar fy mhen fy hun yn y mwd.

Dw i'n codi ar fy mhengliniau ac yn cribinio trwy'r baw efo fy mysedd. Dw i'n gafael mewn darnau blêr o bapur gwlyb ond mae'r rhan fwyaf ohono'n chwalu yn fy nwylo.

Does yna ddim byd y galla i ei wneud. Doedd o ddim yn llun gorau yn y byd, ond fy llun *i* oedd o. Fy nheulu *i*. A rŵan mae o wedi mynd. A fi adawodd i hynny ddigwydd.

Dw i ddim yn siŵr am faint dw i'n eistedd yno yn y mwd cyn dechrau symud eto. Mae'r glaw yn peidio ac mae'r cymylau'n dechrau cilio, ond dw i'n dal yn wlyb diferol yn cerdded ar hyd y llwybr. Mae'r castell yn fawr uwch fy mhen, a'i waliau'n dywyll ar ôl y glaw.

Dw i dal angen cuddio fy ngharreg. Tybed a oes posib i mi guddio fy ofn hefyd?

Ar ôl cerdded am tua pum munud dw i'n penderfynu nad ydw i wir yn hoffi cestyll. Mae pob

un ohonyn nhw ar ben rhyw fryn anferthol. Mae fy nghoesau'n teimlo fel petaen nhw'n dechrau dod yn rhydd.

Mae'r castell yn dod yn nes ac o'r diwedd dw i'n cyrraedd tir gwastad. Mae'r castell ar ben y bryn fel cawr yn cysgu, yn gwylio'r tymhorau'n mynd heibio. O ben fan hyn dw i'n gallu gweld am filltiroedd – y caeau diddiwedd, cysgodion glas tywyll y mynyddoedd yn y pellter a Bryncastell wrth droed y bryn.

Rhof fy llaw yn fy mag ysgol a gafael yn y garreg. Rhaid i mi ei chuddio yn rhywle lle na fydd Gwenno a Rŵ yn cael hyd iddi hi *byth,* er mwyn i'r gêm hurt yma ddod i ben. Wrth i mi gerdded dros y bont godi ac o dan y porthcwlis dw i'n teimlo fel petawn i wedi camu yn ôl i'r gorffennol, yn ôl i amser lle nad oes yna Wil na Zac, a lle nad oes yna unrhyw bryderon am fod yn frawd mawr da. Dw i'n gweld yr hysbysfwrdd twristiaid ble mae yna fap roeddwn i'n hoffi edrych arno pan oeddwn i'n iau. Mae o'n dangos y tir agored y tu mewn i'r castell, a'r pedwar tŵr. Mae yna wal o un tŵr i'r llall o amgylch buarth canolog yng nghanol yr adfeilion.

Dw i'n edrych ar y map ac yn ceisio meddwl lle fyddai'r lle gorau i guddio'r garreg.

Yn ôl yr hysbysfwrdd, y tŵr yn y gogledd-orllewin yw'r un sydd yn y cyflwr gorau. Hwn yw'r unig un y mae'r cyhoedd yn cael ei ddringo. Dw i'n edrych ar y pedwar tŵr yn ymestyn at yr awyr. Mae'r tyrau eraill braidd yn gam neu wedi chwalu dros y blynyddoedd. Ond mae'r tŵr yn y gogledd-orllewin yn dal i sefyll yn dalsyth.

Perffaith.

Dw i'n cerdded ar hyd y tir sy'n amgylchynu'r tyrau, gan fynd i gyfeiriad y bwa agored yn y wal yng ngwaelod y tŵr. Mae'n arwain at y grisiau. Mae'r tŵr gogledd-orllewinol draw ochr arall y castell ac af heibio i bentyrrau mawr o rwbel a

lle tân carreg wedi chwalu.

Edrychaf trwy'r bwlch lle roedd drws ers talwm a gweld y grisiau troellog sydd yn diflannu i'r tywyllwch yn y tŵr. Tydw i heb ddringo'r grisiau erioed o'r blaen; roeddan nhw'n codi arswyd arna i bob tro. Dw i'n edrych yn ôl dros fy ysgwydd yn sydyn cyn mynd i mewn a dechrau dringo.

Mae'r grisiau fel petaen nhw'n mynd ymlaen ac ymlaen am byth, ond o'r diwedd dw i'n dod allan i'r goleuni ar do crwn a muriau amddiffynnol o'i amgylch. Mae'r byd oddi tanaf. Mae tai Bryncastell yn gwasgu at ei gilydd ar un ochr, fel pentref tegan; ac ar yr ochr arall mae afon yn llifo'n gyflym a thir gwyllt yr ochr draw iddi hi.

Dw i'n cerdded at yr ymyl ac yn gweld pentwr bychan o rwbel lle mae rhan fach o'r wal wedi disgyn. Ar ôl i mi symud ychydig o'r cerrig mwyaf dw i'n rhoi fy ngharreg fach i mewn bwlch a'i gorchuddio. Mi alla i ddychmygu wynebau Gwenno a Rŵ pan dw i'n anfon neges iddyn nhw.

Fe gewch hyd iddi yn y lle uchaf yn y dref.

Na, mae hynna rhy hawdd.

I ganfod y garreg tro nesa, rhaid mynd i'r gogledd-orllewin.

Mi wneith hynna'r tro. Mae o ddigon amwys, ond mae'r lleoliad yno yn y cliw: y tŵr gogledd-orllewinol. Ond chawn nhw ddim hyd iddi hi. Dw i wedi llwyddo. Fe fydd Rŵ yn hapus.

Dw i'n dychwelyd i lawr y grisiau, ac yn teimlo'n falch iawn fy mod i mor glyfar. Ar ôl dod allan o'r tŵr yn y gwaelod arhosaf am funud i edrych o fy nghwmpas. Dw i'n sefyll mewn darn o dir gwastad a muriau o'i amgylch. Hwn sydd yng nghornel dde uchaf y map. Mae'r wal bellaf o'r golwg o dan len o iorwg. Mae hi'n edrych fel wal gyffredin, ond mae yna dwrw yn dod ohoni, rhyw dwrw fel petai o yn y pellter.

Dw i'n dal fy mhen ar un ochr. All hyn ddim bod yn digwydd. Yr unig beth sydd y tu ôl i'r iorwg ydi hen wal garreg gadarn. Cymeraf ychydig gamau tuag at y wal, nes bod y llen o ddail gwyrdd tywyll ond rhyw fetr i ffwrdd.

A dyna'r twrw eto, sŵn sibrwd trwy'r dail. Mae o'n mynd yn uwch ac yn uwch ac yn dechrau swnio fel sŵn traed. Sŵn traed rhywun yn brysio tuag ata i. Rhywun ar frys.

'Aaaaaaaarrr!'

A chyn i mi allu symud o'r ffordd, mae'r rhywun hwnnw yn gwthio trwy'r iorwg ac yn taro yn fy erbyn nes fy mod i'n hedfan trwy'r awyr.

Pennod 5

Am eiliad dw i'n meddwl 'mod i wedi taro fy mhen, oherwydd pan dw i'n edrych i fyny o'r llawr mae yna fachgen yn sefyll yna, bachgen yn gwisgo dillad od iawn. Yn odiach fyth mae o'n cario ci bach lliw oren.

Mae'n rhaid 'mod i wedi taro fy mhen. Dw i'n agor a chau fy llygaid i weld a wnaiff o ddiflannu, ond mae o'n dal yna. Ac yna mae o'n dechrau siarad a dw i'n dechrau amau nad canlyniad taro fy mhen ydi o.

Mae o'n gwisgo côt ffwr frown sydd yn codi a

gostwng yn sydyn ar ei ysgwyddau gan ei fod wedi colli ei wynt. Mae o wedi bod yn rhedeg. Edrycha tros ei ysgwydd tuag at yr iorwg yn aml, fel petai'n poeni ei fod yn cael ei ddilyn.

'Ym. Pwy wyt ti?' gofynnaf a chodi ar fy nhraed.

'Neb,' mynna. Edrycha ar y ci bach yn ei freichiau, ac yna fy astudio i. 'Ymm. Ti braidd yn fach, ond fe fydd yn rhaid i ti wneud y tro. Dyma chdi, gafael yno fo.'

Ac mwyaf sydyn mae gen i gi bach yn fy mreichiau. Peth bach tew ydi o, gyda chlustiau mawr a ffwr oren, lliw creision caws. Ffwr od o gynnes. Mae o fel gafael mewn potel ddŵr poeth. A dyna pryd dw i'n sylweddoli – mae gan y ci bach gynffon hir flewog a chlustiau sydd yn rhy bigog. A dweud y gwir, mae yna rywbeth hollol annhebyg i gi bach amdano...

'Llwynog ydi o!' gwaeddais, gan ei estyn yn ôl i Neb. Mae'r anifail, y cenau llwynog bach, yn crogi yn yr awyr rhwng y ddau ohonom. 'Hei, dw i ddim isio fo!'

Mae Neb yn sefyll i fyny'n syth ac yn edrych braidd yn flin. 'Ia, fo ydi o, hogyn bach. Fflamgwt ydi'i enw fo. A paid â'i ddal fel yna. Cadw fo'n agos atat ti.'

Dw i'n edrych yn ddistaw ar y cenau bach cyn ei ddal yn erbyn fy mrest. Dw i'n clywed ei galon yn curo'n gyflym yn erbyn fy nghalon i. 'Pam ei alw'n Fflamgwt?'

Mae sŵn udo uchel yn torri ar draws fy nghwestiwn. Mae'r sŵn yn gwneud yr awyr yn oer ac yn gwneud i'r blew bach ar fy ngwar godi – ac mae'r sŵn yn dod o'r tu cefn i'r iorwg. Wrth edrych yn ofalus gallaf weld darnau bach o dywyllwch y tu ôl i'r dail.

Does yna ddim wal yna. *Drws* o ryw fath ydi o.

Mae llygaid y bachgen dieithr yn lledu mewn ofn. 'Ti ar fin darganfod pam. Rho fo i lawr. Brysia!'

Dw i'n crychu fy nhalcen ac yn rhoi'r cenau ar y llawr, ac mae'r udo o ochr arall yr iorwg yn stopio'n sydyn. Mae gwrychyn y cenau, y blew ar gefn ei wddw, yn codi i fyny, ac mae o'n chwyrnu'n isel. Ac yna mae rhywbeth anhygoel yn digwydd – mae ei ffwr yn dechrau goleuo, bron. Mae'r golau'n mynd yn fwy a mwy llachar, ac mi ydw i'n teimlo gwres yn pigo fy nghroen. Mae o bron fel petai o —

'Cer yn ôl!' gwaedda'r bachgen, gan gysgodi ei wyneb – ond mae hi'n rhy hwyr. Mae'r cenau'n ffrwydro, mae pelen o dân mileinig yn chwalu allan o'i gorff. Dw i'n neidio'n ôl. Mae'r fflamau mor llachar fel 'mod i prin yn gallu edrych arnyn nhw.

Ar ôl ychydig eiliadau dw i'n sbecian rhwng fy mysedd. Mae'r fflamau wedi tawelu, ac mae'r cenau yna, yn dal i sefyll mewn pelen o dân, heb ei niweidio o gwbl ac yn chwyrnu a chyfarth ar yr iorwg.

Alla i ddim credu yr hyn dw i'n ei weld. Efallai fy *mod* i wedi taro fy mhen.

'Mae hynna'n digwydd pan mae o'n flin neu wedi dychryn neu wedi cynhyrfu,' esbonia'r bachgen yn gyflym. 'Ac weithiau pan mae o isio bwyd. A rŵan mae'n wir rhaid i mi fynd. Mi fydda i'n dychwelyd i'w nôl o mewn dau ddiwrnod —'

'*Be?* Fedri di ddim ei adael o'n fa'ma efo fi! Be ydi o? Pwy wyt ti? A be *yn y byd* sy'n digwydd yma?'

Mae'r bachgen yn edrych trwy'r iorwg, ac yna'n edrych yn ôl arna i, a'i lygaid yn fawr ac ofnus. 'Does yna ddim amser i esbonio. Mae'r Grendilwch ar fy nhrywydd, ac mae'n rhaid i mi ei arwain i ffwrdd i rywle arall neu mi wnaiff o fy nilyn trwodd ac fe fydd hi ar ben arnon ni i gyd.'

'Y *be* yn dy ddilyn?'

Mae'r bachgen yn griddfan. 'Tu hwnt i fan'na,' meddai, gan bwyntio dros ei ysgwydd at yr iorwg, 'mae yna wlad o'r enw Pellgaer. Gwlad anhygoel lle y gall llygod ffyrnig ymerodrol anferth dy fwyta i frecwast, a lle mae morfilod yr awyr yn clwydo yn y cymylau. Dw i wedi cyrraedd yma trwy ddefnyddio hwn.'

Mae'n dangos carreg ambr gyda phatrwm yn troelli arni i mi. 'Carreg gloi ydi hi. Y brenin sydd berchen hon – neu o leiaf fo oedd yn ei pherchen hi cyn i mi ei chymryd. Ond mae'n bwysig nad ydi o'n cael gwybod am y porth yn fa'ma. Oherwydd fo ydi'r un sydd ar ei ôl *o*.'

Mae'n amneidio at y cenau llwynog. Mae'r llwynog bach wedi mynd i guddio rhwng ei goesau ac yn sbecian rhyngddyn nhw'n nerfus. Edrycha ei flew fel petai'n dal ar dân, ond ddim mor danbaid.

'P-pam?'

Mae'r bachgen yn gwgu. 'Mae Llwynogod Tân wedi cael eu cadw gan y Teulu Brenhinol ym Mhellgaer ers canrifoedd, ond oherwydd blerwch ac esgeulustod maen nhw wedi mynd yn bethau prin. Mae'r teulu brenhinol i gyd yn hunanol: tydyn nhw ddim ond isio anifeiliaid anwes er mwyn eu dangos i bobl eraill. Mi welais i fam Fflamgwt yn marw yn y castell oer. Tydi o ddim yn fywyd iawn i lwynog tân. Maen nhw angen bod yn rhydd. Does dim llwynog tân wedi byw yn y gwyllt ers dros gan mlynedd. Efallai mai hwn, Fflamgwt, ydi'r olaf un – felly dw i wedi tyngu y gwna i ddarganfod cartref newydd iddo fo.'

'Felly ti wedi'i ddwyn o?'

'Wel, mi allet ti ddeud hynny. Well gen i feddwl 'mod i wedi'i achub.'

'F-fedri di ddim ei gadw fo?'

Mae'r cenau bach yn edrych arna i'n amheus ac yna'n edrych ar y bachgen sydd wedi'i achub. Mae'n glir be mae o'n ei ddweud, *Fedri di ddim fy ngadael i yn y fan hyn efo hwn. Edrych arno fo! Mae o'n amlwg yn fabi go iawn.*

Falla'i fod o'n iawn. Dw i'n cofio cymaint o ofn oedd gen i pan wnaeth yr ŵydd ymosod arna i.

'Dreigiau drygionus, na!' atebodd y bachgen. 'Dw i'n gweithio yng nghegin y palas brenhinol. Does gen i ddim amser i edrych ar ôl llwynog tân. Dim ond ei warchod nes i mi gael cartref gwell iddo fo ydw i.'

'A be sy'n gwneud i ti feddwl y galla *i* gynnig cartref gwell?'

Mae o'n petruso. 'Dim byd o gwbl. Be wnaeth i ti feddwl hynny? A deud y gwir, ti'n edrych yn greadur braidd yn ofnus – ond fe fydd rhaid i ti wneud y tro. Dim ond am ddiwrnod neu ddau tra 'mod i'n denu'r Grendilwch oddi ar drywydd Fflamgwt.'

Y gair od yna eto. 'Y Grendilwch?'

Cyn iddo gael cyfle i ateb mae sŵn udo i'w glywed ochr arall i'r iorwg. Mae'n nes y tro hwn, ac yn gyrru ias fel ewin rhewllyd i lawr fy asgwrn cefn.

'*Hwnna* ydi'r Grendilwch,' sibryda. 'Mae'n

gweithio gyda'r brenin. Mae o'n chwilio am lwynog tân olaf Ei Fawrhydi. Fe wnaeth milwyr y brenin sylwi nad oedd o yn ei gawell, a byth ers hynny mae'r brenin wedi bod yn gandryll. Mae wedi dweud y bydd yna wobr i pwy bynnag wnaiff ddychwelyd Fflamgwt. Mae'r Grendilwch yn beth dychrynllyd. Mae'n gallu newid ei siâp a'i ffurf. Mae o'n hoff iawn o ymddangos fel helgi – ci hela. Ond mae o'n ofnadwy bob tro mewn rhyw ffordd neu'i gilydd – ac, ar y funud hon, mae o'n agos!'

Y sŵn nesaf i ddod trwy'r iorwg yw cyfarthiad. Cyfarthiad milain uchel sydd yn gwneud i fy asennau ysgwyd. Mae Fflamgwt yn gwichian.

'Rhaid i mi fynd,' meddai'r bachgen gan godi'r llwynog bach a'i roi yn ôl yn fy mreichiau. 'Gafael yno fo. Rhaid i chi'ch dau ddod i arfer efo'ch gilydd.'

Mae Fflamgwt yn edrych arna i'n amheus, ac fel mae o ar fin neidio o fy mreichiau, mae'r udo'n dechrau eto. Mae o'n uwch fyth, fel sŵn gwynt ar noson stormus.

Ac mae'r cenau yn newid ei feddwl ynglŷn â dianc ac yn swatio yn fy erbyn. Dw i'n teimlo gwres

yn ymledu ohono, ac mae fy nghalon yn curo wrth
i mi sylweddoli be sy'n mynd i ddigwydd.

Mae o'n cynhesu. Mae o'n mynd i fynd ar dân –
yn fy mreichiau!

Ond yna mae'r gwres yn dechrau *drewi*, ac mi
ydw i'n sylweddoli be sydd wir wedi digwydd.

'Mae o wedi pi-pi arna i!' gwaeddaf, a gollwng y
cenau ar y llawr. Mae o'n rhedeg draw at ei achubwr
ac yn cuddio rhwng ei goesau unwaith eto.

'O gwych!' meddai'r bachgen. Am ryw reswm
mae o wrth ei fodd.

Dw i'n edrych yn wirion arno fo. 'Be?'

'Rho dy gôt i mi. Mi fedra i ei defnyddio i
ddenu'r Grendilwch i ffwrdd. Mae o'n gallu arogli
pethau'n dda iawn.'

Dw i'n ufuddhau, ac yn tynnu fy nghôt a'i thaflu
iddo. Mae o'n rowlio'r gôt yn belen ac yn edrych
arna i'n ymbiliol. 'Mae'n rhaid i ti edrych ar ei ôl.
Mi wela i di yma mewn dau ddiwrnod, am hanner
dydd. Cadwa fo'n ddiogel tan hynny.'

Mae'n plygu i lawr, yn codi'r cenau, ac yn ei
gynnig i mi.

Dw i'n gafael yn yr anifail bach yn betrus braidd.

Mae'n teimlo'n dew a meddal yn fy mreichiau, ac mae ei flew yn edrych fel blew llwynog cyffredin unwaith eto.

'Bron i mi anghofio,' meddai'r bachgen, 'cymer hwn.' Mae'n rhoi rhywbeth yn fy llaw – darn o fetel crwn, tebyg i wyneb oriawr, a chogiau bychain cywrain arno sy'n disgleirio yn yr haul.

'Be ydi o?'

'Dyna sut wyt ti'n mynd i gysylltu efo fi os aiff rhywbeth o'i le, sydd ddim yn mynd i ddigwydd.' Mae'n tynnu teclyn arall yr union yr un peth o'i boced. 'Dyma ei frawd. Os gwnei di droi'r cogiau ar dy un di, fe fydd y cogiau'n troi ar fy un i, ac fe fydda i'n gwybod bod rhaid dod i gael hyd i ti. Mae o'n debyg i gwmpawd hefyd. Mi fydd o'n fy arwain atat ti, lle bynnag wyt ti. Y Crwngog ydi'i enw fo. Tria fo.'

Dw i'n defnyddio fy mys i droi'r cogiau bach ar y cylch. Pan dw i'n eu gollwng mae'r cogiau'n chwyrlïo – ac er mawr syndod i mi mae'r cogiau ar ei gylch o'n chwyrlïo hefyd. Mae yna saeth wedi'i cherfio ar un o'i ddeialau o, ac mae honno'n troi ac yna'n dod i orffwys yn pwyntio yn syth ata i.

'Da iawn,' meddai, a nodi'i ben. 'Ond mae'n rhaid i mi fynd rŵan, wir i ti. Dw i wedi gwastraffu gormod o amser yn barod.'

Mae o'n troi i adael, ac mi ydw i'n teimlo ton o banig.

'Aros funud,' gwaeddaf. 'Pwy wyt ti?'

Mae'r bachgen yn petruso.

'Teg,' ateba o'r diwedd. 'A chditha?'

'Charlie.'

Mae Teg yn gwenu arnaf am eiliad. 'Charlie, unwaith dw i wedi camu trwy fan'na, rhaid i ti redeg. Mi wna i gau'r porth mor gyflym ag y galla i. Ti'n deall?'

Dw i'n nodio, ac mae fy nghalon yn curo'n gyflym. Yna mae Teg yn gwthio trwy'r iorwg ac yn diflannu. Mae'r udo yn dechrau eto, yn uwch y tro hwn.

Dw i ddim yn gwastraffu amser. Dw i'n rhedeg

rownd y gornel gyda'r cenau bach wedi'i ddal yn fy mreichiau ac yn gwasgu fy hun yn erbyn y wal. Ar ôl ychydig o eiliadau dwi'n edrych yn ôl at y fan lle ddiflannodd Teg.

I ddechrau dw i'n dal i allu clywed yr udo sgrechlyd – ond yna, yn sydyn, mae popeth yn ddistaw. Mae'r awel yn ysgwyd dail yr iorwg, ac yn hytrach na'r düwch y tu ôl iddyn nhw, dw i'n gweld cerrig oer cyfarwydd muriau'r castell.

Mae'r porth wedi cau. Mae'n rhaid bod Teg wedi defnyddio'r garreg gloi, ac yn awr mae o'n ceisio dianc. Wn i ddim pwy ydi o. Dw i ddim hyd yn oed yn gwybod a ydi hyn i gyd yn wir. Ond mi ydw i'n gobeithio ei fod o'n llwyddo i ddianc. Fyswn i ddim eisiau cyfarfod beth bynnag sydd yn gwneud y sŵn udo erchyll yna wyneb yn wyneb.

Dw i'n edrych i lawr ar y cenau yn fy mreichiau ac mae ei lygaid melyn anferth yn edrych yn ôl arna i.

Wn i ddim pa helynt dw i wedi cael fy hun iddo.

Pennod 6

Ddeg munud yn ôl mi oeddwn i ar fy ffordd i fyny i'r castell i guddio fy ngharreg. Rŵan dw i ar fy ffordd i lawr o'r castell, ac mi *wnes* i guddio fy ngharreg, ond mi ydw i hefyd wedi darganfod cenau llwynog ymfflamychol.

Pam fod y pethau fel hyn yn digwydd i mi? Yr ŵydd i ddechrau, ac yna hyn.

A dyma fi'n cerdded i lawr yr allt gyda cenau tân yn fy mreichiau. Mae fy ffeil celf wag yn siglo yn ôl ac ymlaen yn fy llaw, yn fwd drosti. Mae Fflamgwt yn rhythu arna i.

'Ti ddim yn edrych fel Fflamgwt,' meddaf wrtho.

Mae o'n edrych arna i fel petawn i'n wirion.

Wrth gwrs 'mod i'n edrych fel Fflamgwt. Bron 'mod i'n gallu'i glywed o'n siarad. *Wnest ti ddim fy ngweld i cynt?*

'Hmmm, na. Tydi'r enw yna ddim yn dy siwtio. Bydd rhaid i mi feddwl am rywbeth arall.'

Be ydw i'n mynd i'w wneud efo fo? Fedra i ddim mynd â fo i mewn i'r tŷ – beth petai o'n rhoi rhywbeth ar dân? Ond mae gen i'r tŷ coeden – mae Dad wedi chwistrellu hwnnw efo cemegyn arbennig sy'n atal tân. Ac all Fflamgwt ddim dianc oherwydd all o ddim dringo i lawr yr ysgol raff.

Ac o leiaf does yna ddim ysgol fory. Mi fyddai hynny wedi bod yn ddiddorol. Ac fe fydd o wedi mynd erbyn nos Sul. *Dim ond dau ddiwrnod,* meddaf wrthaf fi fy hun. *Dau ddiwrnod, ac yna fe fydd popeth yn mynd yn ôl i normal.*

'O leia ti'n ddel,' dywedaf. ''Sa pethau'n gallu bod yn waeth. 'Sa ti'n gallu bod yn bryf copyn tân, neu llygoden dyrchol foel danllyd.'

Mae Fflamgwt yn agor a chau ei lygaid. Mae o'n edrych mor ansicr ohona i ag yr ydw i ohono fo.

Dw i'n osgoi edrych i wyneb pawb wrth gerdded trwy'r dref, ond tydi hynny ddim yn anarferol i mi. Bachgen pen-lawr-a-cherdded-yn-gyflym ydw i. Ond heddiw mi ydw i'n cerdded yn gynt nag arfer, ac mae fy mhen i lawr fwy nag arfer. Dw i ddim am dynnu unrhyw sylw ataf fy hun.

Rhywbeth sy'n anodd pan ti'n cario cenau llwynog.

'O, sbïwch – am gi bach del!' gwichia merch wrth ei thad wrth fynd heibio, ac mi ydw i'n ymlacio ychydig. Dw i'n falch nad fi ydi'r unig un sydd wedi gwneud y camgymeriad yna pan nad ydi ei fflamau i'w gweld.

Dw i bron â chyrraedd ein tŷ ni pan mae Fflamgwt yn dechrau aflonyddu yn fy mreichiau. Mae o'n gwneud sŵn crio blin.

'Be sy'n bod?' gofynnaf, a mwyaf sydyn mae fy mysedd yn teimlo'i flew yn dechrau cynhesu. 'Iawn, iawn.'

Dw i'n edrych i fyny ac i lawr y stryd i wneud yn siŵr nad oes yna neb o gwmpas cyn ei roi ar y llawr. Mae ei flew yn dechrau diffodd yn syth.

'Digywilydd,' meddaf. 'Yr holl helynt dim ond

i gael dy ffordd dy hun. Be sy'n bod, beth bynnag? O, dw i'n gweld...'

Dw i'n ei wylio wrth iddo gerdded draw at gar dieithr sydd wedi'i barcio yn union gyferbyn â'n tŷ ni, codi ei goes a dechrau pi-pi ar yr olwyn.

Mae drws ffrynt ein tŷ ni'n agor. Dw i'n sefyll yn stond fel cerflun ac mae'r cenau'n dal ati i bi-pi. Roeddwn i wedi bwriadu mynd yn syth i'r ardd gefn. Doeddwn i ddim eisiau cael fy nal gan un o'm rhieni a gorfod esbonio pethau iddyn nhw...

Ond nid un o'm rhieni sy'n sefyll yn y drws. Gwraig efo gwallt brown a wyneb caredig sydd yna, a bag lliwgar ar ei hysgwydd. Mae fy nhadau yn ymddangos y tu ôl iddi hi wrth iddi gerdded i lawr yr ardd a chodi llaw. Mae hi'n oedi pan wêl hi fi.

'O, mae'n rhaid mai chdi ydi Charlie,' dyweda a gwenu fel giât.

Fedra i ddim symud. Mae Fflamgwt o'r diwedd wedi gorffen pi-pi.

Plis aros yn llonydd, anogaf yn ddistaw. Os arhosith o ble mae o mae'r olwyn yn ei guddio.

'Ym, ia, fi ydi hwnnw,' meddaf, gan wneud fy ngorau glas i swnio'n naturiol.

'Gwych!' medda'r ddynes. 'Fy enw i yw Non – gweithiwr cymdeithasol mabwysiadu ydw i. Dim ond wedi galw'n sydyn i gael sgwrs efo dy dadau.'

Wrth gwrs – yng nghanol popeth sydd wedi digwydd heddiw ro'n i wedi anghofio'n llwyr am ymweliad y gweithiwr cymdeithasol. Ac mae Fflamgwt newydd bi-pi ar ei char!

'O!' meddaf. 'Braf iawn eich cyfarfod chi.'

'A braf dy gyfarfod titha. Mi oeddwn i wrthi'n deud wrth dy dadau y dylai'r broses fabwysiadu fod yn hawdd gan eu bod wedi mabwysiadu o'r blaen. Wyt ti'n edrych ymlaen i gael brawd neu chwaer fach?'

Dw i'n gorfodi fy wyneb i wenu. Nid yn unig mae Fflamgwt yn snwffian yn nerfus wrth fy nhraed, ond rhaid i mi hefyd esgus fy *mod* i wedi gwirioni. 'O, yndw, dw i, ym, wrth fy modd.'

Mae hi'n camu trwy'r giât i'r palmant. Mae hi'n dod yn agos. Dw i'n plygu i lawr yn sydyn, yn codi Fflamgwt ac yn tynnu fy mag ysgol i'r blaen i'w guddio. Mae Non yn dringo i mewn i'w char ac mi ydw i'n sgrialu i lawr y llwybr, yn codi llaw ar fy nhadau, ac yn diflannu i'r ardd gefn cyn iddyn nhw allu fy ngalw i ddod atyn nhw. Dw i ddim eisiau aros i siarad – be yn union fyswn i'n ei ddweud?

Mae'n ddrwg iawn gen i 'mod i'n hwyr – dw i wedi bod yn siarad efo dieithryn o deyrnas hud a lledrith sydd wedi rhoi y goelcerth fach fyw yma i mi a gofyn i mi edrych ar ei hôl am ychydig ddyddiau, dyna'r cyfan. Be sydd 'na i de?

Mi fyddan nhw'n cael ffit. Yn enwedig Dad – diffodd tanau yw ei waith o, yn llythrennol. Be fyddai o'n ei wneud petai o'n gweld Fflamgwt? Fe fydd rhaid i mi ymddwyn yn od iawn ac osgoi pob cyswllt efo pobl am y ddau ddiwrnod nesaf.

Ddylai hynny ddim bod yn rhy anodd. Od ydi fy ymddygiad arferol. *Heblaw,* meddyliaf wrth i mi lithro trwy ffens yr ardd a mynd i lawr at y tŷ coeden, *am Gwenno a Rŵ. Sut fedra i gadw Fflamgwt yn gudd oddi wrthyn nhw?*

Dw i'n codi fy hun dros ymyl y llwyfan, a gollwng Fflamgwt ar lawr y tŷ coeden. Mae o'n sefyll yn hollol stond, yn edrych ar le sydd yn hollol ddiarth iddo, ac yna mae'n dechrau cerdded o amgylch ffiniau'r ystafell, gyda'i drwyn ar y llawr.

Penderfynaf fy mod i am dreulio'r penwythnos

cyfan yn y tŷ coeden, ymhell oddi wrth bawb. Cyn belled 'mod i'n gallu ei gadw fo'n dawel ac yn hapus fydd dim angen poeni am ddim byd. Be ddywedodd Teg am ei dân o? Bod ei fflamau'n cynnau pan mae o'n flin, neu'n ofnus, neu wedi cynhyrfu, ac weithiau pan mae o eisiau bwyd. Felly'r cyfan sydd yn rhaid i mi ei wneud yw sicrhau nad oes yr un o'r rhain yn digwydd. Mi ddylai hynny fod yn ddigon hawdd. Yn dylai?

Tydi o ddim y cynllun gorau. Mi allai'r cynllun hwn ddiflannu mewn *fflamau*. Ond, gyda Fflamgwt yn neidio ar ben un o fy nghlustogau mawr ac ymosod arno, dyma'r unig gynllun sydd gen i.

'O, wn i ddim, Charlie. Falla 'i bod hi braidd yn oer ar gyfer hynny?' gofynna Tada.

Rydan ni yn y gegin. Dw i newydd ofyn i 'nhadau os ga i gysgu yn y tŷ coeden heno. Mae o'n rhywbeth dw i'n ei wneud yn aml yn yr haf.

'Ti'n gwbod mai mis Gorffennaf ydi hi?' meddai Dad wrth Tada. 'Mae hi'n ddiwrnod hyfryd a does dim sôn am gorwyntoedd yn y rhagolygon tywydd.'

Mae Tada'n wfftio ac yn chwifio llwy bren ar Dad. 'O'r gore. Ond os bydd storm dw i'n dy feio di.'

Mae fy nghorff yn llawn adrenalin. Fe adewais Fflamgwt i fyny yn y tŷ coeden, yn cysgu'n sownd ar ôl awr o ymladd gyda chlustog. Fe losgodd y clustog fymryn bach wrth iddo gynhyrfu gormod a'i fflamau ymddangos. Unwaith roedd o'n fodlon bod y tŷ coeden yn ddiogel, rhoddodd y gorau i bryderu a dechrau rhedeg o gwmpas fel peth gwirion.

Dw i'n newid i drwsus pyjamas a hwdi, yna'n

gafael yn fy sach gysgu, gobennydd a llyffant tegan meddal cyn dychwelyd yn ôl i'r gegin. Dw i'n dwyn ychydig o gorn-bîff ac ambell beth arall, yn ogystal â photel o ddŵr a dysgl.

Dw i'n agor y drws cefn ac yn camu allan i'r gwyll. Dw i'n falch iawn o weld bod y tŷ coeden yn dal yna – roeddwn i'n hanner disgwyl ei weld yn wenfflam, fel darn anferth o frocoli ar dân.

Cariaf fy mhethau i fyny'r ysgol a gweld bod Fflamgwt yn dal i gysgu ar y clustog. Mae o'n neidio'n effro wrth i mi ddod i mewn, ond yna'n ymlacio wrth weld mai fi sydd yna. Dw i'n gosod popeth ar y llawr ac yn eistedd gyferbyn â fo.

'Paid â phoeni, dim ond fi sy 'ma,' meddaf. 'Tithau ychydig bach yn nerfus, dwyt? Dw i'n deall sut ti'n teimlo.'

Dw i'n agor y pecyn o gig oer. Mae trwyn Fflamgwt yn crychu'n syth.

'O'n i'n amau y byddai hynna'n gweithio.'

Dw i'n cynnig tafell o'r cig iddo fo. Mae o'n dod tuag ataf yn araf, a'i ffroenau'n llydan.

'Does gen i ddim bwriad dy frifo. Dw i yma i edrych ar dy ôl di.'

Mae o'n arogli'r hyn dw i'n ei gynnig, ac yna'n ei gipio allan o fy llaw mor gyflym nes fy mod i wedi dychryn. Gallaf deimlo'r gwres braf o'i flew wrth iddo gnoi'r cig. Mae ei gorff cyfan yn disgleirio'n ysgafn. Mae'r awyr y tu allan yn tywyllu, ond mae ei gorff yn rhoi hynny o olau dw i ei angen. Dw i'n teimlo fel pe bawn i mewn ogof folcanig.

'Ti angen enw newydd,' meddaf. 'Dw i dal yn teimlo nad ydi Fflamgwt yn dy weddu. Beth am... Roced?'

Mae o'n edrych arna i'n ddirmygus.

'Na? Ocê... beth am Dei?'

Tydi o ddim hyd yn oed yn trafferthu ymateb i'r awgrym hwn. Wela i ddim bai arno fo.

Dw i'n cynnig enw ar ôl enw, ond does yr un ohonyn nhw'n swnio'n iawn. Dw i'n mynd o'r amlwg, Fflam neu Gwreichionyn, i enwau wedi'u hysbrydoli gan sut mae o'n edrych, Blewyn neu Cochyn. Does yr un ohonyn nhw'n teimlo'n iawn. Ond yna dw i'n cofio am y wers yn yr ysgol – bod yna fwy nag un enw ar yr un creadur. Llwynog ydw i'n galw'r anifail hwn, ond mewn rhannau eraill o Gymru maen nhw'n ei alw'n...

'Cadno,' meddaf.

Mae'r cenau bach yn edrych i fyny â'i glustiau'n symud yn ôl ac ymlaen, fel petai'n gwybod mai dyna'i enw, a bod rhywun wedi'i ddweud yn uchel am y tro cyntaf erioed.

'Felly *dyna* be ydi o.' Dw i'n gwenu. 'Cadno, dw i'n hoffi'r enw.'

Dw i'n rhoi gweddill y corn-bîff iddo fo cyn gorffwys yn erbyn clustog mawr. Mae Cadno yn cario'r llyffant tegan draw ataf ac yn ceisio fy mherswadio i chwarae tynnu. Dw i'n chwerthin wrth iddo dynnu yn fy erbyn, gan ddefnyddio holl nerth ei gorff bach tew.

Efallai na fydd hyn mor ddrwg â hynny, meddyliaf a dechrau byseddu'r crwngog yn fy mhoced. Roedd Teg wedi dweud wrtha i ei ddefnyddio os oedd unrhyw helynt – fe fyddai'n cysylltu efo'i un fo ac fe fyddai'n gwybod ble i gael hyd i ni. Ond tydi Cadno ddim yn achosi unrhyw helynt – ac mae o'n ciwt iawn.

Yma, efo'r cenau bach yn chwarae efo fy llyffant tegan, ac yn chwyrnu'n chwareus, bron fel petai'n chwerthin, dw i'n teimlo bod miliynau o bethau amhosib yn dod yn wir. Efallai na fydd rhaid i mi ddefnyddio'r crwngog o gwbl.

'Braf iawn dy gyfarfod di, Cadno,' dywedaf.

Mae fy mreuddwydion yn llawn udo. Dolefain y blaidd sydd yn atsain trwy'r nos. Mae'r Grendilwch yn parhau i hela, yn arogli'r aer ac dod yn nes ac yn nes...

Agoraf fy llygaid. Mae hi'n noson dawel. Mae Cadno wedi cyrlio yn belen yn fy erbyn, ei bawennau'n gwthio yn erbyn fy ochr, ac mae popeth fel y dylai o fod.

Heblaw 'mod i'n amau fy mod i'n gallu clywed sŵn udo *go iawn*, yn y pellter, yn dod i lawr o'r bryniau. Efallai mai dim ond gweddillion y freuddwyd ydi o, ond, wrth i'r lleuad gyrraedd ei hanterth yn yr awyr, dw i'n codi Cadno, sydd yn dal ati i chwyrnu cysgu, ac yn mynd i mewn i'r tŷ, ac i fyny i fy llofft.

Dim ond rhag ofn.

Pennod 7

Mae rhywbeth gwlyb yn crafu fy moch ac yn fy neffro. Agoraf fy llygaid i weld trwyn du gloyw ychydig centimedrau o fy wyneb. Tu ôl i'r trwyn mae dwy lygad fawr felen, a diolch byth, wyneb llawn blew llwynog cyffredin. Dim golwg o fflam.

'Bore da.'

Mae tafod Cadno yn disgyn allan o'i geg. Mae o'n edrych fel petai'n aros am rywbeth...

'Wyt ti angen mynd i bi-pi? Ai dyna sy'n bod?' Mae golau gwan y bore'n dod trwy'r ffenestri ac mi ydw i'n codi ar fy eistedd. 'Ty'd 'ta. Amser i ti

fynd i wneud dy fusnes.'

Dw i'n ei godi yn fy mreichiau ac yn cerdded yn ofalus i ben y grisiau. Mae hi'n dal yn gynnar iawn – dw i'n gallu clywed Dad yn chwyrnu yn ei lofft o a Tada.

Unwaith dw i allan dw i'n gosod Cadno ar lawr ac mae ei bawennau meddal yn suddo i mewn i'r gwair. Mae o'n cario gweddillion y llyffant tegan, sydd wedi llosgi ychydig bach, yn ei geg ac mae o'n edrych o'i gwmpas yn amheus.

'Paid â phoeni, dim ond yr ardd ydi hi – does

yna ddim byd yn fan'ma wneith dy frifo,' meddaf.

Dw i ddim yn edrych wrth iddo wneud ei fusnes preifat. Fyswn i ddim yn hoffi petai rhywun yn fy ngwylio i, felly dw i'n wynebu'r ffordd arall pan mae o'n dechrau gwneud pw-pw. Ond yna dw i'n clywed sŵn sydyn ac yn teimlo gwres yn erbyn fy nghefn.

Dw i bron ddim eisiau edrych. Dw i eisiau dal ati i rythu ar y blodau ac esgus nad oes yna lwynog tân yn gwneud drygau y tu ôl i mi. Ond fe fyddai hynny'n anghyfrifol, felly dw i'n troi – ac yn rhoi ebychiad anferth.

Mae Cadno wedi neidio i fyny at y lein ddillad ac yn crogi yn yr awyr â'i ddannedd yn gafael yn dynn mewn hosan – ac mae ei holl gorff yn belen lachar o dân. Mae o'n symud mor egnïol nes bod y lein ddillad i gyd yn dechrau ysgwyd. Mae tân yn lledu i fyny'r hosan ac yn teithio ar hyd y lein ddillad a chyrraedd lliain, yna'n cyrraedd crys, ac o fewn eiliadau mae yna storm o fflamau yng nghanol yr ardd.

Alla i ddim gwneud dim byd, dim ond edrych ar hyn yn gegagored.

Mae Cadno yn chwyrnu'n chwareus, ac yna mae'r hosan mae o'n gafael ynddi'n chwalu. Mae o'n disgyn i'r llawr ac yn dechrau rhedeg o gwmpas y lein ddillad gan neidio i'r awyr a cheisio dal gafael mewn rhywbeth arall.

'Charlie, be –' meddai llais uwch fy mhen. 'WAW!'

Dw i'n edrych i fyny ac yn gweld Dad yn agor ffenest eu llofft. O fewn eiliad mae ei wyneb yn newid o fod yn gysglyd i fod yn llawn panig, a'r peth nesa mae o wedi diflannu o'r golwg.

'Na!' hisiaf. '*Nananananana!*'

Dw i'n troi oddi wrth y ffenest ac yn gweld Cadno yn edrych yn falch ar y cylch o dân mae o wedi'i greu.

'Hei, chdi! Cer o 'na! Rŵan!'

Mae ei glustiau yn gostwng pan mae o'n sylweddoli ei fod o mewn helynt, a'i fflamau'n tawelu. Estynnaf amdano a gweld bod ei flew wedi oeri ddigon i mi afael yno fo. Dw i'n ei gario i fyny ysgol y tŷ coeden, ei wthio i mewn a phwyntio fy mys ato fo.

'Dim smic, iawn? Dw i'n mynd i fod mewn cymaint o helynt oherwydd chdi! Mae'n well fod Dad heb dy weld ti, neu mi gei di esbonio popeth dy hun. Ocê?'

Mae Cadno yn benisel iawn ac yn osgoi edrych arna i oherwydd bod ganddo gywilydd. Dw i'n teimlo ychydig yn euog, ond does gen i ddim amser i aros yno. Dw i'n cyrraedd gwaelod yr ysgol fel mae Dad yn rhuthro trwy'r drws cefn. Dim ond ei ddillad isaf mae o'n wisgo, ond mae o, wrth gwrs, yn cario teclyn diffodd tân. Mae'n anelu hwnnw at y lein ddillad, a chwmwl o ewyn gwyn yn dod ohono. Mae'n ei anelu at y fflamau ac mae mwg yn codi i'r awyr.

Tydi o ddim yn edrych fel petai ganddo ofn o gwbl. Mae'n edrych yn hollol ddigynnwrf ac mae'n canolbwyntio ar yr hyn mae'n ei wneud, fel petai hyn yn rhywbeth hollol naturiol. Yn y cyfamser mae fy nghalon i'n teimlo fel petai'n trio dianc allan o fy nghorff. Sut mae o'n gallu wynebu tân fel yna heb gyffroi dim?

Mae'r fflamau wedi'u diffodd yn eithaf sydyn. Erbyn iddo fo orffen does yna ond rhyw garpiau bach du ar ôl.

Mae Dad yn diffodd y diffoddwr tân. Mae Tada wedi ymddangos yn y drws cefn, a'i wyneb yn wyn fel y galchen.

'Be ddigwyddodd?' gofynna Dad ar ôl yr hyn sy'n teimlo fel oes.

O, na. Mi oeddwn i wedi bod yn rhy brysur yn ei wylio fo i feddwl am esgus credadwy.

'Ym... wel... wn i ddim... Ym... O'n i'n cysgu yn y tŷ coeden ac fe wnaeth y mwg fy neffro. Dw i ddim yn gwbod sut wnaeth o ddechrau.'

Dw i'n penderfynu cadw'r gwir am symud yn ôl i'r tŷ yn ystod y nos i mi fy hun. Mae'n gas gen i ddweud celwydd wrthyn nhw, ond mae'n rhaid i fy stori wneud synnwyr.

'Wyt ti'n siŵr?' gofynna Dad a'i dalcen yn

crychu. 'Mi fyswn i'n taeru i mi weld...'

'Gweld be?' hola Tada.

Dw i'n teimlo fy mod i'n mynd i gyfogi, ond yna mae Dad yn ysgwyd ei ben. 'Dim byd. Anwybydda fi.'

'Fetia i mai honna drws nesa oedd o,' meddai Tada, gan bwyntio at dŷ ein cymydog. 'Mae hi yn yr ardd yn smocio o hyd! Siŵr mai hi oedd yn cael smôc ben bore, a bod 'na wreichionyn o'i sigarét wedi chwythu dros y ffens. Dw i bron iawn â mynd yna a —'

'Na!' torraf ar ei draws. Mae fy nhadau'n edrych arna i. 'Wel, 'sa ti'n *medru* mynd drws nesa a rhoi llond pen iddi hi, ond fedri di ddim profi'r peth. Fysa hi ond yn gwadu.'

'Mae Charlie'n iawn,' meddai Dad, ac yn ymestyn i dynnu rhyw edau ddu a allai fod yn unrhyw beth oddi ar y lein ddillad. ''Sa fo wedi gallu bod yn waeth. Dim ond ychydig o sanau a lliain neu ddau. Mae o'n bechod na fedra i osod Gwyliwr Gwres Tair Mil allan yn fan'ma.'

'Mae tanau coedwig mawr yn dechrau efo dim ond ychydig o ddail!' ateba Tada'n swta a cherdded yn wyllt yn ôl i'r tŷ.

Mae Dad yn edrych arna i o 'nghorun i'm sawdl. 'Wyt ti wedi brifo?'

Dw i'n ysgwyd fy mhen. 'Dw i'n iawn.'

'Wyt ti'n siŵr? Ti'n edrych yn welw braidd.'

'Dad, dw i'n iawn!'

'Mae o'n iawn bod ofn 'chydig bach, 'sti. Roedd hynna'n ddigon i ddychryn —'

'Dad, sgen i ddim ofn!'

Mae o'n ochneidio. 'Iawn, iawn.' Yna mae o'n oedi, ac yn edrych ar rywbeth wrth ymyl fy nhraed. 'Charlie, pam fod y llyffant tegan allan yn yr ardd?'

Efallai mai bod yn feudwy am y penwythnos ydi'r unig ateb call, ond tydi o ddim mor hawdd ag yr oeddwn i wedi'i obeithio. Hedfana llais Tada i fyny o'r ardd tua hanner dydd, ac mae fy stumog yn tynhau â phryder.

'Charlie, tyrd yn dy flaen – mae'n amser cael dy hun yn barod!'

Mae Cadno, sydd yn gorwedd ar draws fy mrest, yn neidio ar ei eistedd. Dw i'n gallu teimlo rhyw gryndod yn dechrau yn ei fol. '*Shh*' meddaf, ond dim ond gwneud siâp ceg ydw i. Yna dw i'n galw i lawr i'r ardd, 'Y, barod am be?'

'Mae hi'n ddydd Sadwrn,' ateba Tada. 'Diwrnod siopa.'

A! Roeddwn i wedi anghofio mai dydd Sadwrn ydi'r diwrnod siopa bwyd. Fel arfer dw i'n hapus i fynd gan fod Tada yn gadael i mi ddewis rhai o fy hoff fwydydd, ond heddiw, wel... dw i ddim mor hapus.

Dw i'n mynd at ochr y llwyfan. Mae Tada'n sefyll wrth y drws cefn.

'Oes rhaid i mi ddod? Dw i'n un ar ddeg. Dw i'n ddigon hen i edrych ar fy ôl fy hun.'

'Fel ddudist ti,' ateba Tada, 'ti'n un ar ddeg. Brysia, cer i gael dy hun yn barod.'

'Ond, Tada —'

'Gwranda, un ai ti'n dod i siopa efo fi neu ti'n mynd i weld dy nain efo Dad, ond ti *ddim* yn aros adra ar dy ben dy hun.'

Dw i'n oedi. Mae Nain yn byw mewn cartref i'r henoed. Mae ei hystafell yn fach ac yn gyfyng ac yn llawn o ddodrefn blodeuog. Prin y bysa 'na le i fochdew heb sôn am genau llwynog a allai fynd ar dân unrhyw funud.

Does gen i ddim llawer o ddewis.

Ugain munud wedyn dw i'n eistedd yn unionsyth yng nghefn y car efo gwên wirion ar fy wyneb. Dw i'n ceisio edrych fel petawn i wedi ymlacio, ond yn methu'n llwyr.

'Ydw i'n drewi neu rwbath?' gofynna Tada, gan edrych i fyw fy llygaid yn y drych.

'Be?'

'Ti wedi penderfynu eistedd yn y cefn, ond mae yna le yn y blaen. Dim ond meddwl falla 'mod i'n drewi. Jôc ydi hi. Wyt ti'n iawn, Charlie? Ti'n ymddangos braidd yn... bryderus.'

Wel efallai mai'r rheswm am hynny ydi bod gen i sach gefn rhwng fy nghoesau sydd yn cynnwys llwynog tân allai droi'n fflamau o ofn wrth i ni fynd dros dwmpath cyflymder.

'Pryderus? Fi?' Dw i'n chwerthin braidd yn rhy uchel. 'Dw i ddim yn gwbod am be ti'n sôn. Dw i'n hollol iawn. Dw i erioed wedi bod mor iawn.'

Coda Tada un o'i aeliau. 'Ym, ocê.'

Mae llygad felyn yn edrych arna i trwy fwlch yn zip fy sach, ac yna mae sŵn crio yn dechrau dod trwy'r bwlch. Mae fy llygaid i'n mynd yn fawr a phryderus.

'Y gân!' gwaeddaf yn wyllt, gan ysgwyd fy mraich i gyfeiriad y radio. 'Dw i wrth fy modd efo hon. Wnei di plis ei rhoi hi'n uwch?'

Mae Tada'n gwgu ychydig. 'Wyddwn i ddim dy fod ti'n hoffi cerddoriaeth rap.'

'O, yndw, dw i'n gwirioni efo rap.'

'*Oooo-ceeee.*'

Mae Tada'n troi'r radio'n uwch ac yn llenwi'r car gyda churiadau uchel y gân, sy'n boddi sŵn Cadno. Dw i'n ymestyn i lawr ac yn rhoi mwythau iddo fo trwy'r bwlch yn y zip. Mae ei flew yn gynnes fel arfer, ond does dim arwydd o fflam. Ond hyd yn oed wedyn alla i ddim ymlacio.

Pum munud wedyn mi ydan ni'n parcio o flaen yr archfarchnad. Mae Tada'n mynd allan o'r car ond tydw i ddim yn symud.

'Charlie, wyt ti'n dod?'

'O, ro'n i'n meddwl y byswn i'n aros yn y car,' atebaf.

Mae Tada'n gwgu eto. 'Mae hi tua miliwn gradd. Fedri di ddim aros yn yn y car.'

'Mi fydda i'n iawn.'

'Wn i ddim be sy'n bod efo chdi heddiw, ond dw i ddim yn trafod hyn. Allan â ti, rŵan.'

Dw i'n griddfan, yn rhoi'r bag ar fy nghefn ac yn dod allan o'r car. Mi allaf deimlo gwres Cadno trwy'r defnydd wrth i Tada afael mewn troli a'i wthio tuag at y drysau otomatig.

Wrth i ni fynd trwyddyn nhw dw i'n cael cip ar arwydd ar y gwydr:

CŴN TYWYS YN UNIG

Dim gair am genawon llwynogod tân. Dw i'n cerdded yn fy mlaen, heibio un o weithwyr y siop sy'n adeiladu pyramid o bapur toiled. Mae o eisoes mor uchel â'i ysgwydd.

Mae Tada'n arwain y ffordd rhwng y silffoedd. Dw i'n llusgo y tu ôl iddo fo, ac yn gwyro'n ofalus o amgylch pawb a phopeth. Bob yn hyn a hyn dw i'n oedi i roi mwythau i Cadno yn y sach ar fy nghefn, dim ond i'w gadw'n hapus.

Mae popeth yn mynd yn iawn. Efallai y bydd

posib prynu popeth sydd ei angen a mynd adref heb i unrhyw beth od ddigwydd.

'Dw i newydd gofio – mae'n rhaid i ni gael sanau newydd ar ôl be ddigwyddodd bore 'ma,' meddai Tada mwyaf sydyn a throi'r drol i gyfeiriad arall.

'Dw i'n mynd i grwydro 'chydig,' atebaf. Mae angen i mi gadw i rannau distaw y siop, lle na fydd unrhyw beth yn dychryn Cadno ac yn cynnau ei dân.

'O'r gore, mi wna i anfon neges i dy ffôn di pan dw i wrth y til,' meddai Tada, ac i ffwrdd â fo.

Dw i'n gollwng ochenaid o ryddhad. Am y tro o leiaf, dim ond y ni sydd yna.

Dw i'n crwydro o amgylch y siop, ac yn mynd heibio'r becws.

'Esgusoda fi.'

Dw i'n neidio mewn ofn ac yn troi rownd – ond dim ond hen wraig sydd yna. Mae hi'n edrych arna i'n obeithiol, ei llygaid wedi'u chwyddo gan ei sbectol.

'Ym, helô,' dywedaf.

'Meddwl oeddwn i gallai dyn ifanc tal fel chdi estyn jar o nionod picl i mi?' meddai gan wenu.

'Maen nhw'n eu gosod nhw mor uchel.'

Dw i wir ddim eisiau gwneud hyn. Dw i eisiau cadw'n bell oddi wrth bawb. Dyna'r unig ffordd i fod yn ddiogel. Ond pa fath o fwystfil fyswn i, yn gwrthod helpu'r hen wraig gael ei nionod picl?

'Ia, iawn,' meddaf. Mae hi'n gwenu fel giât ac yn fy arwain i lawr yr eil at y nionod picl.

'Dacw nhw,' meddai gan bwyntio at y silff uchaf.

Dw i'n mynd ar flaenau fy nhraed ac yn ymestyn i fyny. Dw i'n awyddus i wneud hyn mor sydyn â phosib. Mae blaenau fy mysedd yn cyffwrdd y jar.

'Wyt ti'n gwbod bod dy fag di wedi agor, cariad? Aros funud, mi wna i ei gau.'

Mae fy llygaid yn mynd yn fawr. 'Na!'

Dw i'n troi i'w hwynebu, ond mae hi'n rhy hwyr. Mae Cadno, wedi dychryn wrth weld y llygaid mawr crwn uwch ei ben, yn neidio trwy'r bwlch. Bron i'r bag gael ei rwygo oddi ar fy nghefn gan rym y llwynog bach yn hedfan allan ohono ac yn gwibio i ffwrdd fel comed ar draws yr eil.

Mae'r hen wraig yn rhoi bloedd wrth i Cadno saethu heibio. Dw i'n teimlo'n euog, ond does gen i ddim amser i'w helpu i gael ei nionod picl. Dw i'n rhedeg ar ôl Cadno, gwibio lawr yr eil a sgrialu rownd y gornel fel rhywbeth mewn gêm fideo rasio ceir. Mae fy nhreinyrs yn gwichian yn erbyn y llawr.

Does dim golwg o Cadno. Dw i'n sefyll yn llonydd ac yn aros – aros am sŵn sgrechian, neu aros i deimlo mwg yn crafu fy ngwddw. Rhywbeth, *unrhyw beth,* fydd yn dangos i mi lle mae o. Pa mor anodd all hi fod i gael hyd i genau llwynog mewn archfarchnad?

Dw i'n dechrau symud eto, fy meddwl yn llosgi efo syniadau brawychus. Beth os yw Cadno eisioes wedi llithro allan trwy'r drws ac yn crwydro o gwmpas y tu allan? Beth os bydd o'n rhoi rhywbeth ar dân? Beth os na wela i o byth eto?

Ond yna dw i'n troi i mewn i eil bellaf y siop, yr un sydd yn erbyn y wal gefn, a dacw Cadno – ac mae o'n disgleirio gan wres.

Mae o'n prancio oddi wrth y cownter cig gan ddal rhywbeth yn dynn yn ei geg. Rhywbeth sydd yn llusgo ar y llawr y tu ôl iddo fo fel darn o raff, ac mae ei gynffon yn ysgwyd yn falch. Ac yna dw i'n arogli rhywbeth. Arogl bendigedig rhywbeth yn coginio, rhywbeth sydd yn arogli'n debyg i...

'*Selsig*,' sibrydaf, gan fethu credu yr hyn dw i'n ei weld. Mae Cadno wedi dwyn cadwyn o selsig amrwd ac maen nhw'n coginio'n braf yn ei geg wrth iddo ddianc! Mae'r wraig sy'n gweithio ar y cownter cig â'i chefn atom, ac mi ydw i'n wir obeithio na fydd hi'n troi rownd ac yn gweld cenau llwynog bach ymfflamychol yn dianc gyda'i selsig hi.

'Cadno!' dw i'n hisian, ac yna mae o'n fy ngweld. Mae ei glustiau yn gostwng yn isel. Mae ei gynffon yn peidio ysgwyd. Mae o wedi cael ei ddal.

Gollynga Cadno'r selsig a dianc i lawr yr eil agosaf. Dw i'n rhedeg ar ei ôl, gan neidio dros y selsig ar fy ffordd. Mae ambell siopwr yn llamu allan o'r ffordd wrth iddo wthio heibio, eu hwynebau'n syfrdan. Tybed beth maen nhw'n ei feddwl? Ond dw i'n gobeithio na fydd rhaid i mi fod o gwmpas i esbonio.

Mae o'n dal i fynd, yn dal i redeg tuag at y drysau

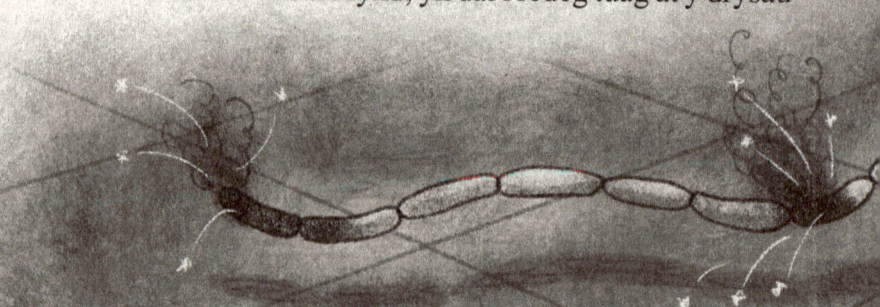

otomatig sydd yn arwain allan o'r siop. Dw i'n gwthio fy nghoesau i fynd yn gynt. Dw i'n ymestyn allan, yn taflu fy hun ymlaen, ac mae fy mreichiau yn cau amdano. Mae Cadno yn tuchan, dw i'n gallu dioddef gwres ei flew, ac mae'r ddau ohonom yn llithro ar draws y llawr. Mae yna gysgod uwch ein pennau, rhywbeth tal siâp pyramid.

'Hei!' gwaedda llais, ond mae hi'n rhy hwyr – mae Cadno a finnau'n mynd trwy'r wal o bapur toiled roedd y gweithiwr wedi'i hadeiladu ger y fynedfa. Mae'r holl beth yn chwalu, yn gawod o silindrau meddal yn disgyn o amgylch fy mhen. Down i stop, wedi ein claddu o dan fynydd o bapur toiled.

Mae'n lle meddal i lanio. Mi hoffwn i aros yn

fan hyn, lle meddal a chynnes, gyda Cadno yn fy mreichiau, ac esgus nad oes dim o hyn wedi digwydd. Dw i ddim am wynebu beth sydd yn dod nesaf.

Mae o'n llyfu fy moch, fel petai'n ymddiheuro. Dw i'n anwybyddu ei gusanau ac yn ei annog yn ôl i fy mag ar frys cyn dod yn ôl i'r golwg allan o'r llanast.

Mae criw o bobl wedi casglu o amgylch y chwalfa papur toiled. Mae'r gweithiwr â'i ben yn ei ddwylo.

'Mi gymerodd hynna oriau i mi,' griddfanna.

'Charlie?'

Dw i'n troi rownd ac yno mae Tada'n cario bagiau llawn. Mae o'n edrych yn ffwndrus, fel petai o bron iawn yn methu credu yr hyn mae o'n ei weld.

'Ym, mi alla i esbonio,' meddaf, er na alla i wneud o gwbl. Does gen i ddim math o syniad sut dw i'n mynd i gael fy hun allan o hyn.

'Esgusodwch fi, syr,' meddai dyn mewn blesyr ddu sy'n cerdded trwy'r dorf fach. 'Ai eich mab chi ydi hwn?'

O, gwych. Yr adran ddiogelwch. Dw i'n

gobeithio na fydd neb yn dweud eu bod wedi gweld cenau llwynog yn rhedeg o gwmpas. Efallai ein bod wedi bod yn lwcus. Ar wahân i'r rhai oedd yn yr eil bellaf, efallai fod popeth wedi digwydd yn rhy sydyn i neb sylwi.

'Ia, fy mab i,' ateba Tada gan wneud yr wyneb rhyfeddaf.

'Fe fydd rhaid i mi ofyn i'r ddau ohonoch adael yr adeilad,' meddai'r dyn diogelwch, ac mae Tada'n brasgamu yn ei flaen. Er gwaetha'r sefyllfa dw i'n teimlo ton o ryddhad nad oes yna neb wedi dweud gair am lwynog yn rhuthro o gwmpas.

'Peidiwch â phoeni, mi ydan ni'n gadael,' meddai Tada. 'Mae'n ddrwg iawn gen i am y llanast yr ydan ni wedi'i greu.'

Mae'r ddau ohonom yn dianc oddi yno. Dw i erioed wedi bod eisiau i'r ddaear fy llyncu cymaint yn fy mywyd. Mae Cadno yn gwingo'n aflonydd yn fy mag.

Mi hoffwn i petai hi'n fory, a finnau wedi cael fy mywyd normal yn ôl.

Pennod 8

Dau ddeg ac un o oriau. Dyna faint o amser sydd yn weddill hyd nes y bydd Teg yn dychwelyd i gasglu Cadno.

Rydan ni'n ôl yn y tŷ coeden. Dw i'n gorwedd yn erbyn clustog ac yn rhedeg fy llaw o'r man rhwng ei glustiau yr holl ffordd i lawr i'w gynffon. Mae o'n gwthio yn erbyn fy llaw bob tro a'i lygaid yn cau mewn hapusrwydd.

'Charlie?'

Dad sydd yna. Dw i'n cropian fel milwr i ochr y llwyfan ac yn edrych i lawr. Mae Dad yn sefyll yna mewn crys-T a thrwsus jogio.

'Helô,' meddaf braidd yn ddigalon.

'Mae Tada wedi deud wrtha i be ddigwyddodd yn yr archfarchnad. Wyt ti isio siarad am y peth?'

'Damwain oedd hi,' meddaf. 'Mi wnes i lithro a disgyn. Dw i wedi deud sori wrth Tada ar y ffordd adra. Am ein cael ni i helynt.'

'Dw i'n gwbod, a tydi Tada ddim yn flin efo chdi. Wnest ti ddim gwneud dim byd o'i le.'

Dw i ddim yn ateb ac mae Dad yn mynd yn ei flaen.

'Wedi dod i ofyn cymwynas ydw i. Dw i angen dy help i nôl rhywbeth o'r atig.'

'Ocê.'

'Gwych dy weld ti'n llawn brwdfrydedd, Charlie.'

'Na, na, dim problem,' meddaf. 'Mi fydda i lawr rŵan.'

Mae Dad yn mynd yn ôl i'r tŷ a dw i'n troi ac yn gweld Cadno yn swatio ar y clustog, wedi blino'n lân ar ôl cadw reiat yn yr archfarchnad. Efallai ei fod o'n hoff o greu helynt, ond mae hanner awr o chwarae fel ffŵl yn golygu awr o gysgu'n sownd. Hyd yn oed pan dw i'n ei godi i fyny tydi o ddim yn deffro. Mae o'n chwyrnu – synau bach gwichlyd, nid yn annhebyg i sŵn mochyn bach. Mi fydd o'n ddiogel i fyny yn fan hyn.

'Mi fydda i 'nôl yn fuan,' meddaf, er nad ydi o'n gwrando. Dim ond gobeithio nad ydi o'n cerdded yn ei gwsg.

'Be ydan ni'n nôl?'

Dw i'n gwylio Dad yn dringo'r ysgol i'r atig.

'Dy hen stwff babi di,' ateba. 'I ni gael dechrau gwneud y stafell sbâr i edrych mwy fel stafell i fabi.'

Mae fy stumog yn teimlo fel cwlwm tyn. Oherwydd popeth sydd wedi bod yn digwydd roeddwn i wedi anghofio'n llwyr am gael brawd neu chwaer fach.

'O, iawn.'

Mae pen Dad yn ailymddangos yn y twll ac mae o'n fy nghymell i fynd i fyny.

Dw i'n teimlo'n anghyfforddus wrth ddringo'r ysgol oherwydd fy mod i'n gwybod bod Dad yn mynd i siarad efo fi ynglŷn â theimladau, a tydi hynny byth yn hawdd i mi.

Dw i'n tynnu fy hun i fyny i'r atig. Mae yna focseidiau o addurniadau Nadolig, hen CDs, tapiau fideo a sawl albwm lluniau, a llwch dros y cyfan.

'Dw i isio dy grud di,' meddai Dad gan bwyntio at ddarnau hir o bren a defnydd meddal yn y gornel. 'Tyrd i helpu, wnei di.'

Dw i'n ei helpu i dynnu'r gwahanol ddarnau o'r gornel, ac yn aros i'r sgwrs-efo-dy-dad ddechrau.

Unwaith mae popeth mewn pentwr taclus, mae'n dechrau.

'Felly, be wyt ti'n feddwl am Tada a fi'n mabwysiadu babi arall?'

Distawrwydd. Dw i'n gwybod be ydi'r ateb yr *hoffai* i mi ei roi, ond a ydi hynny'n golygu mai dyna'r ateb *cywir?*

'Dw i'n meddwl ei fod o'n syniad gwych,' meddaf, gan osod gwên ar fy wyneb. 'Dw i wastad wedi bod eisiau cael brawd neu chwaer fach.'

'Ti ddim yn deud hynna dim ond er mwyn cadw dy dadau'n hapus?' gofynna. 'Ti ddim wedi *ymddangos* yn hapus iawn ers i ni ddeud wrthat ti, 'sti. Ti wedi bod yn ymddwyn yn wahanol.'

'Mae 'na ambell beth wedi bod yn digwydd yn

yr ysgol,' atebaf. Alla i byth ddweud wrtho fo fod y rheswm dw i'n ymddwyn yn wahanol yn cysgu'n belen dwt yn y tŷ coeden.

Mae wyneb Dad yn meddalu. 'Wyt ti isio siarad am y peth?'

Dw i'n oedi. 'Wel...'

Mae ei wyneb yn llawn anogaeth i mi ddweud mwy.

'Dad, sut wyt ti mor ddewr?'

'Be ti'n olygu?'

'Ti'n ddiffoddwr tân. Ti'n gwneud pethau peryglus bob dydd. Allwn i byth fod yn ddewr fel chdi,' meddaf, braidd yn aneglur.

Mae Dad yn gwenu ac yn rhoi ei law ar fy ysgwydd. 'Tydi'r ffaith 'mod i'n ddiffoddwr tân ddim yn golygu nad oes gen i ofn weithiau. Coelia di fi, mae gen i ofn trwy'r amser. Ond dw i ddim yn gadael i'r ofn fy rheoli. Fi sy'n ei reoli *fo,* ti'n deall?'

Dw i'n nodio'n araf.

'Does yna ddim y ffasiwn beth â dewrder. Esgus, cogio bach, ydi o i gyd. Ofni rhywbeth a'i wynebu beth bynnag. Beth sydd wedi sbarduno hyn, Charlie?'

Lle ydw i'n dechrau? Dw i'n cuddio cenau llwynog tân sydd ar ffo yn fy nhŷ coeden ac mae gen i ofn yr anhrefn sydd wedi dod efo fo. Mae gen i ofn bod yn frawd mawr a methu amddiffyn fy chwaer neu fy mrawd bach oherwydd fedra i ddim hyd yn oed amddiffyn fy hun...

'Ydi hyn i gyd oherwydd dy fod ti'n mynd i'r ysgol fawr fis Medi?'

O ia. Hynny hefyd.

'Ydi, 'chydig bach,' atebaf. O leiaf dyna *un* o'r pethau sy'n wir.

'Gwranda, mae dy dân mewnol di yn fan'na,' meddai Dad, a gosod ei fys ar fy mrest, yn union uwchben lle mae fy nghalon. 'Mae o'n aros i ddod allan. Dyna'r unig dân y gwna i dy annog i'w gynnau.'

Mae'r ddau ohonom yn rhannu'r distawrwydd, a'r ddau ohonom yn rhythu ar ein dwylo.

'Beth bynnag,' â Dad yn ei flaen, 'mae Non yn dod yn ôl pnawn dydd Mercher. Falla y bydd hi am edrych o amgylch y tŷ neu gael sgwrs efo chdi. Ti'n meddwl y byddi di'n iawn yn gwneud hynny?'

Dw i'n nodio. Fe fydd Cadno wedi mynd erbyn

hynny. Bydd popeth yn ôl i normal. Mae llygaid Dad yn pefrio, fel cymeriad cartŵn yn breuddwydio. Mae fy nhadau wir eisiau'r babi newydd. A finnau hefyd. Y cyfan sydd rhaid i mi ei wneud yw dysgu sut i fod yn frawd mawr da yn gyntaf.

Yn nes ymlaen y noson honno mae neges yn cyrraedd fy ffôn. Gwenno sydd yna. Mae hi wedi anfon neges i'n grŵp ni.

Gwenno: *Beth am wneud rhwbath fory?*
Rŵ: *Ww, ia!!!*

Dw i'n cnoi fy ngwefus isaf cyn teipio fy ateb.

Sori, methu gwneud dim byd fory!! Rhwbath teuluol yn digwydd.

Dw i'n teimlo'n euog yn syth. Anaml mae yna benwythnos heb i Gwenno, Rŵ a finnau weld ein gilydd. Ac fe fyddai'r ddau'n gwirioni efo Cadno. Mae teulu Gwenno wrth eu boddau efo anifeiliaid ac mae Rŵ wedi bod eisiau ci erioed – a dyna yn sylfaenol ydi Cadno, heblaw ei fod o ychydig cynhesach. Mae gen i, yn hollol lythrennol, gi poeth.

Mi hoffwn i rannu Cadno efo nhw'n fwy na dim, ond be ydi'r pwynt ac yntau'n mynd adref fory? Mi fyddai'r ddau'n dod yn ffrindiau mawr efo fo, ac yna byddai rhaid i mi fynd â fo i ffwrdd. Fe fydd hi'n ddigon anodd i mi ffarwelio â fo, er gwaethaf y trafferthion mae o wedi'u hachosi.

Gwenno: *Yyyy, ti'n ddiflas :(*
Rŵ: *Ti'n bod yn od, Charlie!*
Fi: *Dw i ddim yn bod yn od. Mae gen i rwbeth sydd rhaid ei wneud! Wir i chi!*

Dw i ddim yn dweud wrthyn nhw mai'r peth sydd rhaid i mi ei wneud ydi cerdded yn ôl i fyny i'r castell, cyfarfod bachgen o deyrnas hud a lledrith ym mhell i ffwrdd a dychwelyd y cenau llwynog tân dw i wedi bod yn ei warchod.

Gwenno: *Hmmmmmmmmmmmm.*

Dw i'n gwneud fy mochau'n grwn ac yn llawn aer wrth i mi feddwl, ac yna dw i'n cael syniad.

Fi: *Wnes i anghofio deud wrthach chi, dw i wedi cuddio'r garreg nesa.*
Gwenno: *Ti wedi???*
Rŵ: *Da iawn, mae'r gêm yn dal i fynd.*
Fi: *Ydach chi isio'r cliw?*
Fi: *Oes!!!*
Fi: *I ganfod y garreg, rhaid mynd tua'r gogledd-orllewin.*

Saib. Gwenno ydi'r cyntaf i ateb.

Gwenno: *Clyfar, Charlie. Clyfar iawn...*
Rŵ: *Yyy. Ydi hi'n rhy hwyr i beidio bod yn ffrind i ti?*
Fi: *Yndi! Mi wela i'r ddau ohonoch chi ddydd Llun.*

Mae'n sgwrs ni'n dod i ben, a dw i'n edrych i fyny. Mae Cadno yn neidio o amgylch y tŷ coeden, yn rhedeg ar ôl pêl dennis. Mae ei gorff yn donnau o gynnwrf, ei bawennau doniol yn taro'r bêl ar draws y llawr a'i flew yn dechrau gloywi.

Ar ôl rhyw ddeg munud mae o'n gorwedd ar fy nhraed, wedi blino ac wedi colli'i wynt. Dw i'n gallu teimlo'i wres trwy fy sanau.

'Wyt ti wedi cael digon, wyt?'

Mae Cadno yn llyfu fy hosan i gydnabod ei fod wedi fy nghlywed, ond yna'n crychu ei drwyn.

'Ia, mi fedra i ddychmygu nad oes yna flas da iawn ar hwnna,' chwarddaf a phlygu i lawr i fwytho'i ben.

Adeg yma fory fe fydd popeth drosodd. Fe fydd Cadno yn ôl yn ei wlad ei hun ac fe fydd hi fel petai hyn heb ddigwydd. Mae hi wedi bod yn bedair awr ar hugain wallgof. Mae Cadno wedi rhuthro i mewn i fy mywyd, llosgi'r cyfan a'i wneud yn rhywbeth newydd. Rhywbeth hollol ddi-drefn.

Ac er 'mod i'n methu aros i gael fy mywyd normal yn ei ôl, mae'r syniad o roi Cadno yn ôl i Teg fory yn fy ngwneud yn drist. Mae o'n gwmni da – hyd yn oed rŵan, ac yntau yn gwneud pw ar ganol llawr fy nhŷ coeden.

Pennod 9

Erbyn hanner awr wedi un ar ddeg y bore wedyn mae Cadno wedi toddi tegan Tarzan bach plastig, rhwygo deinosor spwng yn ddarnau mân a llosgi draig degan feddal. Fe ddechreuodd y tân yng nghanol y ddraig a llosgi am allan.

Er gwaethaf hyn dw i'n ddigalon wrth i mi ei godi yn fy mreichiau a'i osod yn fy sach gefn.

'Ty'd 'ta. Amser i mi fynd â chdi adre.'

Yn yr ardd ffrynt mae Tada'n pwyso dros y gwrych yn siarad efo Jerry sy'n byw drws nesaf.

'Dyna ddudodd Mrs Rhif 33,' meddai Jerry wrth

i mi gerdded i lawr llwybr yr ardd. 'Yn crwydro'r strydoedd. Ci mawr du. Mwy na blaidd, medda hi.'

A dyna pryd dw i'n sefyll yn llonydd.

'O, Charlie,' meddai Tada, ar ôl iddo sylwi fy mod i yna. 'Lle ti'n mynd?'

'Dwi, ym...'

Fedra i ddim meddwl be i'w ddweud. Dw i'n dal yn gaeth i'r hyn ddywedodd Jerry: *ci yn crwydro'r strydoedd*. Dw i'n cofio'r udo glywais i echnos, a'r hyn ddywedodd Teg am y creadur yr oedd o'n ffoi oddi wrtho, y Grendilwch.

Mae'n gallu newid ei siâp a'i ffurf. Mae o'n hoff iawn o ymddangos fel helgi.

Allai o fod?

'Charlie?

Dw i'n ysgwyd fy mhen. 'Dwi'n... ym, dwi'n mynd i fyny i'r castell efo Gwenno a Rŵ.'

Nodia Tada. 'Ocê, wel... bydd yn ofalus, yn gwnei?'

Dw i'n codi llaw ac yn brysio i lawr y llwybr, fy meddwl yn rasio. Doeddan nhw ddim yn sôn am y Grendilwch, nag oeddan. Mae'n rhaid mai rhyw gi ar goll oedd o. A'r udo – mi allai hynny fod yn gi bach rhywun yn gwneud twrw yn yr ardd gefn. Ysbryd ci bach, efallai. Does bosib bod y Grendilwch yn crwydro strydoedd Bryncastell. Fe wnaeth Teg gau'r porth ar ei ôl. Mi wnes i weld y wal yn ailymddangos.

Rydan ni'n cyrraedd y castell ychydig funudau cyn hanner dydd. Does yna neb o gwmpas felly dw i'n tynnu Cadno allan o'r bag a'i osod ar y llawr. Mae o'n dechrau rhedeg o gwmpas yn syth, yn mwynhau ei ryddid. Dw i'n chwerthin wrth ei wylio'n mynd ar ôl pilipala.

Dw i'n hanner disgwyl gweld Teg yn aros amdanom, ond wrth i mi fynd heibio cornel y tŵr gogledd-orllewinol mae'r lle'n wag. Mae awelon braf yr haf yn symud ychydig ar yr iorwg, gan ddangos y düwch y tu ôl iddo. Mae'r porth yn agored. Ond does yna ddim golwg o Teg.

Dw i'n troi mewn cylch, yn edrych am unrhyw symudiad.

'Teg?'

Mae'r gair yn adleisio o amgylch y muriau, ond does yna neb yn ateb.

Tydi Teg ddim yma. Mae fy stumog yn dechrau corddi. Tydi pethau ddim yn teimlo'n iawn.

Dw i'n edrych faint o'r gloch ydi hi ar fy ffôn – ychydig funudau ar ôl hanner dydd. Dw i ddim yn credu bod Teg y math o berson i fod yn hwyr. Camaf tuag at yr iorwg, ac edrych ar y stribedi o dduwch rhwng y cortynnau gwyrdd. Mae'r porth yn gwenu'n sbeitlyd arna i.

A dyna pryd dw i'n gweld y marciau ar y llawr. Ond maen nhw'n fwy na marciau – wrth i mi nesu atynt yn ofalus dw i'n sylweddoli eu bod nhw'n debycach i grafiadau. Rhigolau hir creulon yn dechrau yn y tywyllwch y tu ôl i'r iorwg. Mae fel petai rhywbeth enfawr, rhywbeth *erchyll,* wedi llusgo'i hun allan o'r porth ac i mewn i'n byd ni. Rhywbeth efo ewinedd mor fawr â chyllyll cegin.

Dw i'n dilyn y crafiadau i ganol y tir gwastad ac yna maen nhw'n dod i ben, yn newid eu siâp. Maen nhw'n llai dwfn ac yn llai cul, yn fwy crwn – fel olion traed.

Dw i'n rhoi bloedd wrth i mi sylweddoli ar be dw i'n edrych.

Olion traed *ydyn* nhw. Ond nid olion traed

person. Na, olion pawennau ydi'r rhain, tebyg i olion pawennau ci – helgi. Ac o edrych ar eu maint mae'r helgi hwn yn *anferthol*.

Dw i'n cofio'r udo oedd i'w glywed trwy'r porth y noson y gwnes i gyfarfod Teg. Dw i'n cofio sgwrs Tada a Jerry am y ci mawr du yn crwydro Bryncastell.

Efallai nad breuddwyd oedd yr udo glywais i'r noson gyntaf honno yn y tŷ coeden. Efallai fod y Grendilwch yma go iawn, yn cerdded ar hyd y strydoedd ar ffurf helgi erchyll. Helgi... y peth perffaith i ddal llwynogod.

Ond sut gallai'r Grendilwch fod yma? Mi welais i'r porth yn cau y tu ôl i Teg.

Mae fy stumog yn teimlo'n wag wrth i mi sylweddoli rhywbeth. Efallai fy mod i wedi gweld y porth yn cau, ond does yna ddim ffordd i mi wybod be ddigwyddodd wedyn, ar yr ochr yma na'r ochr arall. Beth petai'r Grendilwch wedi cael

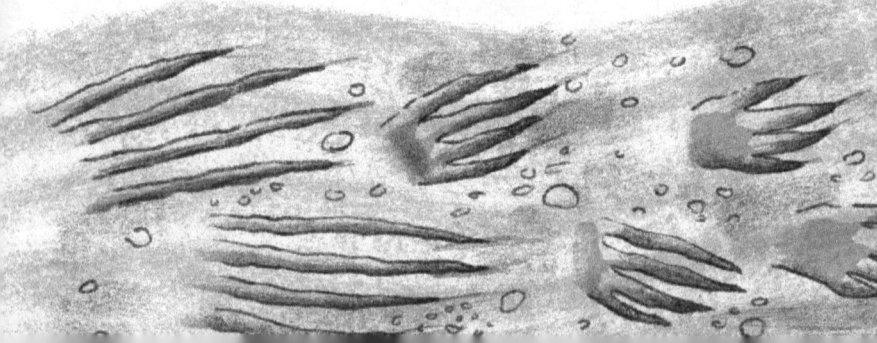

gafael ar Teg a dwyn y garreg gloi? Ac os nad ydi Teg yn dod, mae'n golygu bod Cadno yn gorfod aros yn fan hyn, efo fi. Dim ond fo a fi.

Mae Cadno wrth fy nhraed, ac mae o'n chwyrnu – ond nid chwyrnu chwareus ydi hwn. Dw i'n gallu teimlo'i wres yn erbyn fy nghoesau wrth i'w bryder gynyddu, ac o fewn eiliadau mae ei fflamau i'w gweld. Mae'n gwthio'i drwyn yn erbyn y llawr ac yn dechrau snwffian, a'i gorff yn gwingo'n nerfus wrth iddo fynd yn nes at yr olion pawennau.

'Be sy'n bod, was?' Dw i'n edrych o gwmpas gan ddisgwyl gweld helgi anferthol yn neidio i'r golwg.

Beth bynnag ddigwyddodd yma, tydi Cadno ddim yn hapus – cymaint felly fel ei fod yn dechrau cyfarth.

'Na, Cadno! *Shh!*' meddaf a rhuthro yn fy mlaen, ond mae'r gwres o'i fflamau yn fy atal.

Gwichiadau bach uchel ydi cyfarth Cadno, ond

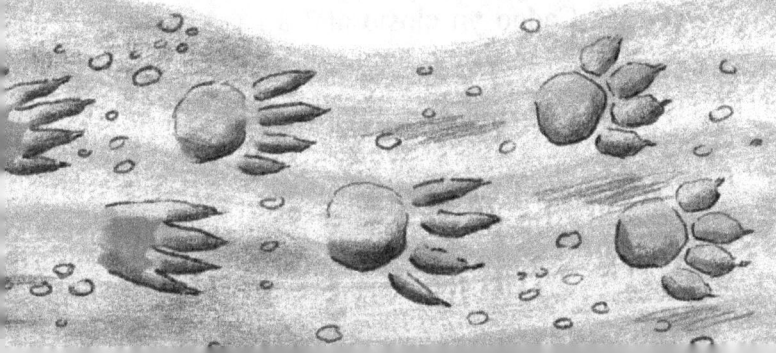

tydi hynny ddim yn bwysig. Os ydi o wedi llwyddo i lithro i mewn i'n byd ni, yna fe allai'r Grendilwch fod yn unrhyw le. Gallai fod yn edrych arnom rŵan, yn barod i neidio.

'Cadno, bydd ddistaw plis,' ymbiliaf. Mae'n rhaid ei fod yn synhwyro'r ofn yn fy llais gan ei fod yn distewi ac mae ei gynffon yn disgyn rhwng ei goesau.

'Ocê, ty'd,' meddaf yn ddistaw, ac mae ias yn mynd i fyny ac i lawr fy asgwrn cefn.

Dw i'n troi a rhedeg, a Cadno wrth fy sawdl, gan adael y porth a'r sgriffiadau igam ogam yn y pridd.

Dim ond pan dw i ar waelod y rhiw dw i'n rhoi'r gorau i redeg, a hynny ddim ond am fod fy sgyfaint yn llosgi.

'Mae'n iawn,' dywedaf wrth Cadno. 'Ti'n saff. Mi ydan ni'n saff.'

Rhaid cyfaddef nad ydw i'n swnio'n sicr iawn o hyn. Mae Cadno yn closio ataf a'i gynffon yn

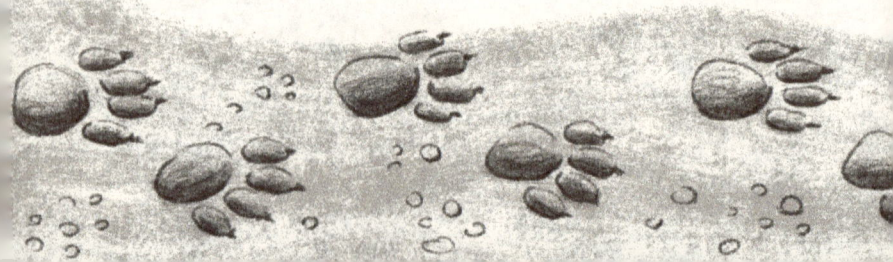

ysgwyd yn nerfus. Er bod ei fflamau wedi cilio mae o'n dal i deimlo'n boeth. Mae o'n wyliadwrus.

Dw i'n sefyll i fyny'n syth ac mae fy meddwl yn rasio. Be ydw i'n mynd i'w wneud? Ble mae Teg?

Mae rhaid bod rheswm ei fod o'n hwyr. Fyddai Teg yn sicr ddim yn peidio dod i nôl Cadno. Ond be os daw Teg i edrych amdano rŵan? Sut fydd o'n gwybod lle i gael hyd i ni? Fiw i mi fynd yn ôl i'r castell eto, ddim â finnau'n amau bod y Grendilwch wedi bod yno.

Ond yna dw i'n cofio am rywbeth, rhywbeth dw i wedi bod yn ei gario yn fy mhoced am ddau ddiwrnod.

Tynnaf y crwngog o fy mhoced. Mae'r cogiau danheddog euraid yn disgleirio. Cymeraf

anadl ddofn a weindio'r olwyn fach. Pan dw i'n ei gollwng mae'r cogiau'n dadweindio – mae'n teimlo fel oes cyn iddynt ddod i orffwys yn llonydd.

'*Mi fydd o'n fy arwain at lle bynnag yr wyt ti,*' dywedodd Teg.

Felly, os ydi o'n gweithio'n iawn, yr eiliad hon, lle bynnag y mae o, bydd crwngog Teg yn dechrau troi a phwyntio fel cwmpawd i'n cyfeiriad ni.

Dw i'n edrych yn ôl tuag at y castell, yn hanner gobeithio'i weld yn llamu dros y bont.

Gan nad ydi o'n ymddangos dw i'n rhoi'r crwngog i gadw yn fy mhoced. *Fe ddaw,* meddaf wrthaf fi fy hun. Ond rŵan rhaid gwneud yn siŵr bod yna bellter diogel rhyngon ni a'r castell.

Edrychaf yn sydyn ar Cadno. Mae yntau'n rhythu i fyny ar y castell hefyd, a sŵn cnewian yn dal yn ei wddw.

Mwyaf sydyn dw i'n teimlo'n chwil. Cyn hyn ro'n i'n gwybod ei fod yn gadael a bod bywyd yn mynd i ddychwelyd i fod yn normal. Ond rŵan does gen i ddim syniad sut na phryd na hyd yn oed *os* ydi Cadno'n mynd i fynd adref, a does dim posib dianc rhag y sefyllfa.

Mi ydw i'n gyfrifol am genau llwynog tân.

Alla i ddim ei guddio am byth. Mae hynny'n amhosib. Mae o'n dân rhy wyllt i mi ei reoli ar fy mhen fy hun. Os ydw i am gadw trefn arno fo fe fydd yn rhaid i mi gael cymorth.

Ond *mae* yna rywun y galla i siarad efo fo. Dau rywun, a deud y gwir. A gan fod Cadno a finnau'n gorfod bod efo'n gilydd, am y tro o leiaf, mi fyddai'n beth da cael eu cymorth i gadw'r gyfrinach. Does dim rhaid i mi wneud hyn ar fy mhen fy hun.

Dw i'n gafael yn fy ffôn ac yn teipio neges sydyn:

Mae'r cynlluniau wedi newid. Dowch draw i fy nhŷ i. Mae gen i rwbath PWYSIG i'w ddangos i chi.

Mae'r atebion yn cyrraedd yn syth.

Gwenno: *Felly mi ydan ni ddigon da i ti rŵan??*
Rŵ: *Edrych pwy sydd wedi cofio amdanon ni!!*
Fi: DACH CHI DDIM ISIO METHU HYN, FFRINDIAU.

Mae'r atebion yn cymryd yn hirach tro 'ma, ond Rŵ sy'n ateb gyntaf.

Rŵ: *Iawn, mae'r PRIF LYTHRENNAU yn fy mherswadio. Wela i di mewn ugain munud.*
Gwenno: *Does dim angen gweiddi! Ond ia, mi fydda inna yna mewn ugain munud.*

Dw i'n gwenu. 'Ty'd,' meddaf wrth Cadno. 'Awn ni adre. Mae yna ddau berson yr hoffwn i ti eu cyfarfod.'

Pennod 10

Cyn gynted ag yr ydw i wedi gollwng fy hun ar un o'r clustogau mawr dw i'n clywed yr alwad fel aderyn i lawr yn yr ardd. Mae Cadno yn deffro trwyddo, ac yn cyfarth yn wichlyd gyda hanner blaen ei gorff wedi'i bwyso yn erbyn styllod pren y llawr a'i bawennau ar led.

'*Naaa!*' griddfannaf, gan ei dynnu'n agos ataf. Mae ei flew yn dechrau cynhesu, mae yna fymryn o wawr danllyd ac mae o bron yn rhy boeth i'w gyffwrdd – ond dw i'n llwyddo i'w rwystro rhag cyfarth trwy redeg fy nwylo o'i glustiau hyd at fôn ei gynffon. Dyma'i hoff fwythau.

'Brysiwch, dowch i fyny!' anogaf, ac mae fy nghalon yn curo wrth i'r ysgol wichian.

Dyma ni. Mi ydw i ar fin rhannu'r gyfrinach fwyaf dw wedi'i chadw erioed – efallai un o'r cyfrinachau mwyaf mae neb yn y byd wedi'i chadw erioed – gyda fy nau ffrind gorau.

Mae pen Gwenno yn ymddangos, ac yna ei chorff.

'Charlie,' meddai. 'Be oedd y sŵn 'na? Roedd o'n debyg i sŵn ci.'

Rŵ sydd nesaf, ei wyneb yn llawn cynnwrf. 'Ydach chi wedi cael ci?'

'O mam bach, ti wedi cael ci bach, yn do?' meddai Gwenno wrth estyn ei llaw i helpu Rŵ ddod i fyny i'r llwyfan. 'Dyma'r diwrnod goraf erioed!'

Mae Gwenno yn troi i fy wynebu, ac mae Rŵ yn edrych i fyny arna i – ac ar union yr un adeg mae'r ddau'n gweld Cadno. Yna mae cegau'r ddau'n agor ar union yr un adeg, fel parti llefaru distaw.

'*Llwynog* —' dechreua Gwenno.

Dw i'n gosod fy mys ar fy ngwefusau i'w distewi. Mae Cadno yn ceisio cuddio trwy wthio'i drwyn o dan fy nghesail. Dw i'n deall – mi ydw innau'n swil efo pobl ddiarth.

'Peidiwch â chynhyrfu,' meddaf. 'Tydi Dad a Tada ddim yn gwbod amdano fo.'

Mae llaw Gwenno yn saethu i fyny at ei cheg, fel petai'n rhaid iddi hi rwystro'r gwichian rhag disgyn allan.

'Felly *fo*... fo ydi'r syrpréis?' mae Rŵ yn cecian.

Dw i'n wfftio. 'Ydi o ddim yn ddigon o syrpréis?'

Mae Rŵ yn ysgwyd ei ben. 'O na, mae o'n bendant yn ddigon o syrpréis.'

'Gwenno a Rŵ, dyma Cadno. Cadno, dyma fy ffrindiau.'

Mae Cadno yn gwrthod edrych arnyn nhw o'i guddfan.

'Charlie... wyt ti wedi sylweddoli ei fod o'n, ymmm... fel petai o ar dân?' sibryda Gwenno. Mae ei hwyneb yn cochi yn y gwres a'r golau sy'n amgylchynu Cadno. 'Plis deud dy fod ti'n gweld hyn hefyd, Rŵ.'

'O, yndw, dw i'n ei weld o.'

'Wel, ia,' atebaf. 'Mae hynny'n wir. Dach chi'n gweld, nid llwynog cyffredin ydi Cadno. Llwynog tân ydi o. Mae hyn yn hollol naturiol. Cwbl mae o'n ei olygu ydi ei fod o ychydig yn nerfus.'

Mae Gwenno'n cymryd anadl ddofn. 'Charlie, be yn y byd sy'n digwydd?'

'Dechreua o'r dechrau, a cofia gynnwys pob manylyn,' ychwanega Rŵ.

Dw i'n ochneidio cyn dechrau dweud y stori. Dw i'n dweud wrthyn nhw sut y llamodd Teg trwy'r llenni iorwg yn y castell, a sut roedd ond i fod i adael Cadno efo fi am ychydig ddyddiau. Esboniaf sut mae tân Cadno yn cael ei reoli gan ei emosiynau. Dywedaf wrthyn nhw am y Grendilwch, ac am yr helgi sydd wedi cael ei weld yn crwydro'r strydoedd. Yn olaf dw i'n dweud nad ydi Teg wedi ymddangos i gasglu Cadno, felly mae hi'n ymddangos fy mod i gyfrifol amdano fo am dipyn.

Erbyn i mi orffen mae Gwenno a Rŵ wedi tynnu'u clustogau yn nes. Mae Cadno yn eistedd ar fy nglin ac yn rhythu arnyn nhw'n nerfus, a'r golau melyn sy'n dod ohono'n goleuo eu hwynebau syn. O lle dw i'n eistedd mae'n edrych fel pe baen nhw wedi agor cist drysor môr-ladron, a'r pelydrau aur yn dawnsio ar eu bochau a'u trwynau.

'Ydi hyn yn wir?' gofynna Gwenno.

'Dw i'n gwbod bod gen i ddychymyg byw, ond dw i ddim y credu y gallwn i, hyd yn oed, greu hynna i gyd.'

'Mae o'n iawn, 'sti,' meddai Rŵ. 'Tydi o ddim mor glyfar â hynny, os ti ddim yn meindio fi'n deud, Charlie.'

'Ddim o gwbl.'

'Mae o'n... mae o'n...' Chwilia Gwenno am y gair iawn. 'Mae o'n... dw i wedi *gwirioni* efo fo, Charlie. Ga i ei gyffwrdd o?'

Dw i'n gallu teimlo cynffon Cadno yn ysgwyd yn erbyn fy nghoes. Am y tro cyntaf ers i Gwenno a Rŵ gyrraedd mae o'n dechrau ymlacio.

'Cei,' meddaf. 'Mae o braidd yn swil, ond fe ddaw i arfer efo chi.'

Mae Gwenno yn oedi. 'Wncith o fy llosgi i?'

'Dw i ddim yn meddwl,' atebaf. Mae ei flew wedi oeri ychydig bellach, does dim ond cynhesrwydd braf yn erbyn fy nghroen. 'Dim ond pan mae o'n flin, neu wedi dychryn, neu isio bwyd, neu wedi cynhyrfu mae o'n llosgi pethau. Bydd yn dawel ac yn bwyllog.'

Mae Gwenno yn dod yn nes ac yn ymestyn ei llaw yn ofalus. Mae Cadno yn ei gwylio yn wyliadwrus. Mi ydw i ar fin dweud wrth Gwenno am aros funud, ond yna mae Cadno'n gwneud rhywbeth rhyfeddol – mae'n ymestyn ei wddf ac yn llyfu blaen ei bysedd. Ychydig eiliadau wedyn mae o'n gadael iddi hi roi mwythau iddo fo.

'Mae o'n *gynnes,* Charlie,' meddai Gwenno mewn syndod wrth iddi ei gosi rhwng ei glustiau. 'Mae o fel rhoi fy llaw i mewn un o belydrau'r haul.'

Mae Cadno yn troi ei ben ar un ochr, ei glustiau pigog yn ymlacio'n feddal, ac er mawr syndod i mi mae o'n dringo i lawr o 'nglin i ac yn cerdded at Gwenno. Mae o'n rhoi ei bawennau ar ei glin ac yn dechrau ei chusanu nes bod Gwenno yn gwichian mewn hapusrwydd a'r cenau bach tew yn dringo trosti.

'Mae o'n wych, Charlie!' Mae Rŵ yn gwenu ac yn ymuno yn yr hwyl. All Cadno ddim penderfynu sut i rannu ei amser rhwng y ddau, felly mae o'n symud o un i'r llall fel seren wib fach hoffus.

Cusan i Gwenno a chusan i Rŵ. Mae ei flew yn dechrau goleuo unwaith eto, ond oherwydd ei fod wedi cynhyrfu y tro hwn, nid oherwydd ofn.

'Dw i'n falch eich bod chi'n ei hoffi!' dw innau'n chwerthin. 'Mae o'n bendant yn hoff ohonoch chi!'

Maen nhw i gyd yn dal ati fel hyn am ychydig funudau. O'r diwedd mae Gwenno a Rŵ yn llusgo eu hunain i ffwrdd, y ddau wedi colli'u gwynt, wedi blino ar ôl chwerthin cymaint. Mae Cadno yn tuthio draw ataf fi ac yn rhoi sws wlyb ar fy mraich, fel petai'n dweud nad ydi o wedi anghofio amdana i.

'Mae o'n anhygoel, Charlie!' meddai Gwenno. 'Mi wyt ti mor lwcus dy fod ti'n cael gofalu amdano fo!'

'Wel, a bod yn onest, dyna pam dw i wedi rhannu'r gyfrinach efo chi.'

'Be ti'n feddwl?' gofynna Gwenno, ac yna mae ei hwyneb yn goleuo. 'Www, ti angen rhywun i'w warchod o? Dw i'n sicr yn barod i wneud hynna!'

'Rhwbath felly,' atebaf. 'Mae'r haf yn dechrau, a phetawn i ddim yn deud wrthach chi'ch dau fe fyddai'n rhaid i mi ei gadw'n gyfrinach ac fe fyddai'n rhaid i mi eich osgoi chi trwy'r adeg. Rŵan eich bod chi'n gwbod ro'n i'n gobeithio 'sa chi'n fy helpu i edrych ar ei ôl. Yn enwedig os oes yna anghenfil yn crwydro o gwmpas, yn chwilio amdano fo.'

'Ti ddim yn hollol sicr fod y peth Grendilwch 'na wedi dod ar ei ôl, nag wyt?' gofynna Gwenno. 'Falla mai ci anwes ar goll mae pobl wedi'i weld.'

Dw i'n symud o gwmpas yn anghyffordus. Mae ganddi bwynt, ond fedra i ddim peidio â theimlo'i bod hi'n anghywir tro hwn. Roedd yna rywbeth mor annaturiol am yr udo glywais i. Doedd o ddim yn iawn.

'Beth bynnag, wnest ti ddim defnyddio'r be-ti'n-galw 'na?'

'Y crwngog,' atgoffaf hi. 'Do, mi wnes i.'

'Felly mi ddylai Teg gyrraedd yma'n fuan. Ond yn y cyfamser...' Mae Rŵ yn gwenu fel giât, 'mi fysan ni wrth ein boddau'n dy helpu. Dw i'n arbenigwr ar warchod pethau.'

'Gwych, ond mae yna un broblem fach.'

'Beth?' hola Gwenno a Rŵ efo'i gilydd.

'Mae yna dal pedwar diwrnod cyn diwedd y

tymor,' meddaf, ac mae fy anadl fel petai'n bachu yn fy ngwddw. 'Fory mae'n rhaid i mi fynd i mewn i adeilad llawn pobl eraill a llwyth o wahanol bethau ymfflamychol. Byrddau pren. Papur. Fedra i ddim ei adael o adre ar ei ben ei hun. Ond fedra i ddim mynd â fo efo fi i'r ysgol chwaith, na fedraf?'

Mae fy ffrindiau'n edrych ar y cenau bach sydd yn ddiogel yn fy mreichiau. Mae ei gynffon fawr, flewog yn symud yn ôl ac ymlaen ac mae o'n taro'i fochau efo'i bawennau mewn ffordd sy'n fy atgoffa o fochdew. Mae o'n edrych yn wirion braidd.

Mae Gwenno yn cnoi ei gwefus ac yn meddwl. 'Hmm, tybed...'

'O, yr wyneb yna,' meddai Rŵ.

'Pa wyneb?' gofynnaf, ond mi ydw i'n eithaf siŵr 'mod i'n deall be mae o'n ei olygu. Mi fedra i ei weld ym mhlygiad aeliau Gwenno, yn ei syllu treiddgar.

'Ei hwyneb meddwl hi,' ateba Rŵ. 'Mae hi ar ganol creu rhyw syniad gwallgof. Be ydi o, Gwenno?'

'Wel, dw i'n meddwl fod gen i gynllun.' Mae hi'n gwenu. 'A tydi o ond ychydig bach yn wallgof.

Beth petaen ni'n ei gadw yn Ysbyty'r Anifeiliaid?'

Mae meddygfa filfeddygol mam Gwenno yng nghanol y dref, drws nesaf i farchnad y ffermwyr.

Mae Gwenno yn esbonio mwy. 'Mi allen ni fynd â fo yna'n slei cyn mynd i'r ysgol.'

Mae Cadno wedi dringo i lawr o'm mreichiau i ac yn chwarae efo Rŵ. Mae Rŵ yn gwthio car tegan ar hyd y llawr ac mae hynny'n gyrru Cadno'n wyllt.

'Mae gan Mam y cytiau tu allan lle mae hi'n cadw anifeiliaid tebyg i ddefaid neu eifr, a tydyn nhw byth bron yn cael eu defnyddio.

Ond weithiau maen nhw'n cael eu defnyddio fel gwesty anifeiliaid pan mae eu perchnogion wedi mynd i ffwrdd. Mae llawer o wningod, moch cwta, y math yna o beth, yn aros yno.'

'Beth petai dy fam neu un o'r milfeddygon eraill yn cael hyd iddo fo?'

Mae o'n syniad da, ond mae o hefyd yn fy ngwneud yn nerfus. Fe allai cymaint o bethau fynd o'i le. Dw i'n dychmygu pob math o bethau, pob golygfa yn llawn fflamau gwyllt a phob math o anifeiliaid anwes yn dianc i'r strydoedd.

Mae Gwenno yn ysgwyd ei phen. 'Na, does neb wedi defnyddio rhai o'r cytiau ers blynyddoedd. Mi fedrwn ni wneud gwely bach braf iddo fo, a rhoi teganau a bwyd yno. Mi geith o amser da!'

'Mae gen i rywbeth allai fod o help,' meddai Rŵ gan oedi ei gêm am funud. Mae Cadno yn protestio ac yn taro'r awyr â'i bawennau i'w annog i ddal ati i chwarae.

'Ia, be?' gofynna Gwenno.

'Wel, pan gafodd fy chwaer ieuenga ei geni, mi wnaeth Mam ddefnyddio'r peth camera 'ma i'w gwylio hi pan oedd hi'n cysgu,' esbonia Rŵ. 'Ti'n lawrlwytho ap i dy ffôn, sy'n cysylltu efo'r camera, ac fe fedri di edrych ar y babi pryd bynnag ti isio heb golli diwedd *Pobol y Cwm*. Mi fedri di hyd yn oed siarad i mewn i'r ffôn ac mae dy lais di'n dod allan o'r camera. Mi fyddai posib ei ddefnyddio i gadw golwg ar Cadno.'

'Mae hynna'n... athrylithgar, Rŵ!' gwaeddaf. 'Ydi o dal gynnoch chi?'

Mae Rŵ yn nodio. 'Yndi. Mi allwn i'ch cyfarfod chi'ch dau bore fory cyn mynd i'r ysgol os dach chi isio, a dod â fo efo fi?'

'Ti'n anhygoel, Rŵ.'

Mae Gwenno yn pesychu'n ddistaw.

'Ti'n anhygoel hefyd, Gwenno,' meddaf. 'Ddeud gwir, mae'r ddau ohonoch chi'n anhygoel a dw i *wir* yn falch 'mod i wedi'ch cyflwyno i Cadno. Wn i ddim sut y byswn i'n dod i ben yn y dyddiau nesa hebddoch chi.'

'Pfft!' wfftia Gwenno. 'Mae'n edrych fel petaet ti'n gwneud job reit dda efo fo ar dy ben dy hun. Mi ddylat ti fod yn falch ohonat ti dy hun.'

Edrychaf i fyny, ac mae fy nghalon yn chwyddo. 'Wyt ti'n credu hynny?'

Mae Gwenno yn edrych i fyw fy llygaid. 'Dw i'n *gwbod* hynny.'

Mae hi'n iawn. Nid gwaith hawdd ydi edrych ar ôl cenau llwynog tân, ac mi ydw i wedi llwyddo ar fy mhen fy hun am bron i ddau ddiwrnod! Efallai bod fy nhân mewnol yn dechrau cynnau.

Mae fy ffrindiau'n gwenu. Mae Cadno wedi gwneud penderfyniad ac wedi dwyn y car bach oddi wrth Rŵ. Mae o'n tuthian o gwmpas yn falch â'r car yn ei geg. Mi ydw i'n chwerthin, ac yna mi ydan ni gyd yn chwerthin.

Yn nes ymlaen y noson honno, dw i'n gorwedd yn fy ngwely ac yn rhythu ar y nenfwd. Mae Cadno wrth fy ochr, a'i ben yn gorffwys ar fy mrest.

'Mi ddown ni drwyddi hi,' meddaf. 'Mae Gwenno a Rŵ efo ni rŵan; mi wnawn nhw'n helpu ni. Does dim angen pocni am ddim byd.'

Tydi Cadno ddim yn ateb. Wrth gwrs tydi o ddim yn ateb: llwynog tân ydi o. Siarad efo fi fy hun ydw i'n fwy na siarad efo fo. Oherwydd, a bod yn onest, hyd yn oed efo Gwenno a Rŵ yn helpu, mae yna *lawer iawn* i boeni amdano, a dw i ddim yn gwybod sut dw i fod i fynd trwy hyn i gyd.

Mae Cadno yn symud i lawr i waelod y gwely ac yn gwneud ei hun yn gyfforddus rhwng fy nhraed a ffrâm y gwely. Ymhen eiliadau mae o'n chwyrnu, a gwres ei flew yn rhoi cwtsh fach gynnes i bob un o fodiau 'nhraed.

Dw i'n tynnu'r crwngog o 'mhoced a'i ddal yng ngledar fy llaw. Dw i'n dal i ddisgwyl clywed bysedd yn curo ar fy ffenest, a gweld wyneb Teg yn edrych trwyddi. Ond tydi hynny ddim yn digwydd. Dw i'n troi'r cogiau eto, yn gadael iddyn nhw chwyrlïo nes eu bod yn llonydd, ac yna'n troi ar fy ochr. Ble bynnag mae Teg, beth bynnag sydd wedi digwydd iddo fo, dw i'n gobeithio ei fod o'n gallu teimlo'i grwngog o yn symud yn ei boced.

Mae Cadno yn gwneud sŵn bach yn ei gwsg. Tybed am be mae o'n breuddwydio? Tybed a oes ganddo hiraeth am ei gartref? Ond yn fwy na dim, tybed a ddaw Teg yn ôl yn fuan – neu a ydi fy holl fyd newydd fynd yn wenfflam?

Pennod 11

Dw i'n gadael am yr ysgol yn gynt nag arfer, a tydi hynny ddim oherwydd 'mod i eisiau cyrraedd yno'n gynt. O, na. Rhan o'r cynllun ydi o.

'Charlie, wyt ti'n ocê? Ti'n gynnar iawn,' gofynna Tada'n bryderus braidd. 'Nid 'mod i'n cwyno – i'r gwrthwyneb, dw i'n hoffi dy weld yn frwdfrydig. Mi fyddai wedi bod yn braf gweld hyn weddill y flwyddyn ysgol, ond ta waeth...'

Mae o'n loetran wrth ddrws yr ystafell fyw a finnau'n brysio ar hyd y cyntedd efo fy mag. Mae

Cadno'n swatio yng ngwaelod y bag. Mi ydw i wedi rhoi hosan iddo fo'i chnoi, yn y gobaith y bydd hynny'n ei gadw'n ddistaw.

'Ia, ym, dwi... hon ydi wythnos olaf Blwyddyn Chwech,' meddaf ac agor y drws ffrynt. 'Dw i isio gwneud y gorau ohoni.'

Efallai mai celwydd golau ydi hynny. A bod yn onest, prin dw i wedi meddwl am yr ysgol yn ystod y dyddiau diwethaf. Dw i wedi bod braidd yn brysur, ddeud gwir.

Dw i'n mynd â Cadno i'r parc peth cyntaf, ac yn gadael iddo redeg o gwmpas am ychydig. Mae hi'n gynnar a does yna neb o gwmpas. Dw i'n taflu pêl dennis a'i wylio yn llamu ar ei hôl, a llosgi fymryn arni oherwydd ei fod o wedi cynhyrfu. Unwaith mae o'n edrych ychydig yn flinedig, dw i'n mynd i'r dref ac mae Gwenno a Rŵ yno i fy nghyfarfod fel y gwnaethon ni drefnu, ochr arall i'r stryd o Ysbyty'r Anifeiliaid.

Mae'r ddau ohonyn nhw'n dweud helô yn frysiog cyn rhoi eu holl sylw i Cadno, ac yntau'n eu llyfu'n frwdfrydig.

'Braf eich gweld chi'ch dau hefyd,' meddaf dan

fy ngwynt.

Mae Gwenno yn edrych i fyny arna i, â'i bochau'n binc hapus. 'O, sori, Charlie, dwi'n meddwl y byd ohonat ti, ond ti ddim hanner mor ciwt â Cadno.'

'Cytuno, Charlie,' atega Rŵ.

Mae Cadno'n mwynhau'r sylw ac yn fy anwybyddu i'n llwyr. Annwyl iawn.

'Ydach chi'n dau yn barod neu beidio?'

Mae Gwenno a Rŵ yn edrych i fyny arna i eto, eu hwynebau'n ddifynegiant, fel petaen nhw wedi anghofio pam ein bod ni yno.

'Be? O ia, hynna...' dechreua Gwenno, ac yna mae hi'n deffro. 'Yndan. Mi ydan ni'n barod.'

Mae hi'n cosi Cadno rhwng ei glustiau un tro eto ac yna'n ein hannog i'w dilyn hi. Mae hi'n ein harwain ar draws y ffordd, ac o amgylch cefn yr adeilad at giât, ac yn tynnu goriad o'i phoced.

'Mae Mam yn cadw goriadau sbâr yn y tŷ,' esbonia. Mae hi'n troi'r goriad yn y clo ac mae'r giât yn agor. 'Brysiwch, ewch trwyddi.'

Rydym yn gwthio heibio iddi hi ac i mewn i fuarth bychan. Mae prif adeilad y feddygfa yn taflu'i gysgod dros y buarth. Mae Gwenno yn ein harwain oddi wrth y prif adeilad a thuag at adeiladau ym mhen arall y buarth. Dw i'n gosod Cadno ar y llawr er mwyn iddo fo gael pi-pi cyn i ni ei wneud yn gartrefol.

Mae Gwenno yn ein tywys i mewn i un o'r adeiladau. Y tu mewn mae yna goridor cul, gyda rhes o gytiau ar un ochr, ac ar yr ochr arall mae cewyll wedi'u gosod naill ar ben y llall. Mae'r rhain ar gyfer anifeiliaid llai, tebyg i wningod, moch cwta neu lygod ffyrnig.

'Anaml mae Mam yn cael unrhyw beth mwy anghyffredin na tsintsila,' esbonia Gwenno. 'Does neb yn defnyddio unrhyw ran o'r sied hon ar y funud.'

Mae'r tri ohonom yn cerdded i lawr y coridor, heibio cewyll a chytiau gwag. Mae Gwenno yn aros yn y pen draw un ac yn agor drws un o'r cewyll uchaf.

'Mi fydd o yn ddiogel yn fan'na,' meddai, gan ymestyn i mewn a gwasgaru'r teganau 'dan ni wedi'u dod efo ni. Dw i'n edrych i mewn: mae o'n debyg i focs, ond yn eithaf mawr. Fe fydd yna ddigon o le i Cadno symud o gwmpas. *Fydd hyn ddim ond am ryw chwech awr,* meddaf wrthaf fi fy hun.

Dw i'n gosod Cadno yn y cawell. Mae ei gynffon yn gostwng yn syth a'i flew yn dechrau gloywi.

'Dw i ddim yn meddwl ei fod o'n hapus.'

'Dw i'n gwbod nad ydi o'n edrych yn braf rŵan, ond rho amser iddo fo,' meddai Gwenno. 'Unwaith y byddwn ni wedi mynd, mi eith o i gysgu ac erbyn iddo ddeffro mi fyddwn ni'n ôl.'

'Hmm.' Dw i'n poeni. 'Rŵ, wyt ti wedi dod â'r camera?'

Mae Rŵ yn ymbalfalu yn ei fag ac yn tynnu camera llyfn gwyn allan ohono. Mae'r camera yn gallu sefyll i fyny ar ei ben ei hun. Mae Rŵ yn gwenu'n falch.

'Gwych!' meddaf. 'Sut mae o'n gweithio?'

Mae o'n gwthio botwm ac mae golau gwyrdd yn fflachio ar ben y camera. 'Mi wnes i ei wefru neithiwr, felly mi ddylai fod yn barod i weithio. Y cyfan 'dan ni ei angen ydi rhywle gwastad i'w osod...' Mae o'n gadael y frawddeg ar ei hanner wrth iddo edrych o gwmpas, ac yna mae o'n gweld silff hanner ffordd i fyny'r wal. 'Aha, gwych.'

Mae o'n gosod y camera ar y silff a chael yr ongl

yn iawn fel ei fod yn wynebu'r rhes o gewyll.

'Dyna'r gorau alla i ei wneud, dw i'n credu. Wyt ti wedi lawrlwytho'r ap?'

'Do.' Dw i'n tynnu fy ffôn o fy mhoced ac yn tapio'r ap. Mae'n dangos y tri ohonom yn sefyll o flaen rhes o gewyll, gan gynnwys cawell Cadno.

'Mae o'n gweithio!' gwaeddaf yn hapus. 'Mi allwn i dy gusanu, Rŵ.'

''Sa well gen i 'sa ti ddim yn gwneud.'

'Ocê, wel, beth am gwtsh criw? Rydan ni i gyd yn rhan o hyn.'

Mae'r tri ohonom yn cofleidio'n sydyn, ac yna dw i'n eu gollwng i edrych ar Cadno. Mae o'n benisel, a'i lygaid trist yn ymbil arna i. Dw i eisiau estyn i mewn i'r cawell a'i wasgu'n dynn.

'Fydd o ddim ar ei ben ei hun,' meddai Rŵ, a phwyntio at fy ffôn. 'Pwysa'r botwm yna, siarada i mewn i'r ffôn ac fe fydd dy lais yn dod allan o'r camera.'

'Hogia, rhaid i ni fynd,' meddai Gwenno. 'Mae'r ysgol yn dechra mewn deg munud.'

Dechreuwn gerdded i ffwrdd, ond fedra i ddim cael gwared o'r teimlad annifyr sy'n corddi yn fy stumog. Dw i'n troi i edrych dros fy ysgwydd, ond mae Rŵ yn camu o fy mlaen.

'Paid ag edrych yn ôl,' meddai. 'Fydd hynny ddim ond yn gwneud pethau'n anoddach. Mae'n well gadael heb lol.'

Dw i'n dechrau ei ateb, ond mae o'n iawn, wrth gwrs. Dw i'n sythu fy nghefn, ac mi ydan ni'n gadael yr adeilad. Mae Gwenno'n cau'r drws ar ein holau, gan adael Cadno ar ei ben ei hun.

Pennod 12

Y diwrnod hwn, ar ôl i ni adael Cadno, oedd y diwrnod hiraf erioed. Dw i'n treulio pob gwers yn edrych i lawr ar fy ffôn, sydd wedi'i guddio o dan y ddesg, yn gwylio pob symudiad mae Cadno'n ei wneud. Mae o'n treulio llawer o amser yn cysgu – er ei fod, unwaith, yn udo'n drist. Yn sydyn dw i'n rhoi fy mys ar fotwm meicroffon yr ap ac yn siarad i mewn i'r ffôn.

'*Shh,* mae popeth yn iawn, Cadno,' sibrydaf i'w gysuro. 'Mi ydw i yma. Cer yn ôl i gysgu.'

Yn wyrthiol, mae o fel petai'n gwrando. Dw

i ddim yn clywed smic arall ganddo fo. Ond er gwaethaf hynny dw i allan o'r drws ac yn tynnu fy ffôn o fy mhoced yr eiliad mae'r cloc yn dangos chwarter wedi tri.

'Mi dduda i wrthat ti un peth na fydda i'n ei golli o Blwyddyn Chwech – Mrs Parry yn byta sglodion sydd yn weddill ar ôl cinio wrth ei desg yn y pnawn,' meddai Rŵ wrth iddo fo a Gwenno frysio ar fy ôl. 'Tydi hi byth yn eu rhannu.'

'Dw i'n gwbod, a dim sos coch, hyd yn oed,' meddai Gwenno. 'Sut mae Cadno?'

Mae'n cymryd eiliad i mi sylweddoli ei bod hi'n siarad efo fi.

'O, mae o'n iawn,' atebaf, heb godi fy mhen o'r sgrin. Dw i'n gallu gweld cawell Cadno, ac er na fedra i ei weld o ar y funud, mae popeth yn edrych yn hollol iawn. 'Dw i'n meddwl ei fod o'n cysgu mwyaf tebyg —'

Dw i'n aros ar ganol cam. Mae cysgod wedi ymddangos ar y sgrin. Mae o'n symud i lawr y coridor. I ddechrau dw i'n meddwl bod Cadno wedi dianc, ond yna dw i'n sylweddoli bod y cysgod yn llawer mwy na Cadno. Mae ofn yn lledu dros fy nghroen fel barrug. Mae yna rywbeth yn yr adeilad efo Cadno.

'Edrychwch,' sibrydaf, bron methu anadlu.

Mae hi'n rhy dywyll i weld yn union beth sy'n creu'r cysgod, ond mae o'n cerdded ar bedair coes, ac mae o'n anferth – tua maint merlen. Mae o'n symud i lawr y coridor yn araf, a phob cam yn dod â fo'n nes at Cadno...

'Rhyw anifail... ci?' Mae Rŵ yn edrych dros fy ysgwydd.

Dw i'n ysgwyd fy mhen. Dw i'n gwybod yn union be ydi o.

'Y Grendilwch ydi o!' gwaeddaf. 'Brysiwch, rhaid i ni helpu Cadno!'

Dw i ar fin cychwyn rhedeg, ond mae Gwenno yn gafael yn fy ysgwydd. 'Aros, Charlie. 'Dan ni ddim yn gwbod be 'dan ni'n ei wynebu. Mae'r... mae'r *peth* yna'n edrych yn beryglus.'

'Be, ti'n disgwyl i mi'i adael o, felly?' poeraf yn ôl.

Ond does dim amser i Gwenno ateb oherwydd mae yna symudiad ar y sgrin. Dw i'n edrych i lawr yn sydyn, ac mae teimlad o gyfog yn codi o fy mol.

Mi ydan ni'n rhy hwyr. Dw i'n meddwl bod y creadur, beth bynnag ydi o, wedi cyrraedd cawell Cadno. Mae'n anodd dweud oherwydd ongl y camera. Mae o'n chwyrnu'n isel ac yn codi i fyny ar ei gocsau ôl, gan osod ei bawennau anferth yn erbyn bariau'r cawell. Mae ei flew mor dywyll â noson ddi-sêr. Mae o'n edrych i mewn i'r cawell, a phrin y medra i edrych i weld be sy'n digwydd nesaf.

Ond yna mae rhywbeth anhygoel yn digwydd: mae'r creadur yn udo ac yn hyrddio'i hun ymhell oddi wrth y cawell. Mae'n taro yn erbyn y wal, ac mae'r llun ar y ffôn yn ysgwyd, yn dangos y llawr, ac yna'n mynd yn ddu.

'Be sy wedi digwydd?' gwaeddaf, gan dapio'r sgrin yn wyllt.

'Mae'n rhaid bod y camera wedi disgyn!' bloeddia Rŵ.

Mae o'n iawn; waeth faint dw i'n tapio'r sgrin, mae'n aros yn ddu.

'Brysiwch!' gwaeddaf, ac yna dwi'n rhedeg i lawr y stryd, a fy ffrindiau ar fy ôl.

Funudau wedyn, rydym yn cyrraedd Ysbyty'r Anifeiliaid. Mae'r giât roeddan ni wedi mynd trwyddi cynt yn agored, ac mi ydw i'n dychryn o weld bod drws yr adeilad yn agored hefyd. Mae fy môl fel petai'n llawn rhew. Dw i'n meddwl efallai y gwna i droi a rhedeg i ffwrdd. Dw i wir eisiau gwneud hynny. Alla i ddim gorfodi fy hun i symud. Mae ofn yn gwneud i mi sefyll yn stond. Dim ond Charlie Challinor ydw i, y bachgen sydd yn ofni gŵydd. Sut ydw i'n fod i wynebu anghenfil? Be ddwedodd Dad ynglŷn â bod yn ddewr?

Does yna ddim y ffasiwn beth... Esgus, cogio

bach, ydi o i gyd. Ofni rhywbeth a'i wynebu beth bynnag.

Ond fedra i ddim. Alla i ddim esgus bod gen i dân mewnol. Ond mae'n rhaid i mi. Oherwydd, os na wna i, efallai y bydd Cadno yn cael ei anafu.

Dw i'n anadlu'n ddwfn ac yn camu at y drws agored. Mae'r coridor yn wag.

Dw i'n teimlo ton o ryddhad, gwahanol i unrhyw beth dw i wedi'i brofi o'r blaen. Doeddwn i heb sylweddoli cymaint oedd gen i ofn gwneud hynna.

Mae euogrwydd yn fy mrathu wrth i mi feddwl am Cadno, a mwyaf sydyn dw i'n sylweddoli fy mod i'n rhedeg i lawr y coridor.

'Cadno!' gwaeddaf.

Dw i'n aros o flaen ei gawell, ac yn teimlo ton arall o ryddhad, mwy na'r un gyntaf, pan dw i'n ei weld yno. Mae o wedi tynnu blanced trosto, fel petai'n cuddio. Mae o'n smicio'i lygaid arna i, ei lygaid mawr yn edrych yn ôl ac ymlaen tros fy ysgwyddau, ac mae o'n dechrau chwyrnu'n ddistaw.

'Cadno,' meddaf gyda ochenaid, 'Ti'n ddiogel!'

Dw i'n agor y cawell ac yn ymestyn i mewn.

Mae ei flew yn pelydru ac yn boeth, ac mae ambell ddarn o'i flanced wedi'i losgi. Mae'n rhaid ei fod o wedi dychryn ac wedi fflamio pan ymddangosodd yr helgi.

'Hwrê! Mae o'n iawn!' Mae Gwenno yn gwenu ond yna'n gwneud wyneb. 'Aros funud, be ydi'r aroglau 'na?'

Gwasgaf Cadno yn dynn yn fy erbyn a sniffian. Ar ôl iddi hi sôn dw i'n sylweddoli fy mod innau'n gallu arogli rhywbeth. Mae o'n debyg i gig wedi pydru a llefrith wedi suro, yn debyg i rywbeth y byddai pryfed a chynron yn bwydo arno.

'Ych-a-fi, ti'n meddwl mai'r *peth* 'na oedd yn drewi?' hola Rŵ.

Dw i ddim yn dweud dim byd. Rydw i'n rhy brysur yn gafael yn Cadno ac yn teimlo'i dymheredd yn gostwng i wres cyfforddus wrth iddo dawelu.

'Be *oedd* o?' hola Gwenno.

'Y Grendilwch,' atebaf. 'Fe ddwedodd Teg ei fod yn gallu ymddangos ar ffurf helgi anferth. *Rŵan* wyt ti'n credu ei fod o yma?'

Mae Gwenno yn dechrau cerdded yn ôl ac ymlaen.

'Does yna ddim sicrwydd mai'r Grendilwch oedd o,' meddai. 'Fe allai fod yn gi cyffredin. Ond os felly, sut wnaeth o gael hyd i Cadno? A sut wnaeth o ddatgloi'r giât?'

'Mae cŵn yn hoffi hela llwynogod, yn tydyn?' meddai Rŵ. 'Falla ei fod wedi'i arogli?'

'Heliwr,' ychwanegodd Gwenno yn dawel. 'Yn closio at ei ysglyfaeth.'

'Tydi hynna ddim yn helpu petha,' atebaf.

'Ond yna, ar ôl iddo ddarganfod Cadno, pam wnaeth o redeg i ffwrdd?' Mae Gwenno yn meddwl yn uchel.

'Falla fod Cadno wedi'i losgi?' awgrymodd Rŵ.

'*Falla*,' meddaf, er dw i ddim yn sicr o hynny. Wnes i ddim gweld unrhyw fflamau. Ond fe wnes i golli pethau ar ôl i'r camera ddisgyn. Dw i'n troi, yn gweld y camera ar y llawr, a phlygu i'w godi.

'Hei, be ydi hwn?'

Dw i'n sefyll yn syth. Mae Gwenno ger y cawell agosaf at gawell Cadno. Mae yna rywbeth yn eistedd y tu mewn. Rhywbeth bach a blewog – a hynod ddel.

Gerbil ydi o. Dw i'n gwenu wrth ei wylio'n llyfu

ei bawennau bach a mwytho'i glustiau.

'Pwdin,' meddai Gwenno gan ddarllen y label ar y cawell. 'Wnes i ddim sylweddoli fod yna anifail arall yma. Mae'n rhaid na wnes i sylwi cynt.'

'Falla gall Pwdin ddeud be ddigwyddodd?' gofynna Rŵ. 'Pam fod peth mawr, dychrynllyd fel hwnna wedi rhedeg i ffwrdd?'

'Mi *oedd* hynna braidd yn od,' ychwanega Gwenno.

'Aros funud, mi allai Cadno fod wedi cael ei ddarganfod gan rywun yn dod yma i edrych ar Pwdin?' ebychaf. 'Roedd o'n syniad da defnyddio'r lle yma, Gwenno, ond dw i'n credu y bydd rhaid i ni feddwl am syniad arall. Dowch, awn ni o 'ma.'

Dw i eisiau mynd mor bell i ffwrdd â phosib, rhag ofn i'r Grendilwch ddychwelyd. Dw i eisiau mynd adref a chuddio oddi wrth y byd.

'Roeddat ti'n ddewr iawn yn fan'na, Charlie,' meddai Gwenno wrth i ni gerdded i lawr y stryd.

'Dw i heb dy weld ti fel yna o'r blaen.'

Dw i ddim yn teimlo'n ddewr. Efallai fy mod i yn y dechrau, ond yr agosaf oeddwn i i'r adeilad yn Ysbyty'r Anifeiliaid, mwya'n byd roedd y dewrder yna'n toddi ac yna doedd yna ddim byd ar ôl ond ofn. Tydi Gwenno a Rŵ ddim yn gwybod pa mor agos oeddwn i at droi a rhedeg i ffwrdd.

Dw i'n cofleidio Cadno'n dynn, er mwyn iddo fo wybod ei bod hi'n ddrwg gen i.

'Felly rwyt ti wir yn credu bod anghenfil o fyd arall wedi sleifio i mewn i'n byd ni?'

Mae'r tri ohonom yn eistedd ar fy ngwely â'n coesau wedi'u croesi, a Cadno yn gorwedd ar ei gefn yn y canol. Mae o'n disgwyl i bob un ohonom gosi rhan benodol o'i gorff: dw i'n gyfrifol am ei ben a'i glustiau, Gwenno ei fol, Rŵ ei goesau ôl a'i gynffon. (Pam 'mod i'n cael y pen sy'n drewi weithiau? meddai hwnnw o dan ei wynt.)

'Yndw,' atebaf. 'Grendilwch ydi'i enw fo, ac mae o'n gallu newid ei ffurf, ond dywedodd Teg ei fod yn arbennig o hoff o ymddangos fel helgi. *Perffaith* ar gyfer hela llwynogod.'

Mae popeth yn cadarnhau hyn: yr udo glywais i yng nghanol nos, yna pobl yn gweld ci anferth yn yr ardal, yna'r anghenfil oedd yn edrych fel helgi yn Ysbyty'r Anifeiliaid – mae'n ormod o gyd-ddigwyddiad i fod yn unrhyw beth arall. A waeth faint o weithiau dw i'n defnyddio'r crwngog, tydi Teg yn dal heb ddychwelyd, ac mae hynny, mae'n rhaid, yn golygu ei fod mewn helynt. Petai'r Grendilwch wir *wedi* dal i fyny efo fo a dwyn ei garreg gloi, fe allai fod wedi defnyddio honno i ailagor y porth.

Mae Gwenno'n mwytho bol bach tew Cadno ac yn dweud, 'Wel, mae o'n swnio'n anhygoel. Ond mae yna gi bach poeth yma efo ni'n cael ei ddifetha, felly tydi'r gweddill ddim yn hollol anghredadwy. Felly, be 'dan ni am wneud?'

Dw i'n ysgwyd fy mhen. 'Dw i ddim yn gwbod. Mae yna ychydig ddyddiau o hyd cyn diwedd y tymor ysgol; fedra i ddim ei adael ar ei ben ei hun eto.'

Mae Rŵ yn mwytho cynffon Cadno. 'Ia, ond ti ddim yn ystyried mynd â fo i'r ysgol... nag wyt?'

Dw i ddim yn dweud dim byd, yn bennaf

oherwydd mai dyna'n *union* dw i'n ystyried ei wneud. Dw i'n gwybod bod cario Cadno o gwmpas yn fy mag trwy'r dydd yn swnio'n hurt, ond pa ddewis sgen i?

'Falla fod yna rywbeth arall y gallwn ni ei wneud,' meddai Gwenno.

Dw i'n troi'n sydyn i edrych arni. 'Be?'

'Wel, ti'n gwbod hen stordy'r ofalwraig?'

Sied, ychydig gwell na'r cyffredin, yng nghornel y buarth ydi'r hen stordy lle roedd yr ofalwraig yn cadw llawer o'i hoffer. Ond tydi'r lle ddim yn cael ei ddefnyddio bellach, ac mae hynny'n ei wneud yn lle delfrydol i guddio rhywbeth.

Yn arbennig cuddio cenau llwynog tân sydd yn ffoadur â phris ar ei ben.

'Dw i ddim yn siŵr,' meddaf. 'Dw i ddim isio gadael Cadno ar ei ben ei hun eto.'

'Ond mae yna bobl wrth ymyl o hyd!' protestia Gwenno. 'Gwersi ymarfer corff ar y cae chwarae trwy'r dydd... Ddeud gwir, mae ganddon ni wers ymarfer corff fory. Fyddai'r Grendilwch ddim yn dod heibio â chymaint o bobl o gwmpas.'

'Ac mae posib defnyddio fy nghamera i eto,'

awgryma Rŵ.

Dw i'n cymryd anadl ddofn. 'Iawn. Ocê. O leia mi fydd Cadno'n agos, ac mi fedra i wneud yn siŵr ei fod o'n iawn amser egwyl.'

'Yn union,' gwena Gwenno, ond wedyn mae ei hwyneb yn ddifrifol. 'Charlie, mae'n rhaid i ni fod yn ofalus. Nid Cadno ydi'r unig un allai fod mewn perygl.'

Does dim angen iddi hi esbonio. Dw i'n gwybod y gallai'r Grendilwch rwygo trwyddon *ni* i gyrraedd ato fo.

Mae'r syniad yn fy mrawychu. Roedd dim ond gweld y siâp hir, tywyll, ysglyfaethus ar y sgrin yn ddigon ofnadwy. Mae dychmygu ei gyfarfod wyneb yn wyneb yn gwneud i mi fod eisiau cuddio o dan fy nillad gwely ac aros yno am byth.

Ond mae yna hefyd lygedyn o rywbeth arall yna i. Gwreichionyn. Oherwydd dw i wedi sylweddoli, er i mi rewi am funud wrth yr adeilad, cyn hynny, wrth i ni redeg draw i Ysbyty'r Anifeiliaid, nid fy niogelwch fy hun oedd fy ngreddf gyntaf, ond yn hytrach diogelwch Cadno. A phan wnes i gofio ei fod o fy angen i, roeddwn i *yn* gallu mynd i mewn i'r adeilad, er ei fod yn teimlo fel cerdded i mewn i ogof arth â fy nwy law wedi'u clymu y tu ôl i 'nghefn.

Dw i'n cofio be ddwedodd Gwenno. *Dw i heb dy weld ti fel yna o'r blaen.*

Efallai ei bod hi'n iawn. Efallai y gallwn i fod yn well brawd mawr nag ydw i'n ei gredu. Dw i ddim yno eto, ond efallai, rhyw ddydd reit fuan, mi allwn i fod.

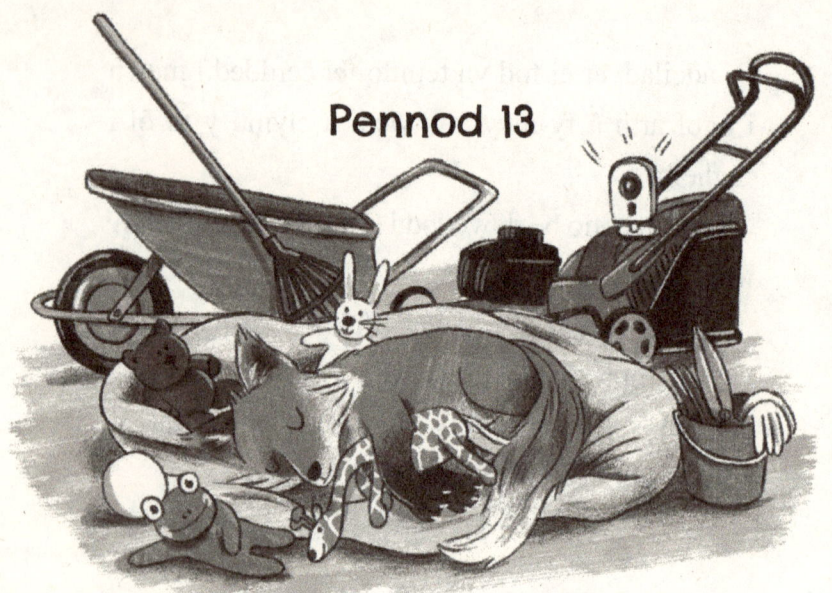

Pennod 13

Mae'r tri ohonom yn cyfarfod yn gynnar y bore wedyn y tu allan i hen stordy'r ofalwraig. Mae Gwenno a Rŵ yn rhoi eu holl sylw i Cadno cyn sylwi fy mod i yno.

'Sorri, Charlie,' meddai Rŵ, 'ond mae o mor annwyl.'

Mae clo'r drws wedi rhydu, sy'n golygu ei fod yn hawdd ei wthio'n agored. Dw i'n creu nyth bach i Cadno, yn cuddio pob math o deganau yng nghanol yr offer, yn gosod y camera ar ben hen beiriant torri gwair llychlyd, ac yna'n cau'r drws ac yn brysio i'r ysgol.

Does dim problem yn ystod y bore. Dw i'n dal i dreulio'r rhan fwyaf o fy amser yn edrych ar fy ffôn, yn gwylio Cadno, ond does dim cŵn hela yn ymddangos. Adeg ein gwers ymarfer corff, y wers cyn cinio, mae pethau'n dechrau mynd o'i le.

Ein cymhorthydd dosbarth, Miss James, sy'n arwain y gwersi hyn gan ei bod ychydig mwy ffit ac ystwyth na Mrs Parry – wel, llawer mwy ffit ac ystwyth a bod yn gwbl onest. Mae gan Mrs Parry glun drwg. Gan mai hon yw sesiwn olaf y flwyddyn mae hi'n gadael i ni wneud beth bynnag yr ydan ni awydd ei wneud, 'cyn belled eich bod chi tu allan ac yn rhedeg o gwmpas'.

Yn naturiol mi ydw i a Gwenno a Rŵ yn chwarae pêl-droed efo gweddill y dosbarth gyda chyn lleied o frwdfrydedd â phosib fel nad oes neb yn pasio'r bêl i ni. Mae o'n gweithio – cawn loetran a sgwrsio yn hytrach na chwarae. Mae hen stordy'r ofalwraig ychydig fetrau y tu ôl i ni. Dw i'n gorfod rhwystro fy hun rhag mynd draw i weld a ydi Cadno'n iawn bob tro mae Miss James yn edrych i'r cyfeiriad arall.

Wrth i bawb arall redeg o gwmpas efo'r bêl, mae Gwenno yn dechrau trafod busnes.

'Gyda'r ffair haf ymhen llai na phythefnos, dw i'n falch o gyhoeddi fod Bwyd Bochdew Bryncastell, ar ôl arbrofi gyda'r rysait ddim llai na thri deg ac wyth o weithiau, yn barod ar gyfer y farchnad fydeang,' dyweda gyda gwên. 'Rhaid i ni ddechrau cael trefn ar bethau.'

Yr eiliad honno mae'r bêl yn hedfan tuag atom ni, ac mae'r tri ohonom yn rhoi gwaedd wichlyd. Mi ydan ni'n neidio o'i ffordd ac mae'r bêl yn glanio'n rhywle y tu ôl i ni. Mae Dylan Jones yn chwifio'i freichiau wrth garlamu tuag atom.

'Hei! Cicia'r bêl yn ôl, wnei di?'

Mae'r tri ohonom yn edrych ar ein gilydd, neb yn awyddus i wneud dim byd. Mae gen i alergedd i bêl-droed. Wel, tydi hynna ddim yn hollol wir – yr hyn mae gen i alergedd iddo fo ydi gwneud ffŵl ohonof fi fy hun o flaen yr holl ddosbarth trwy wneud ymgais i gicio pêl.

Ar ôl ychydig eiliadau mae Rŵ yn tuchan ac yn codi ar ei draed. 'O'r gore, mi wna i.'

Mae o'n clecian ei figyrnau ac yn cymryd anadl ddofn wrth gael ei hun yn barod i gicio'r bêl yn ôl. Mae Gwenno a finnau'n gwylio ac yn chwerthin wrth ei weld o'n rhedeg at y bêl, ei chicio – a disgyn ar lawr.

Mae'r bêl yn hedfan trwy'r awyr, ymhell i'r chwith, ymhell oddi wrth weddill y dosbarth. Mae Dylan yn gwgu ar Rŵ cyn rhedeg ar ôl y bêl.

'Sori!' gwaedda Rŵ. Tydi o ddim yn edrych fel petai ganddo'n agos cymaint o gywilydd ag y buasai gen i. Sut nad ydi o'n poeni am bethau fel'na? *Tân mewnol,* dyna fyddai Dad yn ei ddweud. Mae gan Rŵ a Gwenno dunelli o'r peth.

Ac yna mae fy sylw'n cael ei dynnu gan rywbeth dw i'n weld trwy gil fy llygad. Mae fflach o oren yn saethu ar draws y cae, ac ar unwaith dw i'n teimlo bod fy holl fyd ar fin chwalu.

Mae Cadno yn rasio ar draws y cae – yn syth tuag at y bêl sydd yn rowlio ar draws y gwair!

'Charlie, be sy'n bod?' gofynna Gwenno, ond yna mae un o blant y dosbarth yn sgrechian a phwyntio. Mae fy ffrindiau'n gegagored wrth edrych i gyfeiriad yr helynt.

'Cadno,' sibrydaf, ac yna dw i'n gweiddi: 'Cadno! Cadno!'

Mwyaf sydyn dw i'n rhedeg tuag at Cadno tra bod gweddill y dosbarth yn rhedeg i'r cyfeiriad arall.

Clywaf Miss James yn gweiddi: 'Cadwch draw oddi wrth y llwynog!'

Ond mi ydw i'n dal ati i redeg. Dw i'n rhedeg yn ofer – mae Cadno yn cyrraedd y bêl o fy mlaen. Mae'n gafael ynddi yn ei geg ac yn neidio o gwmpas, wedi cynhyrfu'n lân. Dw i'n gallu gweld ei flew yn dechrau pelydru. Mae o fel bom yn tician. Mae o'n mynd i ffrwydro yn belen gynhyrfus o dân ar unrhyw eiliad. *Rhaid* i mi ei ddal cyn i hynny ddigwydd.

'Cadno!' gwaeddaf.

Mae Cadno yn edrych arna i'n sydyn cyn gwibio

i ffwrdd ar draws y cae gyda'r bêl yn ei geg. Mae'n anelu'n syth at rai o'r plant sydd wedi'u gwasgaru ar draws y cae. Dw i'n crensian fy nannedd wrth iddyn nhw sgrechian a neidio allan o'i ffordd. Mae Cadno yn hedfan heibio i'r plant fel seren wib. Mae'n edrych fel petai ei flew yn sgleinio yn yr haul – ond dw i'n gwybod yn well. Mae o fewn eiliadau i greu arddangosfa tân gwyllt.

'Aros, Charlie,' gwaedda Miss James. 'Ti ddim yn gwbod lle mae'r creadur wedi bod.'

Mae Cadno yn dal i redeg tuag at griw arall o blant. Dw i'n gweld eu cegau yn agor mewn arswyd wrth iddyn nhw chwalu i bob cyfeiriad. Mae Wil a Zac ymhlith y rhain ac mi ydw i'n teimlo pwl sydyn o foddhad wrth iddyn nhw neidio o ffordd Cadno. Ond tydi Cadno ddim yn aros efo'r plant. Mae o'n rhedeg yn gyflymach nag erioed, gan anelu'n syth at...

'Pyst y gôl,' hisiaf. 'Cadno, ty'd 'nôl yma'r munud 'ma!'

Mae o'n fy anwybyddu, wrth gwrs. Dw i'n sylwi fod rhywbeth yn symud ar y dde i mi, rhywbeth sy'n mynd yn fwy ac yn fwy – Gwenno a Rŵ.

Maen nhw'n gwibio ar draws y cae, ar draws llwybr Cadno, eu breichiau'n barod i'w atal fel gôl-geidwaid, Rŵ ar y dde, Gwenno ar y chwith.

'Dalia fo, Rŵ!' gwaedda Gwenno.

Mae Cadno yn cyflymu, ac mae Rŵ yn paratoi ei hun i gau ei freichiau o amgylch y cenau tân. Ond mae yna un bai mawr yn ymdrechion Rŵ i ymddwyn fel gôl-geidwad – mae ei goesau ar led. Mae Cadno yn gwibio rhwng ei goesau ac allan yr ochr arall, dim ond ychydig fetrau o'r pyst gôl.

Does yna ddim y gallwn ni ei wneud i'w rwystro

rŵan. Mae ein hymdrechion yn ofer. Y cyfan y medra i ei wneud yw gwylio wrth iddo daflu ei hun trwy'r awyr ac...

GÔÔÔÔÔÔL! gwaedda gweddill y dosbarth sydd y tu ôl i ni.

Mae Cadno yn rhwygo'n syth trwy ganol y rhwyd, gan adael twll a'r ymylon wedi llosgi. Dw i'n gallu gweld y fflamau'n dechrau symud ar hyd ei flew. Mae o'n dal i fynd, yn prancio ar draws y gwair cyn diflannu i fewn i'r tyfiant uchel ochr bellaf i'r cae.

Dw i'n cwffio trwy'r llwyni, y danadl poethion yn chwipio fy nghoesau, ac yn darganfod Cadno yn eistedd yng nghanol llannerch fechan. Mae o'n edrych yn falch ohono'i hun, ei dafod allan wrth iddo gael ei wynt ato, a'i dân yn pefrio wrth iddo gymysgu efo'i flew. Mae'r bêl wrth ei draed, ac ambell bluen o fwg yn dod ohoni.

'Wyt ti o ddifri?' griddfannaf. 'Wyt ti ddim yn sylweddoli fod yna anghenfil ar dy ôl, a chdithau'n ymddwyn fel taflwr tân? Mi fysa waeth i ni gerdded o gwmpas y dref yn galw ar y Grendilwch nes iddo gael hyd i ni!'

Mae Cadno yn edrych i ffwrdd, â'i glustiau yn

isel, ac mi ydw i'n teimlo'n euog yn syth.

'Edrycha,' ochneidiaf, 'gad i ni dy gael yn ôl i'r sied. Gawn ni sgwrs iawn wedyn. Rŵan rho'r bêl i mi.'

Dw i'n plygu i lawr ac yn codi'r bêl ag un llaw a Cadno efo'r llaw arall. Mae ei fflamau wedi tawelu, felly tydi o ond yn teimlo fel cario potel ddŵr poeth. Mae o'n llyfu fy moch er mwyn ymddiheuro.

Dw i'n mynd yn syth trwy'r llwyni a'r tyfiant nes 'mod i'n gweld hen stordy'r ofalwraig ar ochr y cae pêl-droed. Dw i'n plygu i lawr ac yn brysio draw ati, allan o olwg y plant ar y cae. Mae'r drws wedi'i gau yn dynn.

'Sut goblyn wnest ti ddianc?' gofynnaf o dan fy ngwynt wrth i mi ei wthio'n agored. Dw i'n edrych o gwmpas y tu mewn ac yn sylwi fod dau neu dri cwrel o wydr ar goll o'r ffenest. Mae yna bentwr o focsys wedi llwydo yn gorffwys yn erbyn y wal o dan y ffenest.

'Ti rhy glyfar er dy les dy hun,' meddaf ac mae Cadno'n rhoi cyfarthiad bach hunanfodlon. Dw i'n tynnu'r bocsys oddi wrth y ffenest fel nad oes posib iddo ddringo at y ffenest eto. Mae Cadno yn eistedd i lawr yng nghanol yr ystafell ac yn rhythu arna i. Mae o'n ysgwyd ei gynffon yn ôl ac ymlaen.

'Mi wela i di nes ymlaen,' meddaf, ac yna dw i'n ei adael. Dw i'n cau'r drws y tu ôl i mi, yn troi rownd – ac yn gweld Wil a Zac yn pwyso yn erbyn y wal, yn rhythu arna i trwy lygaid bach cul. Mae breichiau Wil wedi'u plethu.

'Be ti'n wneud yn fan'na, bwyd gŵydd?' gofynna Wil.

'D-dim byd,' meddaf, ac mae fy mochau'n cochi. Ers faint mae'r rhain wedi bod yn sefyll yn fan hyn? Wnaethon nhw fy nghlywed yn siarad efo Cadno? Wnaethon nhw fy ngweld i'n mynd â fo i mewn i'r stordy?

'O ia? Mae o'n edrych i mi fel 'sa ti'n gwneud rhwbath.'

'Mi o'n i... ym... wel...' *Deffra, ymennydd. Meddwl!* 'Chwilio am y bêl oeddwn i. Dw i'n credu fod y llwynog wedi mynd â hi i mewn i fan'na, ei gollwng hi a rhedeg i ffwrdd.'

Mae Wil yn camu ymlaen fel ei fod llai na hanner metr oddi wrtha i. Dw i'n gallu gweld yn ei lygaid ei fod o'n meddwl. Mae Zac y tu ôl iddo fo, yn gwyro dros y ddau ohonom.

'Dw i'n arogli baw llwynog,' chwyrna Wil. 'Mi wnes i dy glywed di'n galw ar y llwynog 'na, bron fel 'sa ti'n ei *adnabod* o.'

Fedra i ddim meddwl am air i'w ddweud. Mi *oeddwn* i wedi galw enw Cadno. Sut allwn i fod wedi bod mor wirion?

Mae Wil yn dal ati i siarad. 'Dw i'n dy nabod di, Challinor. 'Sa ti byth yn rhedeg ar ôl llwynog fel 'na. Ti'n ormod o fabi. Mae *rhwbath* od yn digwydd. Dw i ddim yn gwbod be ydi o, ond dw i am ddarganfod be ydi o.'

Mae ei lygaid yn cloi ar fy llygaid i, ac mi ydw i bron ag ildio ac edrych i ffwrdd pan mae sŵn crynu yn llenwi'r awyr. Mae Wil yn edrych i lawr – mae'r sŵn yn dod o'i boced. Mae o'n gafael yn ei ffôn a'i ddal wrth ei glust, ac yn edrych yn falch. *Edrychwch arna i'n cael galwadau ffôn pwysig er 'mod i yn yr ysgol.*

'Hei,' meddai, mewn llais cŵl, ond daw siom dros ei wyneb pan mae o'n clywed y llais ar y pen arall. Mae o'n sefyll mor agos, ac mae pwy bynnag sydd ar y pen arall yn siarad mor uchel, mi alla i ddeall y geiriau.

'*Wilberforce, siwgwr lwmp? Dim ond gwneud siŵr dy fod ti'n mwynhau dy frechdana caws a picl —*'

Mae Wil yn plygu ei ben yn syth ac yn cerdded i ffwrdd. '*Maaaam,* tydi hi ddim hyd yn oed yn amser cinio eto...'

Dw i wedi cael fy ngadael efo Zac yn rhythu arna i, a'i lygaid yn fawr y tu ôl i'w sbectol.

'Tydi hyn ddim drosodd, bwyd gŵydd,' poera. 'Rydan ni'n cadw golwg arnat ti.' Mae o'n dilyn ei arweinydd, gan adael llonydd i mi.

Mi ddylwn i fod wedi dychryn. Mae'r bwlis newydd ddweud eu bod nhw'n gwybod 'mod i'n gwneud rhywbeth amheus. Ond mae'r holl helynt wedi bod ei werth o oherwydd un gair.

Wilberforce. Wel, tri gair, ddeud y gwir.
Wilberforce, siwgwr lwmp.

Tydi Wil heb ddweud wrth neb erioed mai Wilberforce ydi'i enw cyntaf. Dw i'n credu fod pawb wedi cymryd mai Wiliam oedd o. Neu Gwilym efallai. A bod yn onest, mae Wilberforce yn swnio'n debyg i gyfenw. Yn *bendant* tydi o ddim yn enw cyntaf cyffredin – mwyaf tebyg mai dyna pam mae o wedi'i gadw'n gyfrinach. Dw i'n gwenu wrth ddychmygu be sydd bosib i mi ei wneud efo'r wybodaeth, y pŵer mae'r ffaith yn ei roi i mi.

Dw i'n dal i wenu wrth i mi grwydro yn ôl tuag at y cae efo'r bêl o dan fy mraich. Pan mae gweddill y dosbarth yn fy ngweld, er mawr syndod i mi, maen nhw'n dechrau clapio.

'Mae o wedi'i chael hi!' gwaedda rhywun, ac yna dw i'n gwneud rhywbeth sydd yn fy synnu *i*, hyd yn oed: heb feddwl, dw i'n gosod y bêl ar y llawr ac yn rhoi cic iddi hi. Mae hi hyd yn oed yn mynd i'r cyfeiriad roeddwn wedi'i fwriadu, fwy neu lai – does ond angen i Dylan Jones symud ychydig i'r ochr i'w hatal.

Dw i'n sefyll yna, yn agor a chau fy llygaid, yn methu credu fy sgiliau newydd, ac mae pawb yn heidio o fy amgylch.

'Wnest ti hel y llwynog i ffwrdd?' gofynna rhywun.

'Wnest ti weld o bron â 'mrathu i? Mi wnaeth o yn bendant fy mrathu i, bron iawn!'

'Ti'n arwr, Charlie. Ti wedi achub y bêl!'

Yn eu canol mae Gwenno a Rŵ yn gwenu fel giatiau. Rhaid i mi guddio fy ngwên oherwydd mae hyn, a bod yn onest, yn teimlo'n dda. Dw i wedi osgoi sefyllfaoedd fel hyn trwy gydol fy mywyd, ond y funud hon mi ydw i'n mwynhau bob eiliad!

Daw Miss James drwy'r dyrfa. 'Ti wedi'i chael hi'n ôl!' meddai, ac mae hi'n edrych wedi'i synnu. 'Mae hynna... wel dyna'r tro cyntaf i ti fynd ar ôl unrhyw bêl, Charlie. Da iawn chdi.'

Mae fy mochau'n mynd braidd yn goch.

'Wnest ti gyffwrdd y llwynog 'na?'

'Ymm, naddo,' atebaf. 'Mi wnaeth o ollwng y bêl a rhedeg i ffwrdd.'

Mae Miss James yn nodio'i phen yn ansicr braidd. 'Ocê, wel, cer i olchi dy ddwylo, rhag ofn. Dw i erioed wedi gweld dim byd tebyg! Trueni na fyddwn i wedi gallu tynnu llun neu fideo.'

Mae'r gêm bêl-droed yn ailddechrau, ac mae Gwenno a Rŵ yn ymddangos wrth fy ochr.

'Roedd hynna'n wych!' gwena Gwenno.

'Oedd. Sa'r Charlie-cynt heb wneud hynna,' meddai Rŵ.

'Y Charlie-cynt?' hola Gwenno.

'Ia, y Charlie cyn i Cadno gyrraedd,' esbonia Rŵ. 'Fysa hwnnw byth wedi cicio'r bêl yn ôl.'

'Mae o'n deud gwir,' meddai Gwenno. 'Ydi Cadno'n iawn?'

'Mae o'n iawn,' atebaf. 'Mi es i â fo'n ôl i'w guddfan.'

Dw i'n penderfynu peidio dweud wrthyn nhw am y digwyddiad efo Wil, a'r darn bach gloyw o wybodaeth y sy gen i amdano. Fi sydd berchen yr wybodaeth yna am y tro.

Mae Gwenno yn gwenu. 'Dowch, well i ni fynd yn ôl i'r gêm. Beryg y bydd rhaid i ni ymuno â phawb rŵan, diolch i ti.'

Dw i'n chwerthin. Mwya sydyn tydi pêl-droed ddim yn fy nychryn cymaint. Dim ond pêl ydi hi. Beth bynnag, dwi i'n gyfrifol am genau llwynog tân, a does yna ddim byd yn fy nychryn yn fwy na hynny.

Pennod 14

Gan 'mod i'n dal mewn hwyliau cystal ar ôl ysgol dw i'n gofyn i Gwenno a Rŵ a oes ganddyn nhw awydd mynd â Cadno am dro.

'Ti ddim angen gofyn!' meddai Gwenno, wedi cynhyrfu cymaint nes bod ei llygaid bron neidio allan o'i phen.

Dw i'n anghofio bod Cadno yn rhywbeth newydd iawn iddyn nhw. I mi bellach mae o'n rhan o'r teulu. Cenau llwynog bach chwareus sydd yn digwydd bod yn cuddio'r gallu i wneud rhywbeth tanllyd.

'Felly, be sy'n digwydd i'w fflamau o pan mae

hi'n bwrw glaw?' hola Rŵ wrth i ni fynd i gyfeiriad y coed sydd ar ymyl y parc. Mae'r tri ohonom wedi galw'n rhieni i ddweud ein bod yn mynd i fod yn hwyr adref. Mae Cadno yn tuthio o'n blaenau'n hapus, yn rhedeg ar ôl hadau dant y llew sydd yn cael eu cludo gan yr awel. Mi ydan ni bellter diogel o ble mae'r rhan fwyaf o bobl yn mynd â'u cŵn am dro, ac os nad oes yna neb yn rhy agos mae o'n edrych fel ci bach. Hynny ydi, cyn belled nad ydi'i fflamau o'n tanio.

'Wn i ddim,' cyfaddefaf, a sythu fy nghap pêl-fas coch a glas. 'Dw i heb fod allan yn y glaw efo fo eto.'

'Ooo, a be os ydi o'n taro rhech?' meddai Rŵ. 'Mae rhech yn ymfflamychol, tydi? 'Sa fo'n gallu gollwng un a rhoi'r llwyni ar dân.'

'Dw i ddim yn meddwl i mi ei glywed yn taro rhech erioed.'

'Falla na fyddai ei rech o'n cael ei heffeithio gan y fflamau,' awgryma Gwenno.

Mae gweddill y pnawn yn rhialtwch o grwydro a chwerthin. Mae Cadno yn rhedeg ar ôl pryfed ac yn sboncio ar draws twmpathau o fwsog meddal. Ar un pwynt mae Rŵ yn taflu brigyn ac mae Cadno yn cynhyrfu cymaint wrth redeg ar ôl hwnnw fel bod y brigyn yn troi'n bentwr o farwydos coch pan mae o'n gafael ynddo. Mae o'n amlwg yn siomedig, heb ddeall be ddigwyddodd, a'i fflamau'n dawnsio o'i amgylch.

'Paid â phoeni, Cadno.' Dw i'n ei gysuro wrth i'w fflamau dawelu. 'Coedwig ydi hon. Mae hi wedi'i *gwneud* o frigau.'

Does dim helynt tan yn nes ymlaen yn y dydd. A phan ddaw'r helynt, nid rhywun yn mynd â'r ci am dro neu rywun yn loncian yw'r broblem, ond rhywbeth hollol wahanol.

Cerdded o amgylch y llyn ydan ni, pan mae Cadno yn ei gweld hi. Mae o'n rhewi, ei holl sylw ar rywbeth yn y pellter, rhywbeth sydd yn nofio'n dawel ar draws y llyn. Mae fy nghorff i gyd yn mynd yn dynn.

'O, na,' meddaf. '*Hi* ydi hi.'

'Pwy?' gofynna Rŵ.

'Yr ŵydd! Yr un wnaeth ymosod arna i!'

Mae Gwenno'n torri ar fy nhraws. 'Sut wyt ti'n

gwbod mai *hi* ydi hi? Falla mai *fo* ydi o.'

Does gen i ddim amser i ateb oherwydd mae Cadno bellach wedi rhuthro at lan y llyn ac yn cyfarth yn wirion. Mae o'n pefrio fel pelen fach o lafa.

Mae'r ŵydd – mor osgeiddig a thawel yn hwylio ar y dŵr – wedi codi i fyny a lledu ei hadenydd. Mae wedi dyblu ei maint a thrawsnewid i fod yn anghenfil pluog. Mae'n taflu ei gwddw hir ymlaen, ac mae sŵn hisian dychrynllyd yn poeri o'i cheg.

Mae Cadno yn edrych arni unwaith, ac er mawr syndod i mi, yn gwneud sŵn crio ac yn rhedeg oddi wrthi. Mae'r ŵydd yn troi ei sylw atom ni, ei llygaid yn sgleinio'n beryglus.

'Rhedwch!'

Fwrdd â ni ar ôl Cadno, sydd yn cuddio yn niogelwch y coed. Mae o'n crynu fel platiad o jeli. Dw i ar fin ei godi i roi mwythau iddo, ond yn neidio'n ôl wrth i mi sylweddoli pa mor boeth ydi o. Ond mi ydw i'n chwerthin.

'Wedi cael ei drechu gan ŵydd!' gwaedda Rŵ'n llawen.

'Gwyddau ydi, fatha, gor-gor-gor-gor wyrion y

deinosoriaid,' meddai Gwenno. 'Felly i bob pwrpas mae o wedi dianc oddi wrth T-Rex cyfoes.'

'Mae gan yr ŵydd yna broblem agwedd,' meddai Rŵ. 'Dw i ddim yn synnu bod gen ti ei hofn.'

'Sgen i 'mo'i hofn!' mynnaf, ond yna dw i'n petruso. 'Wel, falla fod gen i ychydig bach.'

Mae'r tri ohonom yn chwerthin am be sy'n teimlo fel hydoedd, ac yn dal ati i gerdded nes ei bod hi'n dechrau tywyllu ac i'r goedwig fynd yn drwchus iawn.

'Hei, ydan ni wrth ymyl yr hen reilffordd?' gofynna Rŵ ymhen ychydig.

Mae o'n iawn. Mae'r rheilffordd yn cael ei defnyddio ar gyfer cludo nwyddau – ŵyr neb pa nwyddau. Mae'r cledrau'n ymlwybro trwy gefn gwlad, o amgylch bryniau a choedwigoedd, fel rhuban arian troellog. Ond anaml mae'n cael ei defnyddio, a dyna pam mae llawer o bobl yn mynd am dro ar ei hyd.

'Arhoswch, bois,' meddai Rŵ. 'Ydach chi'n clywed hynna?'

Mi ydw i a Gwenno yn aros wrth ei ymyl. Mae coed o'n cwmpas ym mhobman, ac fe alla i glywed sŵn y dail yn sibrwd, a Cadno yn rhochian a gwichian wrth iddo chwarae.

'Cadno,' hisiaf. 'Shhh!'

Mae Cadno yn bod yn ddistaw, a dyna pryd dw i'n clywed y sŵn. Sŵn sydd yn mynd ar flaenau ei draed o amgylch pethau. Udo cras, llwglyd sydd yn tynnu'r gwres o'r awyr ac yn troi'r haf yn aeaf. Mae o'n sŵn sydd yn anfon ias i fyny fy asgwrn cefn. Mae'r cysgodion sy'n crynhoi o dan y coed fel pe baen nhw'n tyfu ddeg gwaith yn fwy.

'Be *ydi* hwnna?' gofynna Gwenno.

Fe allai fod yn gi rhywun, ond dw i'n sicr nad dyna ydi o. Tydi pethau ddim yn teimlo'n iawn. Tydi cŵn eraill ddim yn gwneud sŵn fel hyn. Tydyn nhw ddim yn swnio mor wag, mor ddienaid. Does dim bywyd yn yr udo hwn, dim byd ond casineb.

'Dw i'n meddwl y byddai'n well i ni adael,' meddaf a chychwyn yn ôl i'r cyfeiriad roeddem wedi dod ohono. 'Ty'd, Cadno, ty'd, was!'

'Aros,' meddai Rŵ. Mae o'n rhythu trwy'r coed ar rywbeth yn y pellter. 'Ydach chi'n gweld hwnna?'

Dw i'n craffu, ac yn sicr mae yna rywbeth yn dod

tuag atom yn yr hanner tywyllwch. Wn i ddim be ydi o i ddechrau, dim ond ei fod o'n mynd yn fwy ac yn fwy wrth agosáu ar hyd llwybr y goedwig. Ond yna dw i'n ei weld yn gliriach, ac mae fy nghalon yn rhewi.

Ci ydi o. Ci mawr iawn, *iawn*. Mae ei flew mor dywyll â chwilen ddu, ond ei lygaid sydd yn gwneud i mi sylweddoli nad ci cyffredin ydi hwn: dwy belen goch llawn casineb, gwahanol i unrhyw beth yn y byd hwn, yn treiddio trwy'r gwyll. Mae'n dod tuag atom, yn glafoerio, a diferion o boer yn disgyn o'i geg. Mae o'n edrych fel petai eisiau bwyd. Na, mae o'n edrych fel petai eisiau lladd rhywbeth.

Rydan ni *wedi* gweld y ci hwn o'r blaen.

'Hwn ydi'r helgi!' meddaf yn ddistaw. 'Y Grendilwch ydi hwn!'

'Mae-mae o'n dod yn syth amdanom ni!' ebycha Rŵ.

'Mae o'n dod am Cadno!' gwaeddaf. 'RHEDWCH!'

Mae'r tri ohonom a Cadno yn troi a rhedeg i lawr y llwybr. Mae Cadno ar y blaen, ac yn cyfarth wrth

redeg. Mae ei dân wedi cynnau, ei holl gorff yn fflamau gwyllt. Dw i'n edrych yn sydyn dros fy ysgwydd, ac yn dychryn wrth weld bod yr helgi'n rhedeg hefyd. Mae'n agor ei geg i ddangos ei ddannedd dychrynllyd ac yn udo'n llwglyd. Mae'r sŵn fel petai'n tynnu pob lliw allan o'r byd.

Rhedwn yn gynt, ond does dim diben. Mae'r helgi'n dod yn nes pob eiliad.

'Charlie!' gwaedda Rŵ ar y chwith i mi. 'Tydan ni ddim yn mynd i lwyddo i ddianc!'

Mae o'n iawn. Mae gan gi hela gorff sy'n addas i hela: allwn ni ddim rhedeg yn gynt na fo. Wrth i ni redeg dw i'n edrych ar y goedwig sy'n ein hamgylchynu, yn chwilio am ateb —

Mae sŵn chwiban yn y pellter, a mwyaf sydyn dw i'n cael syniad. Ein hunig obaith, efallai.

'Trên! Mae'r trên yn dod! Dilynwch fi!'

Dw i'n troi i'r chwith, yn gadael y llwybr, ac mae fy ffrindiau yn fy nilyn. Mae Cadno yn gweld ein bod ni wedi troi ac yn newid cyfeiriad hefyd, gan losgi llwybr trwy'r tyfiant trwchus.

Mae'r helgi'n dal ar ein holau. Tydi'r ffaith ein bod wedi gadael y llwybr heb ei arafu cymaint ag yr oeddwn i wedi'i obeithio. Mae'r anghenfil yn rhwygo trwy'r drain a'r llwyni, ac yn llithro rhwng y coed mor hawdd ag ysbryd. Mi fydd o'n dal i fynd... nes iddo'n cyrraedd ni.

Mae'r trên yn chwibanu eto, ac ychydig o'n blaenau ni dw i'n gweld llannerch. Rydym mor agos.

Down allan o'r coed, ac yno o'n blaenau mae cledrau'r trên. Mae caeau agored yr ochr arall i'r cledrau ac i'r dde, yn rhuo tuag atom, mae'r trên – torpedo metel anferth.

'Charlie, mae'r Grendilwch yn dod!' gwaedda Gwenno a'i llais yn llawn anobaith.

Dw i'n troi i wynebu'r helgi. Mae wedi arafu ac yn camu tuag atom, ei lygaid ofnadwy wedi'u hoelio ar Cadno. Mae'n cyrcydu yn agos at y ddaear, yn barod i ymosod, ac yn sgyrnygu. Awn ninnau'n araf, wysg ein cefnau, tuag at y cledrau.

Dw i'n edrych y tu ôl i mi. Mae'r trên bron yna, ac mae'r twrw'n fyddarol.

'Arhoswch!' sgrechiaf. 'Pan dw i'n deud, rydan ni'n neidio ar draws y cledrau!'

'Be?' gwaedda Rŵ. 'Wyt ti'n drysu?'

Mae o'n iawn, wrth gwrs. Mae'r hyn dw i'n ei awgrymu'n hollol wallgof. Mae pawb yn gwybod pa mor beryglus ydi cledrau'r trên. Petaen ni ddim yn cael ein herlid gan fwystfil rheibus fyddwn i byth wedi awgrymu'r peth.

'Does yna ddim dewis!'

Mae Cadno yn cyfarth mewn ofn. Mae'r trên yn agos, agos – ac mae'r helgi'n neidio tuag atom o'r diwedd – horwth o anghenfil du wedi'i amgylchynu gan gysgodion y coed.

'Rŵan!' gwaeddaf, ac mae Cadno yn neidio yn ei flaen.

Rydym yn neidio ar draws y cledrau efo'n gilydd, eiliadau cyn i enau'r helgi glecian yng nghau ar yr awyr lle roeddan ni'n sefyll. Mae'r trên yn rhuo heibio, yn ein gwahanu ni a'r bwystfil. Dw i'n edrych i lawr y cledrau, yn ceisio gweld diwedd y trên, ond does dim diwedd i'w weld. Mae o'n rhes ddiddiwedd o gerbydau nwyddau yn clecian heibio. Rhythwn arno, wedi synnu, cyn i'r ofn ailafael ynof.

'Dowch, o 'ma!'

'Aros, Charlie!' galwa Gwenno a phwyntio at fy

mhen. 'Lle mae dy gap di?'

Dw i'n gwgu cyn sylweddoli am be mae hi'n sôn. Dw i'n rhoi fy llaw ar fy mhen – ac ydi, mae fy nghap ar goll.

'Rhaid ei fod o wedi disgyn wrth i ni redeg,' meddaf. 'Tydi o ddim bwys. Rhaid i ni fynd mor bell â phosib o fan'ma.'

Tydan ni ddim yn aros eiliad arall. Trown a rhedwn, plygu o dan weiran ffens ac i mewn i gae ar allt. Dringwn yr allt a chyrraedd ffordd wledig fechan wrth i gerbyd olaf y trên fynd heibio. Mae'r

ddaear o dan ein traed yn tawelu, ond mi ydw i'n dal i deimlo'r cryndod yn fy esgyrn.

Edrychaf yn ôl ar y cledrau a'r goedwig y tu hwnt.

Mae'r hunllef oedd yn ein herlid wedi mynd.

'Sut... sut gafodd o hyd i ni?' gofynna Rŵ.

Rydan ni'n ôl yn y dref, ac mae hi bron iawn yn nos. Mae'r sêr yn pefrio yn yr awyr borffor dywyll. Mae Cadno yn fy mreichiau, a'i drwyn wedi'i wthio yn erbyn fy mrest. Mae o wedi oeri o'r diwedd, ond mae ei flew yn dal yn loyw â phryder.

Dw i'n cofio am Teg yn gofyn i mi am fy nghôt a oedd yn bi-pi drosti er mwyn arwain y Grendilwch oddi wrth y castell.

'Mae gan gŵn hela synnwyr arogli anhygoel. Fe wnaeth Cadno bi-pi gannoedd o weithiau wrth i ni fynd am dro heddiw. Doedd dim posib ei rwystro, nag oedd? Fetia i bod y Grendilwch wedi dilyn y trywydd o'r funud y gwnes roi Cadno ar y llawr.'

'Be ydan ni am ei wneud?' gofynna Gwenno.

Dw i'n edrych ar y ddau mewn anobaith.

'Dw i ddim yn gwbod. Mi ydan ni angen Teg. Ond dw i'n siŵr bod rhwbath wedi digwydd iddo fo. Fe gaeodd o'r porth ar ôl gadael, ond mae'r porth wedi agor rŵan ac mae'r Grendilwch yma! Mae'n rhaid ei fod o wedi dal Teg a dwyn y garreg gloi.'

Mae Rŵ yn rhoi ei law ar fy ysgwydd. 'Fe ddaw o'n ôl.'

'Ti ddim yn gwbod hynny. Dw i wedi bod yn defnyddio'r crwngog bob dydd a does yna dal ddim golwg ohono fo.'

Does gan 'run o fy ffrindiau ddim byd i'w ddweud. Mae Cadno wedi dechrau cnoi fy llawes, ac yn deall dim o'r sgwrs am ei dynged.

'Dowch, ffwrdd â ni,' meddaf.

Mae fy meddwl yn llawn cymylau pryder wrth i ni gerdded trwy'r dref. Be os na fydd Teg *byth* yn dod i nôl Cadno?

Mae yna un pelydryn bach o heulwen yn fy mhryder, o leiaf. Geiriau Gwenno ydi hynny: *Be ydan ni am ei wneud?* Ni.

Gair bach ond gair pwysig.

Mae o'n golygu nad ydw i ar fy mhen fy hun.

Pennod 15

Mae dydd Mercher yn yr ysgol yn mynd heibio heb unrhyw ddigwyddiad anffodus, diolch byth. Wn i ddim faint mwy o ddigwyddiadau anffodus y medra i eu dioddef. Yn sicr mae bywyd efo Cadno yn... yn gynhyrfus, ac mae hynna'n ddisgrifiad cwrtais. Ar ôl ysgol dw i'n mynd yn syth adref. Tydi Gwenno a Rŵ ddim yn cwyno – mae'r cyfarfyddiad efo'r Grendilwch wedi'u styrbio nhw hefyd.

Pan dw i'n cyrraedd adref, mae yna gar cyfarwydd wedi'i barcio y tu allan – car Non, dw i'n sylweddoli. Roeddwn i wedi anghofio ei bod hi'n ymweld â ni heddiw. Dw eisiau sleifio i mewn a mynd â Cadno fyny grisiau, ond mae Tada'n fy nghlywed yn cau'r drws ffrynt.

'Charlie, chdi sy 'na? Tyd i ddeud helô!'

Dw i'n sefyll yn y cyntedd yn trio penderfynu be i'w wneud efo Cadno, ac yna mewn eiliad o banig yn mynd i gyfeiriad y gegin efo fy mag ar fy ysgwydd.

Dw i'n agor y drws ac yn taro fy mhen i mewn, fel ei fod yn edrych fel pe bai'n hofran yn yr awyr. Mae fy nhadau a Non i gyd yn eistedd ar stolion o gwmpas y bwrdd.

'O, Charlie!' meddai Non, yn gwenu fel giât. Mae hi'n gwisgo band gwallt lliwiau'r enfys, sydd yn dal ei gwallt brown cyrliog o'i hwyneb. 'Braf iawn dy weld ti!'

'Ym, helô,' mentraf. Mae Cadno yn dechrau gwingo yn fy mag, a theimlaf fy mochau'n cochi.

'O, bechod, mae o'n edrych mor bryderus.' Mae Non yn chwerthin. 'Paid â phoeni, cariad, dim ond ymweliad sydyn ydi hwn. Dim ond dod â rhyw ffurflenni i dy dadau eu llenwi!'

Mae hi'n gwenu arna i. Mae hi fwy neu lai yn

uncorn ar ffurf person. Efallai ei bod hi hyd yn oed yn taro rhech lliw enfys.

'Pam na ddoi di i mewn, Charlie, i ni gael sgwrs iawn efo chdi?' gofynna Tada, a galla i weld o'i lygaid ei fod yn fwy o orchymyn na gwahoddiad.

Tyd i mewn i fan'ma rŵan, mae'r llygaid yn ei ddweud.

Dw i'n gwenu'n od. Mae fy holl gorff yn sgrechian y dylwn i aros yn y cyntedd a chadw Cadno mor bell oddi wrthyn nhw â phosib. Ond symuda un o eiliau Tada'r mymryn lleiaf, ac mi ydw i'n gwbod nad oes gen i ddewis. Mae'n bwysig peidio herio aeliau Tada.

'O, ym, ocê,' atebaf a chamu trwy'r drws ac i mewn i'r gegin. Dw i'n gwneud dim byd ond sefyll yno'n edrych yn anghyfforddus tra bod yr oedolion yn edrych ar ei gilydd mewn penbleth.

'Ta waeth, be o'n i'n ddeud...? A, ia. Os medrwch chi arwyddo yn fan'na, os gwelwch yn dda —'

'Miaw.'

Mae pawb yn edrych i gyfeiriad y sŵn. Mae yna gath frech lwyd yn eistedd yr ochr arall i'r drysau patio, a'i llygaid mawr gwyrdd yn rhythu arnom.

'O, dw i wrth fy modd efo cathod,' meddai Non. 'Wyddwn i ddim bod ganddoch chi anifeiliaid anwes.'

Mae Dad yn ochneidio. 'O, Tywysoges La-La ydi honna, o rif 32. Mae hi'n dod i'r ardd o hyd. Mi eith i ffwrdd yn y munud.'

'Helô, pws bach!' meddai Non, a neidio oddi ar ei stôl a tharo gwydr y drws yn ysgafn efo'i bys.

'Miaw,' meddai Tywysoges La-La eto. Yn bendant tydi hi *ddim* yn mynd i ffwrdd. Mae hi'n ymestyn ei phawen a tharo'r gwydr o'r ochr arall, fel ei bod hi a Non yn gwneud pawen lawen trwy'r gwydr.

Dw i'n teimlo Cadno yn symud yn erbyn fy nghefn, ac yn cynhesu.

O, na...

'Dw i am fynd â fy mag fyny gris—'

'Miaw, miaw.' Mae Tywysoges La-La yn dal i fynnu sylw.

Mae Cadno yn chwyrnu'n isel. Mae'r sŵn yn cael ei fygu gan fy mag, ond yna mae o'n chwyrnu'n uwch, ac mi fedra i deimlo ei fod ar fin udo.

'BETH AM GANU CÂN!' gwaeddaf, cyn i mi hyd yn oed sylweddoli be dw i'n ei wneud – a mwyaf sydyn dw i'n canu 'Pen-blwydd Hapus!' dros y lle. Unrhyw beth i foddi sŵn y cenau llwynog sydd bellach yn udo yn fy mag.

Mae'r oedolion yn troi i edrych arna i, yn amlwg methu deall beth sydd yn digwydd. Mae hyd yn oed Tywysoges La-La yn rhoi'r gorau i beth bynnag roedd hi'n ei wneud ac yn rhoi ei phen ar un ochr. Dw i'n gweld ei cheg yn agor o amgylch *miaw* arall, ond fedra i ddim ei chlywed oherwydd 'mod i'n canu mor uchel. Dw i'n dal i glywed Cadno yn chwyrnu trwy fy mag wrth iddo symud yn wyllt, eisiau gwybod be sy'n gwneud y sŵn mewian hyfryd.

'*Pen-blwydd hapus i chdiiiiiiiiii!*'

'Pwy sy'n cael ei ben-blwydd?' hola Non. Mae hi'n gwenu yn y ffordd mae pobl yn gwenu pan nad ydyn nhw'n deall beth sydd yn digwydd ond maen nhw am fod yn gwrtais.

'Pob math o bobl!' gwaeddaf, ac yna dw i'n *dawnsio*. 'Beth am ganu pen-blwydd hapus i bawb?'

Mae fy rhieni a Non yn edrych yn wirion arna i erbyn hyn. Maen nhw'n anghofio popeth am Tywysoges La-La pan dw i'n dechrau camu o un ochr i'r llall a chlecian fy mysedd. Does gen i ddim syniad be dw i'n ei wneud, ond mae gwneud *unrhyw beth* yn well na'u bod nhw'n amau bod gen i anifail byw yn fy mag ysgol. Mae hyd yn oed edrych fel ffŵl yn well na hynny.

O'r diwedd mae Tywysoges La-La yn colli diddordeb ac yn ymlwybro o'r golwg.

Erbyn hyn dw i'n canu fersiwn bywiog iawn o 'Mi Welais Jac y Do', efo lot o glapio dwylo a stampio traed, ond mi fedra i synhwyro fod Cadno yn tawelu, felly dw i'n gadael y gân ar ei chanol. Mae fy nghalon yn curo. Mae fy rhieni a Non yn rhythu. Mae fy nhadau yn edrych yn ôl ac ymlaen rhwng Non a fi, eu llygaid yn llawn pryder.

Mae hi'n mynd i feddwl fy mod i'n wallgof. Mae hi'n mynd i benderfynu peidio gweithio efo ni o hyn ymlaen oherwydd ei fod o'n amlwg ein bod ni braidd yn od. Fydd yna ddim babi newydd i ni. Mi fydd Dad a Tada'n torri eu calonnau.

Ond yna mae Non yn codi ar ei thraed ac yn curo'i dwylo. 'Gwych, Charlie! Gwych! Mi oedd hwnna'n hyfryd! Dach chi ddim yn cytuno?'

Mae Tada'n gwingo wrth sylweddoli ei bod hi'n siarad efo fo. Mae o'n ymuno yn y gymeradwyaeth, ond mi fedra i ddweud o'r ffordd mae o'n edrych arna i nad ydi o'n deall be ar y ddaear ddigwyddodd.

'O, oedd, mi oedd o'n, ym... hyfryd,' mae Tada'n cytuno, ac wrth ei ymyl mae Dad yn nodio.

Dw i ddim yn siŵr be i'w wneud, felly dw i'n rhoi bow fach od ac yn dianc o'r ystafell gan ddweud 'mod i angen mynd i'r tŷ bach.

Pan dw i'n cyrraedd fy ystafell, dw i'n agor y bag ac mae Cadno yn cerdded allan ohono.

'Wel, dw i'n gobeithio dy fod ti'n hapus efo chdi dy hun! Bron i ti ddatgelu popeth!'

Mae Cadno yn gwneud sŵn rhochian. Does ganddo fo ddim diddordeb.

'Ti ddim hyd yn oed yn difaru, nag wyt? Wn i ddim pwy wyt ti'n feddwl wyt ti. Tydi Tywysoges La-La ddim yn un i'w chroesi, 'sti. Mi fysa hi'n dy fyta di i frecwast! Mae gan y Labrador yn rhif 35 wir ei hofn hi.'

Dw i'n ochneidio. Nid dyma'r amser i wneud hyn. Mae Non yn dal i lawr grisiau.

Dw i'n gafael mewn llond dwrn o ddanteithion cŵn o'r cwpwrdd wrth ochr fy ngwely. Gwenno ddaeth â nhw i'r ysgol y diwrnod o'r blaen. Mae Cadno yn hoffi bwyta o leiaf pedwar ar unwaith. Dw i ddim yn ei feio. Alla i ddim bwyta un Jaffa Cake yn unig.

'Plis, bydd yn hogyn da ac aros yn ddistaw,' ymbiliaf wrth i mi fynd tuag at ddrws y llofft. Mae Cadno yn fy anwybyddu ac yn llyfu briwsion oddi ar y cwilt. 'Fydda i ddim yn hir, dw i'n gaddo.'

Dw i'n ei adael ac yn mynd i lawr grisiau, ond erbyn i mi gyrraedd mae Non yn gadael y gegin a'i bag yn siglo 'nôl ac ymlaen ar ei hysgwydd.

'Reit, wel, dyna'r cwbl,' mae hi'n ddweud. 'Mi ddo' i yma ar gyfer ymweliad arall wythnos nesa, os ydi hynny'n iawn efo chi? A chael sgwrs iawn efo Charlie hefyd adeg honno hefyd. Falla y bydd o'n canu i mi eto!'

Mae hi'n rhoi winc arna i, ac mae fy mochau'n cochi.

'Dim problem,' meddai Dad, yn gwenu. 'Welan ni chdi tro nesa.'

Mae Non yn codi llaw arna i wrth iddi agor drws y ffrynt a cherdded i lawr llwybr yr ardd. Mae'r tri ohonom yn sefyll yn y drws i ffarwelio â hi. Mae hi'n mynd i mewn i'w char – yr un y gwnaeth Cadno bi-pi arno fo'r tro diwethaf roedd hi yma – ac yn gyrru i ffwrdd.

Dw i'n neidio yn ôl oddi wrth y drws, ac yn hanner rhwystro fy hun rhag sgrechian.

'Charlie? Be sy'n bod?' gofynna Tada.

Am funud fedra i ddim siarad, oherwydd, yn

rhythu arna i o'r llwyni yr ochr arall i'r ffordd, mae yna bâr o lygaid coch mileinig. Maen nhw'n llosgi i mewn i mi, yn fy llenwi gyda'u hatgasedd. Gyda'u newyn.

Ac yna maen nhw wedi mynd, mor sydyn, fel petaen nhw heb fod yno o gwbl.

'Charlie,' anoga Dad, 'wyt ti'n iawn? Mi wyt ti wedi bod yn ymddwyn yn od iawn ers i ti gyrraedd adre.'

'O, ia, d-dwi...' Mae gen i atal dweud. 'Gen i, ym, gramp... yn fy nhroed, 'mond hynny.'

'Cramp yn dy droed?' Mae Tada'n edrych yn amheus. 'Yr holl ddawnsio 'na yn y gegin ydi'r bai mae'n siŵr. Be oedd hynna? Ydi'r cramp yn ddrwg iawn?'

Dw i'n ysgwyd fy mhen. 'Na. Ddeud gwir mae o wedi mynd rŵan. Od, yn dê? Beth bynnag... dw i am fynd i fy llofft am ychydig.'

Mi fedra i deimlo fy rhieni'n rhythu arnaf wrth i mi fynd i fyny'r grisiau. Ond fedra i ddim dechrau poeni am fy nghelwydd bach tila. Mae'r geiriau ddwedodd Gwenno yn Ysbyty'r Anifeiliaid yn llosgi yn fy mhen.

Heliwr. Yn closio at ei ysglyfaeth.

Mae'r llygaid yn dal yna.

Dw i ddim yn golygu yn dal yna'n llythrennol – roeddan nhw yna am eiliad ac yna mynd. Dw i ddim hyd yn oed yn siŵr a wnes i eu gweld go iawn, neu ai fy nychymyg oedd yn chwarae triciau. Ond yn hwyr y noson honno, yn swatio yn fy ngwely efo Cadno, dw i'n dal i allu'u gweld nhw. Yn treiddio trwyddaf fel dwy gyllell boeth.

Mae o wedi cael hyd i mi. Mae'r Grendilwch yn gwybod bod Cadno gen i oherwydd ei fod o wedi fy *ngweld* i efo fo, a rhywsut mae o wedi darganfod lle dw i'n byw. Efallai ei fod wedi dilyn fy arogl.

Tydi 'sut' ddim bwys, beth bynnag. Yr hyn sydd yn bwysig ydi bod yr heliwr wedi darganfod ei ysglyfaeth, a dim ond mater o amser fydd hi cyn iddo ymosod. Bydd yn cymryd Cadno, ac yna... wel, dwi'n crynu wrth feddwl be fydd o'n ei wneud i mi. Mae pa bynnag dân mewnol oedd yn dechrau cynnau ynof i yn diffodd yn y fan a'r lle.

Felly dw i'n gorwedd yna, un llaw yn gorffwys ar fol y cenau llwynog bach a'r llaw arall yn gafael yn y crwngog. Dw i'n weindio'r cogiau ac yn gadael iddyn nhw chwyrlïo, cyn ei weindio unwaith eto.

'Ty'd yn dy flaen, Teg,' meddaf dan fy ngwynt. Ond does dim pwrpas. Petai Teg yn gallu dod yma, fe fyddai wedi cyrraedd erbyn hyn.

Mae'n ymddangos y bydd rhaid i ni ddatrys hyn ein hunain.

Pennod 16

Dydd Iau ydi'r diwrnod canlynol. Y diwrnod olaf un yn yr ysgol gynradd. Mae popeth sydd wedi digwydd efo Cadno wedi llyncu cymaint o amser ac egni fel fy mod i prin wedi meddwl am hynny. Sydd yn wallgof, oherwydd tan tua wythnos yn ôl ro'n i'n pryderu am hyn yn fwy na dim byd arall yn fy mywyd. Rŵan, prin dw i'n meddwl am y peth. Dw i ddim yn credu fod a wnelo hyn ddim byd efo fi yn bod yn ddewrach chwaith. Dim ond bod gen i ofnau mwy i'w hwynebu bellach. Mwy o gogio bach a smalio i'w wneud, fel y byddai Dad yn ei ddweud.

A thra 'mod i'n sôn am gogio bach, dw i heb

sôn gair wrth Gwenno a Rŵ am y llygaid coch, oherwydd 'mod i'n ceisio perswadio fy hun fy mod i wedi'u dychmygu. Er, wrth i'r gloch ganu am y tro olaf un, a finnau'n mynd tuag at stordy'r ofalwraig, dw i'n sylweddoli fy mod i'n edrych yng nghorneli pellaf tir yr ysgol, yn chwilio am ddwy belen loyw goch.

Dw i'n mynd i mewn i'r sied, ac yno mae Cadno yn neidio o amgylch rhyw hen fop afiach. Mae o'n edrych i fyny wrth i mi ddod i mewn ac yn cyfarth yn hapus.

Mae o'n pentyrru cusanau gwlyb arna i wrth i mi blygu i lawr i'w gyfarch.

'Ara deg! Ia, ia dw i'n hapus iawn i dy weld ti hefyd.'

Mae o'n smicio'i lygaid arna i, ac yna'n dechrau cnoi fy ngholer.

'Tyrd, adra â ni.'

Dw i'n ei osod yn fy mag ac yn gadael. Dwi bron wrth y giatiau pan mae dwy fraich yn cael eu taflu dros fy ysgwyddau. Mae Gwenno a Rŵ wedi dal i fyny efo fi.

'Fedra i ddim credu ein bod ni wedi gorffen yn

yr ysgol fach,' gwaedda Rŵ. 'Ysgol fawr, dyma ni'n dod!'

'Ia,' meddai Gwenno. 'Rŵan mae'r antur fawr nesa'n dechrau.'

Dw i'n pwyntio at y bag ar fy nghefn, bag y mae cenau llwynog bach yn gorwedd yn belen yn ei waelod. 'Rhaid i ni gael trwy'r haf i ddechrau.'

'Sôn am hynny oeddwn i,' gwena Gwenno. 'Dw i'n credu ein bod ni'n mynd i gael gwyliau diddorol *iawn.*'

Dw i'n gwneud ymdrech i adael fy hun i mewn trwy'r drws ffrynt yn ddistaw. Mae'r cyntedd yn wag, ond mae'r drws i'r ystafell fyw yn agored. Dw i wrth waelod y grisiau pan mae Dad yn ymddangos yn y drws.

'Charlie, ti adre!' meddai, mewn llais ychydig mwy bywiog nag arfer.

'Ym, yndw,' meddaf, gan sefyll yn llonydd. Dw i'n croesi fy mysedd y bydd Cadno yn aros yn dawel yn y bag. 'Be sy'n digwydd?'

'O, dim ond bod Tania yma, felly roeddan ni'n gobeithio y byddet ti adra reit fuan.'

'Tania?'

'Ein gweithiwr cymdeithasol newydd.'

Dw i'n gwgu. *Ble mae Non?*

Mae'n rhaid bod Dad yn gallu gweld yr olwynion yn troi yn fy ymennydd – mae o'n agor ei lygaid yn fawr i fy annog i beidio holi dim byd.

'O, ia – sori, mi wna i fynd â fy mhetha fyny grisia.'

Mae Dad yn gwenu ac yn diflannu'n ôl i'r ystafell fyw. Dw i'n mynd â Cadno i fyny i'n llofft. Dw i'n ei dynnu allan o'r bag, ei osod ar y gwely a dal ei ben yn fy nwylo.

'Aros yn fan'ma,' meddaf, 'ac aros yn ddistaw. Fydda i ddim yn hir.'

Dw i'n gadael y drws yn gilagored, yn mynd yn ôl i lawr y grisiau, ac yn oedi a chymryd anadl ddofn cyn mynd i mewn i'r ystafell fyw. Unwaith dw i yno mae Dad a Tada yn neidio ar eu tracd, y ddau yn gwenu'n nerfus braidd. Mae yna ddynes od yr olwg yn eistedd ar y soffa.

Mae hi'n hir iawn a main iawn, braidd yn debyg i fantis gweddïol. Mantis gweddïol gyda gwallt golau wedi'i bentyrru'n uchel ar ei phen. Mae ei gwefusau wedi'u peintio'n lliw pinc tebyg i ffisig peswch, ei hamrannau'n las fel plu paun. Mae hi'n gwisgo cardigan binc lachar ac mae hi'n arogli'n felys iawn – fel mefus, fanila a chacennau sinamon i gyd yn un persawr cyfoglyd.

'Charlie!' meddai Tada. 'Sut oedd yr ysgol heddiw?'

'Ym, iawn,' meddaf, ac mae'r ddynes ar y soffa'n pesychu'n ddistaw.

Mae bochau Tada'n cochi. 'Da iawn, mae hynna'n dda iawn. Wel, mae yna rywun yma yr hoffem i ti ei chyfarfod. Yn anffodus mae Non yn wael, ond mi ydan ni'n lwcus iawn o fod wedi cael gweithiwr cymdeithasol newydd gwych... Charlie, dyma Tania Clec. Tania, dyma'n mab ni, Charlie.'

Mae Tania Clec yn nodio, ei gwallt melyn uchel yn symud i fyny ac i lawr. 'Mae'n bleser eich cyfarfod, Charlie. Deuthum yma heddiw i gyflwyno fy hun i'ch gwarchodwyr.'

Dw i'n edrych ar fy nhadau, ac mi ydw i'n gallu dweud eu bod yn meddwl yr un peth â fi. *Gwarchodwyr? Nid fy ngwarchodwyr ydyn nhw – fy rhieni i ydi'r rhain.* Mae'n rhaid bod Tada'n gallu synhwyro nad ydw i'n gyfforddus oherwydd mae o'n ysgwyd ei ben y mymryn lleiaf.

'Felly, ym... be sy'n bod efo Non?'

Mae Tania'n chwifio'i llaw wrth iddi ddiystyru'r cwestiwn. 'Rhyw aflwydd anffodus eithriadol. Efallai na fydd hi byth yn gwella ohono. Boed i ni gyd eistedd.'

Mae hi'n gafael mewn cwpan a soser fechan oddi ar y bwrdd coffi ac yn cymryd sip bach gofalus. Dw i'n edrych ar fy nhadau. Pam bod hon yn siarad mor od? Dw i ddim hyd yn oed yn gwybod be mae 'aflwydd' yn ei olygu. Mae Dad a Tada'n gwneud rhyw stumiau efo'u llygaid sy'n gyfystyr â chodi'u hysgwyddau.

'Fel roeddwn i'n dywedyd wrth eich gwarchodwyr,' meddai Tania, gan osod y cwpan yn ôl yn ofalus, 'deuthum yma i weld a yw'r annedd hon yn fangre addas ar gyfer plentyn ifanc.'

Dw i'n edrych arni wrth iddi siarad. Mae yna rywbeth od iawn amdani. Tydi'i cholur hi ddim yn edrych yn normal. Mae o'n debycach i baent wyneb, wedi sychu a chracio o gwmpas ei gwefusau a'i llygaid.

Dw i'n gwenu ac esgus nad ydw i wedi sylwi ar unrhyw beth od. 'Swnio'n dda.'

Mae Tania'n edrych yn hapus. 'Gwych! Gadewch i ni ddechrau felly, gyfeillion.'

Mae hi'n dechrau trafod efo 'nhadau, gan ofyn pob math o gwestiynau am eu gwaith a phethau felly. Mae hyn yn ddiflas braidd, ond dw i'n gwneud fy ngorau i wenu a nodio yn y mannau iawn. Mae fy meddwl yn crwydro, ac mi ydw i'n dechrau edrych o gwmpas yr ystafell.

Ar ôl dipyn dw i'n sylwi ar draed Tania. Mae ei dwy esgid binc o chwith – maen nhw ar y traed anghywir. Dw i'n rhythu arnyn nhw. Efallai mai dim ond edrych yn od o ble dw i'n eistedd maen nhw. Dw i'n symud fy mhen ychydig. Na – yn bendant mae'r esgid dde ar y droed chwith a'r esgid chwith ar y droed dde. Dw i eisiau dweud wrthi hi, ond tydw i ddim am ymddangos yn ddifanars.

Ac yna dw i'n edrych ar Tania ei hun. Tydi hi ddim yn ymddangos fel petai hi'n gwrando ar yr hyn mae fy nhadau yn ei ddweud. Mae hi'n edrych o gwmpas yr ystafell, fel petai hi ddim yn siŵr sut i ymateb i bethau. Mae hi'n edrych yn amheus iawn ar y teledu, fel petai hi'n poeni ei fod am ffrwydro unrhyw funud, fel petai hi heb weld un erioed o'r blaen.

Ond ar ôl ychydig mae Tania'n gwenu gan ddangos ei dannedd.

'Wel, mae hynna i gyd yn ymddangos yn dderbyniol. Yr hyn y deisyfaf yn awr yw taith o amgylch eich anheddle,' meddai. 'Charlie, efallai y gallet ddangos i mi dy siambr gysgu?'

Prin dw i'n sylwi ar ei defnydd o eiriau od oherwydd bod ofn yn troelli yn fy stumog. Mi fydd yn amhosib peidio gweld y gyfrinach sydd yn eistedd ar fy ngwely. Sut yn y byd ydw i'n mynd i esbonio bod gen i genau llwynog bach tew yn fy llofft?

Ond does dim amser i feddwl am hynny oherwydd, yr eiliad honno, mae sgrech uchel yn treiddio trwy'r awyr. Mae pawb yn neidio mewn ofn.

'Be ar y *ddaear* yw hwn?' gwaedda Tania, a gosod ei dwylo dros ei chlustiau.

'Hwnna,' ateba Dad gan weiddi er mwyn i ni ei glywed, 'yw ein sustem larwm tân newydd, soffistigedig iawn a *diogel* iawn.' A bod yn onest, mae o'n edrych wedi cynhyrfu ychydig.

'Gwnewch iddo dewi!' sgrechia Tania.

'Rhaid i ni adael yr adeilad,' meddai Dad gan ein hannog i godi ar ein traed. 'Mae angen i bawb fynd i'r allanfa dân agosaf yn dawel a threfnus.'

'Yr allanfa dân agosaf?' gofynna Tania wrth i Dad ei harwain tuag at y drws. 'Beth yw allanfa dân?'

'Y drws ffrynt,' esbonia Tada, ond mi ydw i'n sylwi arno'n gwgu ychydig. Pwy sydd heb glywed am allanfa dân?

'Dowch, bawb, peidiwch â gwastraffu amser,' meddai Dad. 'Mi ydan ni wedi ymarfer hyn!'

Mi hoffwn i fedru dweud mai jôc oedd hynna, ond mae Dad yn gwneud i ni wneud ymarfer tân yn y tŷ ddwywaith y flwyddyn. Tro diwethaf oedd ein hamser gorau – pawb allan mewn 22 eiliad.

Mae'r sŵn yn uwch yn y cyntedd. Mae'r Gwyliwr Gwres Tair Mil yn sgrechian o'r nenfwd wrth i ni fynd oddi tano, allan trwy'r drws ac ymgasglu ar y lawnt yn y blaen, neu ein 'man ymgynnull' fel mae Dad yn ci alw.

'Mae hyn yn afresymol,' chwyrna Tania, gan gilio oddi wrth y sŵn. 'Onid yw hi'n bosibl distewi y peth dieflig?'

'Rhaid i mi gadarnhau lleoliad y tân,' meddai Dad gan ein gosod mewn llinell ar y gwair. Mae'n tynnu stopwatsh o'i boced ac yn edrych braidd yn anhapus. 'Hmm. Tri deg a chwech o eiliadau. Bydd rhaid gweithio ar hynna. Ond rŵan, esgusodwch fi, dw i am fynd i archwilio'r adeilad.'

Ac yna mae o'n diflannu yn ôl i'r tŷ. Mae ei eiriau'n cylchdroi yn fy mhen, ac mi ydw i'n dechrau chwysu mewn ofn. Does yna ond un peth allai gynnau tân yn ein tŷ ni, ac mae ganddo bedair coes, cynffon flewog, ac mae o yn fy llofft i *yr eiliad hon*. Be fydd Dad yn ei wneud pan fydd o'n ei ddarganfod? A be wnaeth Cadno ei wneud i ddeffro'r larwm tân? Fedra i ddim arogli mwg.

Yna mae'r larwm yn distewi ac mae Dad yn ailymddangos ar y lawnt. Mae fy nghorff i gyd yn dynn wrth i mi edrych ar ei wyneb. Ond mae o'n... gwenu? Tydi o ddim yn edrych fel petai newydd ddarganfod cenau llwynog yn fy llofft.

'Argyfwng ffug,' meddai, gan ein hannog yn ôl i'r tŷ. 'Does yna ddim tân. Dewch yn ôl i mewn, bawb.'

Dw i'n gwneud fy ngorau i actio'n normal. Wnaeth o ddim darganfod Cadno? Ond os na wnaeth o... wel, ble mae o?

'Felly os nad oedd tân, paham y dechreuodd y gloch anghyffredin honno ganu ac wylofain?' gofynna Tania yn amheus.

'Gall y Gwyliwr Gwres Tair Mil synhwyro cynnydd annisgwyl mewn tymheredd yn ogystal â mwg,' esbonia Dad. Tydi o ddim fel petai'n sylwi ar ei defnydd od o eiriau. 'Felly mae o'n gadael i chwi wbod am dân *cyn* i'r tân ddechrau. Clyfar, 'de?'

'Felly mae yna rywbeth yn cynhyrchu gwres uchel oddi fewn i'r muriau hyn?' Mae llygaid Tania yn culhau.

'Ym, wel, na, ddim a deud y gwir. Mae'r sustem yn dal yn un newydd,' meddai Dad. 'Rhyw wall bach, mwya tebyg.'

'Hmmm.' Mae Tania'n edrych yn sydyn dros ei hysgwydd, edrych yn syth arna i, ac yna brasgamu yn ei blaen. Dw i'n sefyll yn hollol lonydd.

'Be ddigwyddodd?' clywaf Tada'n sibrwd wrth Dad.

Mae Dad y codi'i ysgwyddau. 'Dw i ddim yn siŵr. Mi wnes i edrych ar y sgrin, ac mi oedd o'n dangos bod yna wres uchel sydyn wedi bod fyny grisiau. Dim ond am ychydig eiliadau, ac yna peidio. Ti heb adael dy ffôn yn gwefru, naddo?'

'Naddo siŵr,' ateba Tada. Mae gan Dad reolau llym iawn ynglŷn â gadael pethau yn eu socedi trydan.

Gwres sydyn i fyny'r grisiau. Mae'n rhaid mai Cadno oedd yn gyfrifol. Efallai fod rhywbeth wedi'i ddychryn a'i fod wedi gadael i'w fflamau losgi am eiliad, ond ddim am ddigon hir i roi unrhyw beth ar dân. Dw i ddim yn meddwl bod yna unrhyw beth yn fy llofft i fyddai'n ei ddychryn, ond mae o wedi bod yn eithaf nerfus ers i'r Grendilwch ddod ar ein holau... Well i mi fynd i weld.

Dw i'n dweud 'mod i angen mynd i'r toiled ac yn rhedeg i fyny'r grisiau, dwy ris ar y tro, ac yna'n rhewi.

Mae drws fy llofft yn llydan agored.

Pennod 17

Dw i'n sefyll yn nrws y llofft. Does dim golwg o Cadno. Ddim ar y gwely, ddim o dan y ddesg, ddim yn busnesu wrth ochr y wardrob.

Tydi o ddim yma.

Mae hyn yn ofnadwy. Mae hyn yn *wirioneddol* ofnadwy. Fe allai fod mewn unrhyw ystafell i fyny grisiau, yn gwneud *unrhyw beth*.

Dw i'n mynd o ystafell i ystafell, yn poeni mwy a mwy bob tro dw i'n agor drws. Ond tydi Cadno ddim yn yr ystafell sbâr, nac yn ystafell wely Dad a Tada nac yn yr ystafell ymolchi. Does dim golwg o dân, does dim arogl mwg. Dw i'n dechrau poeni – beth os ydi Cadno wedi dianc a finnau ddim yn ei weld byth eto? Ond yna dw i'n sylwi ar rywbeth.

Y fasged dillad glân. Mae hon yng nghornel yr ystafell ymolchi gyda llieiniau glân ynddi. Ond mae yna lwmp yn y lliain uchaf, fel petai rhywbeth yn cuddio oddi tano.

'Wel, y coblyn bach...'

Dw i'n codi'r lliain uchaf, ac yno mae Cadno, wedi cyrlio'n belen dwt yng nghanol y llieiniau ac yn rhythu arna i efo'i lygaid mawr melyn. Mae'n edrych arna i'n bryderus cyn ceisio tyllu ymhellach i mewn i'r llieiniau – bron fel petai'n ceisio cuddio. Beth bynnag ddigwyddodd, mi wnaeth iddo fynd yn chwilboeth cyn mynd i guddio. Dw i ond yn falch ei fod wedi llwyddo i'w reoli cyn difetha llieiniau Tada.

'Hei, ty'd yma,' sibrydaf a thyllu ar ei ôl. Pan dw i'n llwyddo i'w dynnu allan mae arogl eirin melys powdr golchi Tada yn glynu at ei flew. 'Ti wedi bod yn hogyn drwg. Wyt ti'n sylweddoli cymaint oeddwn i'n poeni amdanat ti?'

Dw i'n ei gario yn sydyn i fy llofft, ac erbyn i mi

fynd lawr grisiau, mae Tania yn rhoi ei phethau yn ei bag.

'Ydach chi'n siŵr eich bod wedi cael yr holl wybodaeth sydd ei hangen?' gofynna Tada. 'Wnaethoch chi ddim gwneud unrhyw nodiadau —'

'Nid yw'n angenrheidiol i mi arysgrifio fy nghyfarfodydd,' ateba Tania gyda gwên finiog o felys. 'Gwelais bopeth sydd angen i mi ei weld.'

Mae hi'n oedi ac yn sniffian yr awyr. Mae hi'n crychu ei thrwyn.

'Ym, ydi popeth yn iawn?' gofynna Tada.

Mae Tania yn chwifio'i llaw. 'Wrth gwrs. Mae'n arogli'n ofnadwy... ofnadwy o hyfryd.'

Mae'n rhoi ei llaw yn ei bag ac yn gafael mewn potel o bersawr pinc ac yn ei chwistrellu drosti ei hun. Arogl fanila, mefus a siwgr, ac mae o'n gwneud i mi deimlo ychydig bach yn sâl.

'Anrhydedd o'r mwyaf cich cyfarfod, Charlie,' meddai Tania ac edrych arna i.

'Ym, ia. Neis eich cyfarfod chi hefyd.'

'A dywedwch wrthyf, be fyddwch chi'n yn ei wneud yn ystod y dyddiau nesaf?'

Mae yna rywbeth ynglŷn â'r cwestiwn sydd yn

teimlo'n finiog, fel cyllell wedi'i gwasgu yn erbyn fy nghalon.

'Dim byd arbennig. Dim ond helpu fy ffrindiau i baratoi ar gyfer y ffair haf.'

'Ffair?'

'Ia. Penwythnos nesa.'

Mae Tania fel petai'n ystyried hyn. 'Felly yr... y ffair, dathliad o dymor y goleuni yw hyn?'

Dw i'n edrych ar fy nhadau, ac heb ddweud gair maen nhw'n fy annog i'w hateb. 'Ia, am wn i.'

'Ac a fyddwch yn mynychu y digwyddiad hwn?'

'Ym, byddaf.'

'Perffaith!' Mae Tania yn chwerthin yn wichlyd. Mae hi'n hwylio ar draws yr ystafell i'r drws ffrynt. 'Ffarwél. Mi wela i chi gyd yn fuan *iawn*, dw i'n siŵr.'

Ac yna, mae hi wedi mynd.

Prin 'mod i a Gwenno a Rŵ yn gadael y tŷ yn ystod y dyddiau nesaf. Ac mae Gwenno'n ddigon hapus efo hyn gan fod angen cynhyrchu mwy o *Bwyd Bochdew Bryncastell*.

'Mae ganddon ni bump diwrnod i lenwi hynny o

fagiau fedrwn ni, gwneud y labeli a phrisio popeth,' cyhoedda Gwenno fore dydd Llun wrth iddi lusgo'i hun i ben llwyfan y tŷ coeden gan gario bag trwm. 'Mae'r ffair ddydd Sadwrn, ac mae ganddon ni lwyth o waith i'w wneud.'

Mae hi'n agor y bag ac yn tynnu allan focseidiau o'r hyn sydd ond posib ei ddisgrifio fel slwj gwyrdd. Yna mae'n rhoi bagiau bach clir, rhubanau a sticeri efo logo gwreiddiol wrth eu hymyl.

'Mi wnaeth Mam a Dad brynu peiriant creu sticeri i mi'n anrheg Dolig,' meddai gyda gwên. 'Dw i mor falch 'mod i wedi cael cyfle i'w ddefnyddio o'r diwedd!'

Mae Rŵ yn dweud rhywbeth am anrhegion Dolig di-werth o dan ei wynt, ac mi ydw i'n edrych ar y sticeri'n fwy manwl. Mae yna wyneb bochdew a'i fochau'n llawn bwyd ar bob un, ac o'i amgylch y geiriau *Bwyd Bochdew Bryncastell* mewn ysgrifen ddolennog.

'Yn tydyn nhw'n hardd?' cana Gwenno.

'Maen nhw'n rhwbath,' meddai Rŵ.

Mae Cadno yn ymlwybro draw ac yn sniffian y pentyrrau o slwj gwyrdd neon.

'Mae rhywun yn credu ei fod o'n arogli'n dda,' meddaf.

'Mae hynny oherwydd ei *fod* o'n stwff da. Rŵan, llai o siarad gwag a mwy o lenwi bagiau gwag.'

Mae Rŵ a finnau'n ufuddhau. Mae'r ddau ohonom yn rhoi dyrnaid o *Bwyd Bochdew Bryncastell* ym mhob un bag cyn eu pasio i Gwenno. Mae hi'n rhoi sticer ar bob bag, ei addurno efo rhuban gwyrdd del a'i osod yn dwt ar hambwrdd. Mae Cadno yn neidio o gwmpas, yn mynnu ein bod yn ei fwydo, ond mae Gwenno yn gwrthod.

'Wyt ti'n mynd i ddeud wrth dy dadau amdano fo?' gofynna Rŵ yn y diwedd.

Dw i'n brathu tu mewn fy moch. Mi ydw i wedi bod mor brysur yn edrych ar ôl Cadno fel nad ydw i wedi cael cyfle i feddwl am y peth. Mae bywyd efo fo'n arbrawf newydd bob dydd. Dw i heb edrych ymlaen ymhellach na diwrnod neu ddau, heb sôn am feddwl am weddill yr haf a thu hwnt i hynny.

'Ym, dw i ddim meddwl,' cyfaddefaf.

'Wyt ti ddim yn meddwl y dylet ti?' gofynna Gwenno. 'Fedri di ddim ei guddio oddi wrthyn nhw am byth. Yn enwedig pan fydd o wedi tyfu.'

Mae hi'n iawn. Tydi Cadno ond wedi bod efo fi am wythnos a hanner, ond mae o wedi tyfu'n sylweddol. Mae ei bawennau'n fwy, ei fol yn fwy crwn, a'i glustiau unionsyth yn fwy unionsyth fyth. Pa mor fawr fydd o mewn wythnos arall? Ymhen mis? Sut fedra i ei gadw'n gyfrinach ac yntau'n mynd yn fwy a mwy anodd i'w guddio?

'Dw i'n gwbod, dw i'n gwbod. Mae'n rhaid i mi ddeud wrthyn nhw...'

'Ond?' meddai Rŵ. 'Dw i'n gallu teimlo bod yna 'ond'.'

Dw i'n petruso. 'Wel, mae yna ddau 'ond'. Yr un cyntaf ydi nad ydw i'n gwbod sut fyddan nhw'n ymateb ar ôl darganfod bod yna berygl tân byw blewog yn y tŷ. *Diffoddwr tân* ydi fy nhad.'

Mae Gwenno yn nodio. 'Mae hwnna'n 'ond' mawr.'

'Yndi. Sydd yn fy arwain at yr 'ond' arall. Mae Dad a Tada'n mynd i fabwysiadu plentyn arall.'

Mae wynebau Gwenno a Rŵ yn goleuo.

'Ti'n mynd i gael chwaer neu frawd bach?' gofynna Gwenno.

Dw i'n nodio. 'Yndw, os eith popeth yn iawn.

Y broblem ydi, dw i'n eithaf siŵr y byddai cael llwynog tân anwes yn farc mawr du yn ein herbyn wrth fabwysiadu. Beth petai o'n dechrau tân pan mae'r gweithiwr cymdeithasol yn galw? Beth os dw i ddim yn cael chwaer neu frawd newydd oherwydd rhwbath mae Cadno yn ei wneud? Mi fyddai fy nhadau yn torri'u calonnau. Fysan nhw byth yn maddau i mi.'

Mae llygaid Rŵ a Gwenno yn llawn cydymdeimlad.

Mae Gwenno yn cyffwrdd fy mraich. 'Dw i'n nabod dy dadau. Mae'r ddau'n cŵl. Dw i'n siŵr 'sa nhw'n gwirioni efo Cadno, fel ydan ni. Dw i'n iawn tydw, fflwffyn tân bach?'

Mae hi'n ymestyn drosodd ac yn rhedeg ei dwylo trwy flew Cadno. Mae o'n gosod ei ben ar gledr ei llaw, yn ei hannog i dylino'i ben.

Mae ganddi bwynt. Mae Cadno yn hawdd iawn i'w garu – ar ôl y sioc yn y dechrau o ddysgu am y tân ac ati. Rhywbryd yn ystod yr un ar ddeg diwrnod diwethaf dw i wedi sylweddoli na fedra i ddychmygu bywyd hebddo fo, hyd yn oed efo'r holl broblemau sydd yn dod yn ei sgil.

Efallai eu bod nhw'n iawn. Efallai y byddai ei gyflwyno i Tada a Dad yn gwneud y peth yn llai o bwysau ar fy ysgwyddau i.

Neu efallai ddim. Efallai y byddai'n eu gwthio nhw'n rhy bell.

Mae Rŵ yn nodio'i ben ac yn cyd-weld. 'Dw i'n credu ei fod o'n syniad da deud wrthyn nhw. Wedyn mae posib iddyn nhw dy helpu i edrych ar ei ôl, a does dim rhaid i ti boeni am ei gadw'n gyfrinach.'

Mae'r tri ohonom yn dychwelyd at ein tasgau. Dw i'n rhythu i lygaid Cadno wrth i mi godi mwy o *Bwyd Bochdew Bryncastell*. Rydan ni'n uned rŵan, ond mae o'n teimlo fel pe bai gen i ddau fywyd ar wahân: y bywyd normal efo Dad a Tada, a'r bywyd efo Cadno – rhyfeddol ac annisgwyl.

Ydi o'n bosib i mi uno'r ddau?

Pennod 18

Dyma ddiwrnod y ffair haf, a gwres annhebyg i unrhyw beth dw i wedi'i brofi o'r blaen. Mae'r aer yn drwm a llonydd, ac er bod yr awyr yn las a digwmwl, mae'n teimlo fel petai storm ar y ffordd.

Mae Gwenno yn cyrraedd fy nhŷ yn gynnar, yn llawn egni fel corwynt bychan. Mae ei gwallt yn fawr ac yn wyllt, ei breichiau yn llawn llieiniau bwrdd, basgedi gwiail a baneri bach spotiog. Daw Rŵ ar ei hôl, a'i dalcen yn chwys yn barod.

'Mi wnaeth hon fy neffro am hanner awr wedi saith,' cwyna.

Dw i'n gwenu arno'n llawn cydymdeimlad wrth

i ni ddilyn Gwenno i fyny i'r tŷ coeden. Mae hi'n brysur yn rhoi trefn ar y bagiau o wahanol faint, pob un yn llawn i'r ymylon â'r stwff gwyrdd gludiog.

'Dowch yn ein blaenau, does yna ddim llawer o amser!' arthia. 'Rhaid mynd i'r cae, cael hyd i'n stondin a dechrau gosod popeth yn ei le. Rhaid iddi edrych yn berffaith erbyn y bydd pobl yn cyrraedd. Brysiwch, brysiwch, brysiwch!'

'Dim ond un diwrnod ydi o,' meddaf wrth Rŵ wrth ddechrau helpu i osod y bagiau ar hambyrddau. Mae Cadno yn edrych ar Gwenno fel petai hi'n drysu. Tydi o ddim ym mhell o'i le.

Mae'r ffair haf yn cael ei chynnal yn y Gerddi Crwn, parc cyhoeddus ar gyrion y dref. Mae Siân, mam Gwenno, wedi llwyddo i sicrhau stondin i ni mewn lle da, rhwng y stondin gacennau a'r llithren wyllt.

Mae Siân yn ddynes gref a llydan a siriol, gyda gwallt mewn dredlocs hirion i lawr ei chefn. Mae ganddi fodrwy yn ei thrwyn a llais mae posib ei glywed ar draws sawl cae pêl-droed. Hi yw un o'r pobl mwyaf cŵl sy'n bod.

'Dw i wedi'ch gosod chi'n fan'na,' tarana, gan

bwyntio gyda chlipfwrdd sydd yn edrych yn fychan iawn yn ei dwylo anferth. 'Mi ddyla llawer iawn o bobl eich gweld chi'n fan'na.'

Mae Gwenno yn gwichian yn hapus. 'Mam, chdi ydi'r gora!'

'Dw i'n gwbod, del,' chwardda Siân. 'Gwrandwch, rhaid i mi fynd – dw i angen trefnu'r gystadleuaeth Anifail Anwes Delaf.'

Dw i'n ei gwylio yn brasgamu trwy'r bobl, ac yna'n teimlo rhywbeth tebyg i spwng gwlyb yn erbyn fy mhenelin. Mae Cadno yn rhythu arna i o fag canfas sydd yn crogi ar fy ysgwydd. Mae o wedi bod yn nerfus trwy'r bore. Mae o'n neidio bob tro mae Gwenno yn codi'i llais. Yn bendant mae'r digwyddiad efo'r Grendilwch yn dal i gael effaith arno.

'Sori, Cadno,' meddaf. 'Dw i'n credu bod y gystadleuaeth Anifail Anwes Delaf wedi'i chyfyngu i anifeiliaid anwes cyffredin, nid creaduriaid hudol o wlad bell.'

Mae Cadno yn chwyrnu'n drist, a'i glustiau yn gostwng.

'Er mi fyset ti'n *bendant* yn ennill pe baet ti'n

trio,' meddai Rŵ, gan ymestyn i'r bag i fwytho clustiau Cadno.

Mae'r tri ohonom yn rhoi trefn ar y stondin, gyda Gwenno yn taflu cyfarwyddiadau o bob cyfeiriad. Erbyn un ar ddeg o'r gloch mae'n ymddangos bod pawb sy'n byw ym Mryncastell yma yn eu siorts a'u hetiau haul. Mae pobl yn crwydro'r stondinau yn y gwres. Mae plant bach yn gweiddi am hufen iâ, a phlant hŷn yn sgrechian ar geir bach y ffair.

Ac mae'n stondin ni'n dechrau denu cwsmeriaid. Gwisga Gwenno ei gwên anwylaf, ac yn fuan iawn mae *Bwyd Bochdew Bryncastell* yn gwerthu'n dda. Ar un pwynt cerdda Wil heibio gyda'i fam, dynes ffasiynol a smart, efo gwallt tywyll a sbectol haul ffansi. Mae o'n dal fy llygad, ac yna'n edrych i ffwrdd. Dw i'n teimlo swigen fach o chwerthin yn datblygu y tu mewn i mi wrth i mi gofio be roedd hi'n ei alw ar y ffôn y diwrnod o'r blaen: *Wilberforce, siwgwr lwmp.*

'O, mam bach,' sibryda Gwenno, gan roi pwniad ysgafn i mi yn fy asennau. 'Edrych ar y ddynas yna. Mae hi'n edrych fel fflamingo anferth!'

Dw i'n edrych i fyny ac yn gweld y ddynes mae

hi'n cyfeirio ati. Mae hi'n ddynes sy'n edrych fel petai wedi cael ei lapio mewn candi-fflos. Mae hi'n gwisgo pinc o'i phen i'w thraed, gan gynnwys siaced binc flewog sydd yn gwneud i mi chwysu dim ond wrth edrych arni, a sbectol haul binc siâp calon. Mae ganddi fynydd o wallt melyn ar ei phen sydd yn ei gwneud bron i hanner metr yn dalach.

Tania Clec ydi hi.

Dw i'n ceisio cuddio trwy blygu fy mhen ac ymbalfalu yn y bocsys ar lawr o dan y bwrdd, ond dw i'n rhy hwyr.

'Meistr Challinor, ai chdi sydd yna? Henffych!'

Mae fy nghalon yn suddo. Mae'n siŵr mai fy mai i ydi o – mi wnes i *ddweud* wrthi y bydden ni yma. Ond doeddwn i ddim yn disgwyl iddi hi ddod i'r ffair.

Dw i'n dod i'r golwg ac yn gwenu'n ddiniwed ar Tania wrth iddi aros o flaen ein stondin. Gallaf weld adlewyrchiad o'm hwyneb ffwndrus yng ngwydrau ei sbectol binc. Mae ei hwyneb hi'n edrych yn fwy llyfn na'r tro diwethaf, fel petai wedi defnyddio colur go iawn tro 'ma. Ac mae ei hesgidiau ar y traed iawn, hefyd.

'O, Miss Clec,' meddaf. 'Neis eich gweld chi!'

Mae hi'n chwifio'i llaw 'nôl ac ymlaen. 'O, galwch fi'n Tania. A pha gynnyrch sydd yn cael ei werthu gennych yma heddiw?'

Mae hi'n edrych yn frysiog ar y bagiau o slwj gwyrdd ar ein bwrdd. Mae Gwenno yn pesychu ac yn neidio ar ei thraed.

'Bwyd cartref ar gyfer cnofilod,' cyhoedda.

Mae Tania yn crychu'i thrwyn. 'A, mi wela i... a phwy ydach chi?'

Mae gwên Gwenno'n diflannu. 'Gwenhwyfar Llewelyn, un o ffrindiau gorau Charlie.'

Mae Rŵ yn ymddangos wrth ei hochr. 'A Rupert Baltazar ydw i. Ffrind gorau arall Charlie.'

Mae Tania yn gwenu, ond mae hi'n edrych yn anghyfforddus. 'Wel am... hyfryd. Beth ddwedoch chi oeddach chi'n ei werthu?'

'Bwyd ar gyfer bochdew,' atebaf.

Mae Gwenno yn torri ar draws. 'Mae o'n addas ar gyfer unrhyw gnofilod bach. Llygod, tsintilas, moch cwta, llygod ffyrnig –'

'Llygod ffyrnig?' Mae wyneb Tania yn llawn arswyd. 'Oes gyda chi lygod ffyrnig yn y fangre hon?'

'Wel, ddim yn yr *union* le yma,' esbonia Gwenno, gan edrych arna i a Rŵ mewn penbleth. 'Ond mae rhai pobl ym Mryncastell yn eu cadw.'

Mae Tania yn troi ei phen o un ochr i'r llall, fel petai'n disgwyl i haid o lygod ffyrnig redeg tuag ati ar draws y cae.

'Oes gennych chi anifeiliaid anwes, Tania?'

'Anifeiliaid anwes? O, na, nagoes wir,' ateba, ac

yna mae ei llygaid yn culhau. 'Pam, oes gennych chi rai, Charlie?'

Mae hi wedi bod yn fy nhŷ. Mae hi wedi sgwrsio gyda fy rhieni. Mae hi'n gwybod nad oes ganddon ni anifail anwes. Ond mae yna rywbeth ynglŷn â'i hedrychiad sydd yn gwneud i fi deimlo'n oer ac annifyr.

'Ym, nagoes. Mae fy nhadau yn credu na fyddai o'n deg oherwydd bod y ddau ohonyn nhw'n gweithio. Ond dw i wastad wedi bod isio ci.'

Pwynt i mi. Mi wnes i osgoi'r cwestiwn a gwneud i Dad a Tada swnio'n dda.

Mae ffroenau Tania yn lledu. 'Hmm. Felly mae'r

tri ohonoch chi yma heddiw ar *eich pennau eich hunain?*'

Mae Gwenno, Rŵ a finnau'n edrych ar naill a'r llall.

'Yndan, trwy'r dydd,' atebaf.

Mae llygaid Tania yn culhau eto, fel petai hi ddim yn fy nghredu. Dw i'n gweddïo fod Cadno ddim yn symud o dan y bwrdd – neu'n waeth byth, yn *cyfarth*. Sut fyswn i'n esbonio hynny?

'O'r gore, dymunaf i chwi ddydd da ac fe ffarweliaf â chi.'

Mae hi'n tynnu ei photel bersawr allan o'i bag denim ac yn ei chwistrellu drosti hi'i hun. Mae'r awyr yn llenwi gyda'r arogl cyfoglyd o felys dw i'n ei gofio o'i hymweliad â'r tŷ. Wrth iddi gadw'r botel yn ei bag mae rhywbeth yn disgyn ohono ar lawr.

'Dach chi wedi colli hwn,' meddaf. Dw i'n estyn i'w godi ac yn gweld mai clawr racsiog hen gylchgrawn ffasiwn ydi o. Mae'r model ar y blaen yn gwisgo siaced flewog binc, yn union fel yr un mae Tania'n ei gwisgo. Mae llythrennau breision ar y gwaelod yn dweud *Pam y dylech wisgo pinc y gwanwyn hwn,* ac yna dw i'n sylwi ar y dyddiad yn y gornel isaf: 1997. Roedd hynna hydoedd yn ôl. Ymhell cyn i mi gael fy ngeni.

Mae Tania'n symud yn sydyn ac yn cipio'r cylchgrawn o fy ngafael.

'Wel, diolch yn fawr,' meddai. 'Ni hoffwn ei golli – mae'n rhoi pleser i mi ei ddarllen. Beth bynnag, ffarwél, a byddwch wych!'

Dw i'n rhythu arni wrth iddo droi a diflannu yn y dorf, gan adael cwmwl bach o'r persawr melys ar ôl.

Ar ôl iddi fynd o'r golwg mae Gwenno'n gofyn, 'Dw i'n dyfalu mai eich gweithiwr cymdeithasol oedd honna?'

'Ia.'

'Mae hi'n ymddangos yn... yn...'

'Yn gyfeillgar?' awgryma Rŵ.

'Mae hi'n od,' meddaf.

Mae Gwenno yn tynnu wyneb. 'Wel, doeddwn i ddim am ddeud dim byd, ond...'

'Yndi,' meddai Rŵ. 'Does yna neb yn deud *byddwch wych* a *henffych*.'

Pennod 19

Tua hanner dydd daw mwy o ymwelwyr nad oes croeso iddyn nhw at y stondin.

'Wel, wel, dyma ni wedi cyrraedd stondin y ffrîcs,' meddai llais araf o gyfeiriad y stondin fwyd. Mae Wil a Zac yn ymddangos, y ddau'n cario lolipops sydd cymaint a phlât cinio. Maen nhw'n crechwenu wrth edrych ar ein bwrdd.

'O, ddim chi'ch dau,' cwyna Gwenno. 'Dach chi heb glywed? Maen nhw'n edrych amdanoch chi yn yr adran anifeiliaid fferm. Mae'n ymddangos bod yna ddau fochyn ar goll.'

Maen nhw'n peidio gwenu ac mi ydw i'n rhochian chwerthin. Mae Wil yn edrych yn gas arna i.

'Am be ti'n chwerthin, bwyd gŵydd?' arthia. 'Ti'n mwynhau cael merch yn edrych ar dy ôl di?'

Dw i'n teimlo fy mochau'n llosgi, ac mi ydw i'n dweud rhywbeth o dan fy ngwynt.

'Be ddudist ti?' gofynna Wil.

'Chwarae teg i ti am ddod draw i'n stondin ni, unwaith gest ti wared o dy fam,' meddaf ac edrych arno fo. 'Pam na ddoist ti yma cynt? Oedd rhaid i ti aros am Zac i ddal dy law?'

Mae Wil mor flin fel bod ei wyneb yn plygu i bob siâp. Mae Zac yn gegagored. Mae hyd yn oed Gwenno a Rŵ yn edrych wedi'u synnu 'mod i wedi ateb yn ôl. A bod yn onest, dw i wedi synnu fy hun – mae fel petai gen i dân newydd y tu mewn i mi.

'Mi wnei di ddifaru deud hynna,' meddai Wil. 'Dw i heb anghofio'r diwrnod o'r blaen, ti'n gwbod, efo'r llwynog bach hyll 'na. Dw i'n cadw golwg arna chdi, Charlie.'

Mae o'n taro'i ddwrn i lawr ar y bwrdd, a daw cyfarthiad bach o'r bag o dan y stondin. Mae'r pump ohonom yn stopio'n stond. Mi ydan ni'n tri'n rhewi mewn ofn, ac mae Wil a Zac yn gegrwth wrth iddyn nhw sylweddoli beth oedd y sŵn.

'Oedd hwnna be dw i'n credu oedd o—' dechreua Wil, ond tydi o ddim yn llwyddo i ddweud mwy oherwydd yr eiliad nesaf mae'r bwrdd yn ffrwydro oddi wrthan ni'n belen boeth o dân. Dw i, Gwenno a Rŵ yn cael ein taflu i'r llawr.

Codaf ar fy nhraed. Mae pobl yn sgrechian. Mae'r ffair haf yn draed moch. Mae llwybr wedi ymddangos trwy'r dorf, mae stondinau a phebyll wedi disgyn, rhai ohonyn nhw'n mygu, ac mae pelen fechan o dân yn gwibio trwy'r gerddi.

'Cadno!' gwaeddaf.

Mae o wedi bod yn nerfus ers dyddiau ac mae'n rhaid bod Wil yn taro'r bwrdd wedi bod yn ddigon i'w ddychryn go iawn.

'Rhaid i mi fynd ar ei ôl o,' gwaeddaf ar fy ffrindiau. 'Arhoswch chi yma – mae hyn rhy beryglus.'

Dw i'n neidio dros yr hyn sydd yn weddill o'n stondin ac yn dilyn y llwybr llanast sydd yn dangos lle bu Cadno. Hyd yn hyn does dim byd yn llosgi go iawn, ond mae'r gwair yn gwywo lle mae ei bawennau wedi glanio. Mae pobl yn rhedeg o gwmpas, ar goll, ac yn ceisio achub eu stondinau.

Dw i'n dilyn yr olion i ben arall y ffair haf lle mae llwyth o bobl yn ffoi allan o ddrysfa wedi'i chreu o fêls gwellt. Mae rhuban cul o fwg yn codi i'r awyr o rywle y tu mewn i'r ddrysfa.

Mae'n ymddangos fy mod i wedi cael hyd i Cadno. Dw i'n griddfan yn ddistaw cyn mynd i mewn i'r ddrysfa.

Mae'r llwybr rhwng y bêls yn gul. Dw i'n dilyn y mwg, yn troi a throsi, ac mae'n ymddangos fy mod i'n mynd o amgylch mewn cylchoedd. Dw i'n clywed cyfarthiad bach rhywle ar y dde i mi.

'Cadno!' gwaeddaf. 'Aros lle wyt ti; dw i'n dod i dy nôl!'

Ond yna dw i'n clywed sŵn arall. Cyfarthiad dwfn, gyddfol sydd yn atsain trwy'r ddrysfa tuag ataf.

Mae fy nghalon yn stopio. Mae'r Grendilwch yma! Mae o yn y ddrysfa hefyd. Ras ydi hon, ac mae'n rhaid i mi gyrraedd Cadno yn gyntaf.

Dw i'n dechrau rhedeg. Bob tro dw i'n troi

cornel dw i'n disgwyl gweld yr helgi, ei ddannedd yn clecian yn fy wyneb. Ond yna dw i'n troi i'r chwith, ac yn syth o fy mlaen mae canol y ddrysfa. Ac yn eistedd yn y canol, a'i wrychyn wedi codi, mae Cadno.

'Cadno!'

Mae o'n troi ei ben wrth glywed fy llais ac yn rhedeg draw ataf i. Mae ei fflamau'n dal o'i amgylch i'w amddiffyn, felly tydi o ddim yn dod yn rhy agos.

'Mae popeth yn iawn,' sibrydaf. 'Popeth yn iawn. Dw i yma rŵan.'

Dw i'n dechrau troi, yn barod i ddarganfod y ffordd allan cyn i'r Grendilwch ein darganfod ni, pan mae rhywbeth yn ffrwydro i mewn i'r llwybr y tu ôl i ni mewn cwmwl o wellt, ac yn ein rhwystro rhag gadael. Mae'r llanast yn setlo o'i gwmpas, a dyna fo: yr helgi.

Mae o'n fwy na dw i'n gofio, ei flew yn dywyllach. Mae o fel petai wedi amsugno holl gysgodion y byd a'u gosod o'i amgylch. Edrycha arna i'n fygythiol, ei lygaid yn llosgi fel darnau o lo coch mewn tân. Gallaf weld poer yn disgyn yn gortynnau tew o'i geg.

Dw i'n baglu yn fy ôl. Does yna unlle y gallwn ni fynd. Dim ond un ffordd sydd yna i mewn ac allan o ganol y ddrysfa, ac mae'r Grendilwch yn sefyll yn fan'no. Cyn y medra i ei rwystro mae Cadno yn neidio yn ei flaen gan gyfarth yn ei lais bach ond ffyrnig.

Mae'r helgi'n ymateb fel mellten, ac yn suddo'i ddannedd i mewn i un o goesau blaen Cadno a'i daflu i un ochr fel tegan. Mae Cadno yn crio wrth daro un o'r waliau gwellt, ac yn disgyn i'r llawr.

'Cadno!' gwaeddaf. Mae'r cenau bach yn llwyddo i godi ar ei draed.

Mae'r Grendilwch yn dod yn ei flaen tuag ataf i, ac mi ydw i'n cau fy llygaid, yn disgwyl iddo ymosod. Ond cyn y gall neidio mae'r wal wellt i'r chwith iddo yn dechrau siglo. Mae'r bwystfil yn troi ei ben, ond yn rhy hwyr – mae'r bêls trwm yn disgyn ar ei ben, gan gladdu'r anghenfil o dan eu holl bwysau. Gallaf ei glywed yn chwyrnu'n gandryll wrth iddo wingo oddi tanyn nhw. Fydd o ddim yn gaeth yno'n hir.

'Charlie!' Daw'r llais o'r chwith i mi, o'r bwlch

lle roedd y wal wedi disgyn. Mae Gwenno a Rŵ yn sefyll yna, eu hwynebau'n chwys i gyd. Mae'n rhaid eu bod nhw wedi gwthio'r wal drosodd, sylweddolaf. Teimlaf ryw gryndod o ryddhad yn fy mrest.

'Brysia!' gwaedda Gwenno, gan bwyntio at y domen o wellt oedd yn symud. 'Rhaid i Cadno ei ddinistrio!'

'Be?!' Ac yna dw i'n sylweddoli beth mae hi'n ei olygu. 'Cadno, ti'n gwbod be i'w wneud!'

Dw i'n pwyntio at y domen wellt, ac at yr helgi'n symud yn wyllt oddi tani. Mae Cadno yn edrych yn benderfynol ac yn neidio draw at y gwellt, gan ei chwipio efo'i gynffon sydd yn fflamau i gyd.

Mae'r tân yn lledaenu'n gyflym, yn clecian a rhuo, nes bod yr holl beth yn edrych fel coelcerth uchel. Mae'r helgi'n udo mewn poen.

'Charlie!' bloeddia Rŵ. 'Brysia, rhaid i ni gael allan o fan'ma!'

Mae Rŵ yn llygad ei le. Mae'r tân yn lledu'n

gyflym – mae'n dechrau symud ar hyd y waliau gwellt, ac mae'r llwybrau rhyngddyn nhw'n llawn mwg. Mae'r ddrysfa gyfan yn mynd i losgi'n ulw, o'r tu mewn tuag at allan.

Dw i'n chwibanu ar Cadno. Neidia oddi wrth y gwellt sydd ar dân a dod ataf – ond mae o'n cerdded yn od.

Mae fy stumog yn troi. Mae o wedi cael ei anafu.

'Charlie, brysia!' galwa Gwenno dros ei hysgwydd. Mae belan o wellt yn disgyn i'r llawr y tu ôl i ni, a'r fflamau'n felyn oddi tani. Mae'n rhaid i ni redeg yr eiliad hon.

Dw i'n brathu fy ngwefus ac yn codi Cadno yn fy mreichiau. Mae ei dân o'n llosgi fy nghroen, ac mae poen yn sgrytian i fyny fy mreichiau, ond o fewn eiliadau mae o'n oeri, fy nghyffyrddiad i'n ei dawelu.

Mae'r tri ohonom yn dechrau rhedeg, yn ffoi i lawr y llwybrau, a'r ddrysfa'n chwalu y tu ôl i ni.

'Wnes i ddeud wrthach chi'ch dau i aros lle oeddach chi!' gwaeddaf.

'Ia, iawn. Croeso,' chwyrna Gwenno. 'Rŵan, rheda!'

Rydym yn dod allan o fwg a fflamau'r ddrysfa ar yr union adeg mae injan dân yn cyrraedd dan sgrechian. Dw i'n gweld Dad a chriw o ymladdwyr tân eraill yn rhedeg allan, ac yn mynd tuag at y ddrysfa. Tydi o ddim yn fy ngweld i, mwyaf tebyg oherwydd ein bod yn gadael y gerddi. Tydan ni ddim yn aros i weld be sydd wedi digwydd i'r helgi.

Yn hytrach rydan ni'n rhedeg fel petai'n bywydau'n dibynnu arno – ac am ychydig funudau yn y ddrysfa, roedd hynny wedi bod yn wir.

'Mae'n rhaid i ti ddeud wrth dy dadau,' anoga Rŵ. 'Mae hyn i gyd yn mynd yn rhy fawr i ni rŵan.'

Dw i'n ysgwyd fy mhen.

'Na, yn bendant na, ddim ar ôl be ddigwyddodd heddiw. Petaen nhw'n sylweddoli fod yr anifail wnaeth ddifetha'r ffair haf wedi byw yn eu tŷ nhw ers wythnosau, 'sa nhw'n mynd yn *wallgof*.'

Rydan ni'n ôl yn y tŷ coeden. Bu rhaid i bawb adael y ffair haf ar frys. Doedd neb wedi gallu dweud beth oedd y belen od o fflamau wnaeth roi popeth ar dân, ac mae hynny'n rhyddhad. Ond doedd dim sôn am olion unrhyw beth wedi'i losgi yng nghanol y ddrysfa, ac oherwydd hynny 'dan ni ddim am ddathlu diwedd y Grendilwch eto. Hyd y gwyddon ni, mae o'n dal allan yn fan'na yn rhywle.

'Felly be wyt ti'n mynd i'w wneud?' gofynna Rŵ.

Dw i'n codi fy ysgwyddau ac yn edrych ar Cadno yn cysgu yn fy mreichiau. Mae o'n rheswm arall pam 'dan ni ddim yn dathlu. Roedd o'n ddi-ffrwt iawn yr holl ffordd adref, a'r cyfan mae o eisiau ei wneud rŵan ydi cysgu, er mae o'n symud i ffwrdd yn sydyn os oes unrhyw un yn mynd yn agos at ei bawen chwith. Mae yna lwmp hanner ffordd i lawr ei goes flaen, ac mi fedra i weld briw coch ar dop y goes, a gwaed wedi ceulo yn y blew o'i amgylch.

Brathiad.

'Dw i ddim yn gwbod,' cyfaddefaf. 'Ddyla bo' chi'ch dau heb fy nilyn. Mi allech chi fod wedi cael eich anafu'n ddrwg.'

Mae Gwenno yn rhowlio'i llygaid. 'Charlie, shhhh.'

Mae Rŵ yn nodio. 'Ia. Doeddan ni ddim yn mynd i dy adael i chdi gael hanner dy ladd gan y... y *peth* 'na. I be mae ffrindiau'n dda?'

Dw i'n gwenu'n wan. 'Wel, diolch yn fawr. Mi wnaethoch chi arbed ein bywydau.'

Ac yna rydan ni'n ddistaw. Ac er 'mod i'n ddiolchgar iddyn nhw, dw i mor ddigalon. Fy ngwaith i ydi cadw Cadno'n ddiogel, a tydw i ddim yn cael llawer o hwyl arni.

Ac mi oeddwn i'n dechrau teimlo'n dda amdanaf fi fy hun. Roedd fy nhân mewnol yn dechrau tyfu. Mi wnes i hyd yn oed herio Wil a Zac. Ond dw i'n twyllo neb. Fedra i ddim gwneud hyn ar fy mhen fy hun. Mae Cadno wedi brifo. Ac fe fyddwn i wedi'i golli i'r Grendilwch heddiw petai Gwenno a Rŵ heb gyrraedd.

Dw i dal eu hangen nhw i fy achub i. Mae'r ffaith hon yn glynu ym mlaen fy meddwl. Fedra i ddim achub fy hun. Eu tân nhw sy'n fy mwydo i. Fedra i ddim llosgi ar fy mhen fy hun, ddim eto.

'Wyt ti'n meddwl bod Cadno'n iawn?' hola Rŵ.

'Dw i'n gobeithio,' meddaf, a chau fy llygaid am eiliad am fod yna bwysau y tu ôl iddyn nhw. 'Mi wna i gynnig bwyd iddo fo'n y munud, i weld os wneith o gryfhau. Wyt ti awydd dy hoff fwyd? Wyt ti awydd ychydig o gorn-bîff, Cadno?'

Un ai mae o'n cysgu mor drwm fel nad ydi o'n fy nghlywed, neu mae o'n fy anwybyddu'n fwriadol. Pa bynnag un ydi o, mae o'n ymddygiad anghyffredin iddo fo.

'Dw i am gadw golwg fanwl arno fo,' meddaf, gan ymdrechu i swnio'n fwy hyderus nag ydw i'n teimlo.

Mae'r tri ohonom yn edrych ar y cenau tân yn fy mreichiau. Mae ei flew yn ymddangos yn ddwl, does dim sglein arno. Mae rhyw bwysau mawr yn llenwi fy nghalon.

Tydi Cadno ddim yn iawn. Tydi o ddim yn iawn o gwbl.

Pennod 20

'A sut mae fy fflwffyn tân bach i heddiw?' gofynna Gwenno wrth Cadno. Mae hi'n ei annog i ddod ati, ond prin ei fod o'n ei chydnabod. Yn hytrach mae o'n swatio yn fy erbyn i.

'Mae o'n waeth,' meddaf. Dw i wedi aros wrth ochr Cadno trwy'r nos, ond prin ei fod o wedi symud. Doedd o ddim wedi yfed yr un diferyn, a wnaeth o ddim hyd yn oed arogli'r platiad o gornbîff wnes i ei gynnig iddo. Wnaeth o ddim hyd yn oed ymateb pan wnaeth fy nhadau ddod i fyny grisiau i wneud yn siŵr fy mod i'n iawn – dim ond gorwedd o'r golwg o dan y blancedi tra oeddwn i'n dweud nad oedd gen i syniad be ddigwyddodd yn y ffair haf. 'Rhaid i mi lanhau'r briw, ond wneith o ddim gadael i mi fynd yn agos ato fo.'

Mae'r anaf wedi peidio gwaedu, ond mae ei goes wedi chwyddo ac yn edrych yn boenus.

Mae'r pnawn yn troi'n min nos, a ninnau yn y tŷ coeden. Mae Rŵ yn eistedd ar un o'r clustogau, ei wyneb yn rhychau i gyd am ei fod yn poeni. 'Be dach chi'n feddwl ddylan ni ei wneud?'

Mae'n rhaid eu bod nhw'n synhwyro mor anobeithiol dw i'n teimlo gan fod Gwenno yn symud yn nes ataf.

'Paid â phoeni, Charlie,' meddai. 'Falla daw Teg yn ôl yn fuan. Mi fydd o'n gwbod be i'w wneud.'

'Falla y bydd o'n gallu gwneud rhyw hud a lledrith i'w wella,' meddai Rŵ. 'Yr un fath â *witch doctor!*'

'Gweithio yng nghegin y palas brenhinol mae Teg. Dw i ddim yn credu ei fod o'n gallu gwneud hud a lledrith...'

Dw i'n sylweddoli rhywbeth, a hynny'n fy nharo yn fy wyneb fel gordd.

'Dyna fo,' meddaf. 'Dyna fo! Ti'n athrylith, Rŵ!'

'Be?' hola Rŵ mewn penbleth.

'*Witch doctor!*' meddaf. 'Pam na wnes i feddwl

am hyn yn gynt? Gwenno, mae dy fam di'n ddoctor!'

'Nag ydi, tydi hi ddim yn feddyg. Milfeddyg ydi —' dechreua Gwenno, ond yna mae'n edrych arna i'n gegagored. 'Ti'n iawn! Mae fy mam yn filfeddyg! Mi wyt ti'n athrylith, Rŵ!'

'Ydw i? O, ydw, mi ydw i!' Mae o'n edrych yn falch iawn. 'Mi ydw i'n athrylith! Fy syniad gwych i oedd hynna!'

Dw i'n chwerthin ac yn cofleidio fy ffrindiau, gan ddal Cadno i un ochr fel nad ydi o'n cael ei wasgu. Ond yna mae Gwenno yn symud oddi wrtha i ychydig ac yn edrych yn ddifrifol.

'Wyt ti'n siŵr ynglŷn â hyn, Charlie? Dw i ddim yn credu bod Mam wedi trin llwynog o'r blaen, yn sicr ddim llwynog *hud.*'

'Hi ydi'r unig obaith sydd ganddon ni!' mynnaf. 'Mae'n rhaid i ni fynd â Cadno ati er mwyn iddi hi ei helpu i wella.'

Mae Gwenno'n cymryd anadl ddofn. 'Ti'n iawn. Ond dydd Sul ydi hi, felly fe fydd y filfeddygfa wedi cau. Mi wna i ei ffonio hi a gofyn iddi'n cyfarfod ni yno.'

Dw i'n edrych ar Cadno tra bod Gwenno'n gafael

yn ei ffôn ac yn dechrau siarad efo'i mam. Mae o'n edrych arna i, ond mae o'n gysglyd iawn.

'Dim ond ychydig eto,' dywedaf wrtho. 'Mi gawn ni rywun i dy helpu mewn dim o amser.'

Rydym yn cario Cadno yn ein tro wrth i ni gerdded ar draws y dref. Hyd at heddiw mae o wedi bwyta bron iawn popeth dw i wedi'i gynnig iddo fo, felly mae cario'i gorff bach tew am ychydig funudau'n unig yn ddigon i wneud i fy mreichiau frifo.

Erbyn i ni gyrraedd Ysbyty'r Anifeiliaid mae pawb wedi colli'u gwynt, ond mae car Siân wedi'i barcio yno, ac er bod fy mreichiau'n brifo mae fy nghalon yn ysgafnu.

'Mae'n rhaid bod Mam wedi mynd i mewn,' meddai Gwenno ac edrych arna i. 'Wyt ti'n barod, Charlie?'

'Dw i'n barod,' atebaf.

Ac yna, fel un uned, mae'r tri ohonom yn croesi'r ffordd.

Mae hi braidd yn dywyll yn y dderbynfa. Mae Siân yn llamu allan o un o'r ystafelloedd ar y chwith wrth i ni ddod i mewn.

'Gwenno, pwt, be sy'n digwydd?' gofynna. 'Wyt ti wedi bod yn achub anifeiliaid eto? Ydi hyn fel y tro y gwnest ti ddarganfod y gath strae 'na —'

Oeda wrth weld y tri ohonom yn sefyll yna. Mae hi'n gweld Cadno, wedi swatio yn fy mreichiau, ac mae hi'n edrych yn bryderus.

'Ti *wedi* bod yn achub anifeiliaid eto. Ond *llwynog,* Gwenno, mae hyn ychydig yn eithafol, hyd yn oed i chdi. Mae o'n anifail gwyllt. Fe allai fod â phob math —'

Torraf ar ei thraws. 'Tydi o ddim yn wyllt.'

Mae Siân yn troi ataf i. 'Be wyt ti'n feddwl?'

'Tydi o ddim yn anifail gwyllt,' meddaf eto. 'Mi all o *ymddwyn* ychydig yn wyllt weithiau, ond llwynog anwes ydi o. Cadno ydi'i enw fo, ac mae o angen eich help chi, Mrs Llewelyn.'

Mae Siân yn edrych ar ei merch. 'Gwenno, plis wnei di esbonio be sy'n digwydd?'

Mae Gwenno yn petruso. 'Dw i, ym...'

'Nid llwynog cyffredin ydi o,' meddaf. 'Llwynog tân ydi o.'

Ac mor hawdd â hynna mae'r geiriau allan o fy

ngheg. Mae rhywun arall yn gwybod ein cyfrinach *ni*. Does dim troi 'nôl.

Mae Siân yn rhowlio'i llygaid. 'O'r gore, well i rywun ddeud wrtha i be sy'n digwydd go iawn.'

'Mae o'n deud y gwir, Mam,' meddai Gwenno. Mae ei hwyneb yn edrych yn ddifrifol iawn.

'Mi fedra i ddangos i chi,' meddaf, 'ond i ddechrau rhaid i chi addo peidio cynhyrfu.'

Mae chwerthin Siân yn llenwi'r ystafell. 'Nid dyna'r math o beth i'w ddeud i ennyn ffydd oedolion, 'sti!'

'Dw i'n gwbod, ond dyna'r unig beth y medra i ei wneud.'

Mae Siân yn ystyried am ychydig eiliadau cyn nodio.

Dw i'n gosod Cadno yn ofalus ar y llawr pren ac yn camu oddi wrtho. Mae o'n edrych i fyny arna i efo'i lygaid anferth ac yn crio. Y cyfan mae o ei eisiau ydi mwythau. Ond rhaid i Siân ein credu, ac yna mi wnaiff hi ein helpu.

Mae hi'n gwylio Cadno'n ofalus. I ddechrau mae o'n edrych fel cenau llwynog cyffredin, ond wrth iddo grio mwy a mwy mae ei flew yn dechrau

gloywi. Mae golau melyn cynnes yn dod ohono ac yn tasgu yn erbyn waliau'r ystafell, ac mi ydw i'n gweld diddordeb Siân yn troi'n ddiffyg deall.

'Be ar y ddaear...' meddai wrthi'i hun, ac yna mae blew Cadno yn troi'n fflamau bychain. Mae Siân yn gegagored, ond cyn y gall hi symud mae Cadno'n ffrwydro'n belen o dân. Dw i'n disgyn ar fy mhengliniau'n syth, mor agos i'r gwres ag y gall fy nghorff ei ddioddef, ac yn sibrwd i'w gysuro.

'Shh, Cadno bach,' meddaf. 'Mae popeth yn

iawn. Dw i yma rŵan. Dw i ddim yn mynd i dy adael. Mae'r ddynas neis yma'n mynd i dy helpu, dw i'n gaddo.'

Mae'n cymryd munud, ond o'r diwedd mae fflamau Cadno'n cilio'n ôl i mewn i'w flew ac yna'n diflannu'n llwyr.

Dw i'n agor fy mreichiau ac mae o'n rhuthro ataf, a'i flew yn dal yn gynnes. Dw i'n rhoi mwythau iddo, o flaen ei glustiau i flaen ei gynffon, yn union fel mae o'n ei hoffi.

Dw i'n codi ar fy nhraed. Mae Siân yn rhythu arno, â'i llygaid yn fawr mewn syndod.

'Dw i 'rioed wedi gweld dim byd tebyg,' meddai ar ôl saib hir.

'Tydi o ddim yn ei frifo fo,' esboniaf yn sydyn. 'Mae o'n rhan ohono fo. Dyna sut mae o'n mynegi ei hun. Pan mae o wedi brifo, neu wedi gwylltio, neu wedi dychryn, neu'n drist... Dw i'n meddwl fod ei dân o'n rhwbath yn debyg i'w enaid o.'

'Dw i ddim yn deall.'

'Does dim rhaid i chi ddeall. Dim ond ei helpu, os gwelwch yn dda. Mae o wedi'i anafu,' ymbiliaf.

Mae Siân yn troi oddi wrth Cadno i edrych arnom

ni, ac yna'n ôl at Cadno. Mae'n canolbwyntio'i sylw arno fo. Mae'r ofn oedd yn ei hwyneb yn mynd, ac yn troi'n rhyfeddod. Ond yna mae hwnnw'n diflannu ac mae hi'n edrych yn gas arnon ni.

'Be ar y ddaear dach chi'ch tri'n ei wneud? Lle gawsoch chi'r anifail yma? Lle dach chi wedi bod yn ei gadw?'

'Plis, Mrs Llewelyn, does yna ddim amser,' atebaf. 'Mi wna i esbonio popeth ar ôl i chi edrych arno fo.'

Tydi wyneb Siân yn newid dim. 'Ydi dy dadau'n gwbod amdano fo?' Dw i'n ysgwyd fy mhen, ac mae Siân yn cymryd anadl ddofn.

'Wrth gwrs mi wna i ei helpu fo, y peth bach, ond wedyn mi wyt ti'n mynd i ddeud mwy wrtha i – be ydi o, o ble ddaeth o, a pham ei fod o efo chdi. Ac yna rydan ni'n mynd i ddeud wrth dy dadau.'

Dw i'n agor fy ngheg i ddechrau dadlau, ond yna'n ei chau wrth sylweddoli nad oes yna bwrpas dadlau. Y peth pwysig ydi fod Cadno'n iawn. Os ydi hynny'n golygu gadael i'r oedolion wybod amdano, wel fe fydd rhaid derbyn hynny.

Mae Gwenno'n rhedeg at ei mam ac yn ei

chofleidio. 'Diolch yn fawr iawn, Mam!'

'Diolch, Mrs Llewelyn,' meddaf innau.

'Milfeddyg ydw i, Charlie,' meddai. 'Dyma dw i'n ei wneud. Fedra i ddim dioddef gweld anifail mewn poen. A galwa fi'n Siân. Rŵan ty'd â fo i fan hyn.'

Dw i'n codi Cadno, gan fod yn ofalus nad ydw i'n cyffwrdd ei bawen ddrwg, a'i gario i'r ystafell fach. Dw i'n ei osod ar y bwrdd pwrpasol, ond yn cadw fy nwylo arno trwy'r amser a'i fwytho'n ysgafn rhwng ei glustiau.

'Yr... y golau anhygoel 'na,' meddai Siân gan wisgo pâr o fenyg, 'wneith o wneud o eto os bydda i'n ei gyffwrdd?'

Dw i'n ysgwyd fy mhen. 'Dw i ddim yn meddwl. Mae o wedi tawelu. Ond gwell gwneud pethau'n araf.'

Dw i'n troi fy sylw at y cenau tân. 'Rhaid i ti adael iddi hi ddod yn agos atat ti. Wneith hi ddim dy frifo, dw i'n gaddo. Mae hi am dy helpu.'

Mae Cadno yn edrych arna i ac yna'n troi i edrych ar Siân.

'Dechreuwch rŵan,' meddaf wrth Siân.

Mae Siân yn estyn ei llaw, yn betrus i ddechrau,

ond yna mae ei bysedd yn cyffwrdd y blew meddal ar dop ei ben, ac mae hi wedi gwirioni.

'O mawredd,' meddai, a dagrau yn ei llygaid. Mae hi'n gosod ei llaw yn dyner ar ei ben, ac mae o'n pwyso yn erbyn ei llaw. 'Mae o'n wych! Mae o mor gynnes!'

'Yndi,' cytunaf. Ac yna dw i'n pesychu, 'Mrs Llewelyn...'

Mae hi'n fy nghywiro, 'Siân,' cyn mynd yn ei blaen, 'Rŵan, deud wrtha i beth sydd yn bod arno fo?'

'Ei bawen. All o ddim rhoi unrhyw bwysau arni, a tydi o ddim yn byta nac yn yfed chwaith.'

Mae Siân yn plygu'n nes i edrych ar goes Cadno. Mae hi wedi chwyddo mwy na ddoe, hyd yn oed. Dw i'n edrych ar wyneb Siân, ond mae'n amhosib dyfalu be mae hi'n feddwl. Mae ei holl sylw ar Cadno.

'Be ddigwyddodd iddo fo?'

'Mi gafodd... ei frathu.'

'Gan be?'

Dw i ddim yn ateb.

'Be ar y ddaear dach chi'ch tri'n rhan ohono fo?' meddai Siân o dan ei gwynt, ac yna ochneidio. 'Fe fydd angen i mi ei lanhau, a falla pwytho'r briw.

Rhaid i chi aros y tu allan, ond peidiwch â phoeni: mae o'n ddiogel efo fi.'

Dw i'n dychryn. 'Ydi o'n mynd i fod yn iawn?'

Mae Siân yn brysio o ochr bella'r bwrdd i'n hebrwng ni allan o'r ystafell. 'Yndi. Ond mae angen i mi ddechrau ar y gwaith.'

Mae hi'n ein hel i'r ystafell aros. Mi ydw i'n ceisio edrych heibio iddi hi, i gael un golwg olaf ar fy ffrind gorau diweddaraf —

'Fydda i ddim yn hir,' meddai Siân.

Mae hi'n edrych arna i gyda chydymdeimlad, ac yna'n cau'r drws yn glep.

Rydan ni'n aros, ac mae o'n teimlo fel oriau. Dw i'n dychmygu Cadno yn yr ystafell wen, oer yn gorwedd o dan olau llachar y milfeddyg. Mae o'n anodd rhwystro fy hun rhag gwthio'r drws yn agored a'i gipio i fyny yn fy mreichiau.

Ond o'r diwedd, ar ôl rhyw hanner awr, mae'r drws yn agor ac mae Siân yn camu allan. Mae'r tri ohonom yn neidio ar ein traed.

'Ydi o'n iawn?' ebychaf.

Gwena Siân. 'Mae o'n mynd i fod yn iawn.'

Dw i'n dechrau gweiddi hwrê, ond mae'r awyr yn cael ei daro allan o fy ysgyfaint wrth i fy nau ffrind fy nghofleidio, un o bob ochr. Dw i ddim yn credu fy mod i wedi bod mor hapus erioed.

'Doedd y brathiad ddim mor ddrwg ag oedd o'n edrych. Doedd dim angen pwythau, diolch byth. Dw i wedi'i lanhau a rhoi rhwymyn arno fo. Fe ddylai wella ei hun, cyn belled nad ydi o'n symud gormod – na llosgi'r rhwymyn i ffwrdd. Mae angen iddo aros yn dawel i gael cyfle i wella.'

Mi ydw i a Gwenno a Rŵ yn dechrau dathlu eto, gan orymdeithio o amgylch yr ystafell aros efo'n breichiau yn yr awyr.

'Gawn ni fynd i'w weld o?' gofynnaf, gan adael yr orymdaith.

Mae Siân yn nodio ac yn camu i'r ochr. Dw i'n brysio heibio iddi hi, a dyna fo, yn eistedd yn smart ar fwrdd y milfeddyg, gyda rhwymyn gwyn ar ei goes chwith. Mae ei gynffon yn dechrau ysgwyd yn wyllt pan mae o'n fy ngweld i. Dim ond hanner awr ydan ni wedi bod ar wahân, ond mae o'n fy nghusanu drosodd a throsodd wrth i mi ei gofleidio.

'Dw i wedi dy golli, fy ffrwydryn bach i.'

Mae Siân yn sefyll yn nrws yr ystafell. 'Charlie, cofia be ddwedais i am ei gadw'n dawel?'

'O, ia.' Dw i'n camu'n ôl ac yn rhedeg fy nwylo o ben Cadno i fôn ei gynffon. Mae o'n gwthio yn fy erbyn bob tro, ac yn cau ei lygaid mewn hapusrwydd.

'Dw i wedi rhoi tabled gwrthlidiol iddo fo,' meddai Siân. 'Mi fydd hynny'n helpu efo'r boen a'r chwydd. Mi wna i roi bocs ohonyn nhw i ti fynd efo chdi. Bydd angen i ti guddio un yn ei fwyd. Ac mi fydd ganddo fwy o awydd bwyd unwaith y byddan nhw'n dechrau cael effaith.'

Dw i'n edrych ar Siân, a mwyaf sydyn dw i mor ddiolchgar fel fy mod i'n gorfod rhwystro fy hun rhag crio. Roedd gen i gymaint o ofn bod Cadno wedi brifo'n ddrwg, ac mai fi oedd y bai am hyn i gyd.

'Diolch yn fawr am ei helpu fo, Siân,' meddaf. 'Wn i ddim sut y galla i dalu'n ôl i chi.'

'Trwy ddeud wrtha i'n union be sy'n digwydd,' ateba Siân. 'Ac yna trwy ddeud wrth dy dadau.'

Dw i'n petruso. Ond alla i ddim dianc rhag hyn. Mae hi wedi'n helpu ni gymaint...

Dw i ar fin dweud rhywbeth pan mae fy ffôn yn fy mhoced yn canu. Dw i'n gafael ynddo ac yn edrych ar y sgrin.

Neges gan Dad.

Paid â dod adre. Mae yna rywbeth yn y tŷ. Cer i dŷ Gwenno neu dŷ Rŵ. Ffonia'r heddlu.

'O, na,' meddaf yn ddistaw.

'Charlie, be sy'n bod?' Dw i'n clywed Gwenno'n gofyn y cwestiwn ond tydw i ddim yn edrych arni. Dw i'n dal i rythu ar y geiriau.

'Fy nhadau,' sibrydaf. Mae fy meddwl wedi rhewi. 'Maen nhw mewn helynt. Rhaid i mi fynd.'

Cyn y gall neb ateb, dw i wedi cipio Cadno a rhedeg at y drws.

'Charlie, aros!'

'Fedra i ddim!' gwaeddaf. 'Rhaid i mi fynd atyn nhw!'

Does yna ddim pwrpas galw'r heddlu – fyddai'r heddlu ddim yn fy nghredu, beth bynnag. Wrth i mi lamu allan i'r nos, fedra i ddim peidio â meddwl tybed a ydi'r Grendilwch wedi fy nghuro o'r diwedd.

Pennod 21

Mae'n tŷ ni'n dywyll. Mae'r drws ffrynt yn llydan agored.

Mae ofn yn curo trwy fy ngwythiennau. Ofn am fy nhadau. Ofn be sy'n aros amdanaf tu mewn i'r tŷ. Roeddwn i wedi trio ffonio'r ddau wrth i mi redeg adref, ond doedd yr un o'r ddau'n ateb.

Gyda Cadno yn fy mreichiau, dw i'n rhedeg at y drws ffrynt – ac yna'n rhewi'n stond. Mae'r tywyllwch yn y tŷ yn teimlo'n fyw. Dw i erioed wedi bod ofn tywyllwch, nac yn ofn ein tŷ ni, ond rŵan dyma fi, yn rhy ofnus i gamu i mewn.

Dw i'n anadlu'n ddwfn. Rhaid i mi wneud hyn.

Mae Cadno yn edrych arna i ac yn llyfu fy ngên, fel petai'n ceisio rhoi ychydig o'i dân o i mi. Dw i'n camu ymlaen, gan ddal Cadno yn erbyn fy mrest. Mi ddylwn i ei adael tu allan, rhag ofn i rywbeth sydd i mewn yn fan'na gynnau ei dân. Ond mi ydw i ei angen o. Mae'r tywyllwch yn ein llyncu.

'D-Dad? Tada?' galwaf, a chrychu fy nhrwyn. Mae yna arogl afiach yn crafu cefn fy ngwddw. Arogl pethau sy'n pydru yn y baw. Dw i wedi arogli hyn o'r blaen – yn yr adeilad yn y filfeddygfa.

Mae'r Grendilwch wedi bod yma.

Ac mae'n amlwg i mi o'r tawelwch sy'n llithro tuag ataf o bob rhan o'r tŷ nad ydi o yma bellach. Ond tydi Dad a Tada ddim yma chwaith. Wnaethon nhw ddianc? Efallai eu bod yn cuddio yn rhywle, yn y tŷ coeden o bosib.

Dw i ar fin cyrraedd y drws cefn pan dw i bron â llithro ar rywbeth ar y llawr. Dw i'n ei godi – fy nghap pêl-fas coch a glas. Yr un gollais i pan oedd y Grendilwch yn dod ar ein holau. Wel, mae hynna'n esbonio sut wnaeth o fy nilyn i'n tŷ ni. Mae'n rhaid ei fod wedi'i ddarganfod yn y coed a'i ddefnyddio i —

Mae Cadno yn cyfarth. Mae'r distawrwydd wedi bod mor llethol fel bod y sŵn yn fy nychryn.

'Be sy, Cadno?'

Mae o'n cynhesu, a'i flew yn dechrau disgleirio fel edau a gwifrau eirias. Dw i'n ei osod ar lawr a'i wylio wrth iddo droi i wynebu wal y cyntedd. Mae o'n chwyrnu, rhyw sŵn isel bygythiol yn dringo'n araf o'i fol, ac yna mae ei fflamau'n ymddangos. Mae'r golau melyn yn tasgu yn erbyn y wal ac mi ydw i'n dal fy anadl.

Mae yna neges wedi'i thorri i mewn i'r papur wal. Mae'n edrych fel petai wedi cael ei gwneud efo cyllell – neu efo crafangau.

DAN NI'N AROS AMDANAT YN Y CASTELL. TYD Â FO EFO CHDI.

Mae o'n ymddangos mewn gwahanol ffurfiau, ddywedodd Teg pan ddechreuodd hyn i gyd. Mae'n debygol bod y Grendilwch wedi rhoi'r gorau i ymddangos ar ffurf helgi er mwyn ysgrifennu'r neges. Dw i'n sylweddoli efallai ei fod wedi newid ei ffurf o'r blaen – er mwyn agor y giât i'r filfeddygfa.

Does dim rhaid bod yn athrylith i wybod pyw ydi 'fo'. Cadno mae'r Grendilwch ei eisiau. Ond gair arall sy'n fy llenwi ag ofn.

Ni.

Mae'n rhaid bod hynny'n golygu fy nhadau. Mae o wedi mynd â nhw fel gwystlon. Un fargen sydyn – cyfnewid Cadno am fy rhieni.

Mwyaf sydyn dw i'n teimlo bod fy myd i gyd wedi chwalu.

Does dim dianc oddi wrth hyn. Mae'n rhaid i mi fynd i fyny i'r castell. Roedd fy nhadau am i mi ffonio'r heddlu, ond be allwn i ddweud wrthyn nhw? *Helpwch fi, plis – mae 'na anghenfil wedi dwyn fy nhadau!* Ia, basan nhw'n siŵr o 'nghredu.

Na. Rhaid i mi ddelio efo hyn.

Dw i'n troi yn ôl tuag at y drws ac yn sylwi ar rywbeth arall ar y llawr. Dau beth, a bod yn onest.

Carreg felyn, gron, lyfn efo patrwm arni yw'r cyntaf. Carreg glo Teg. Mae'r Grendilwch wedi'i defnyddio i ddod i mewn i'n byd ni, ac yna wedi'i gollwng yn fy nhŷ i pan ddaeth i chwilio am Cadno.

Ond does gen i ddim amser i feddwl be fydd effaith hyn ar Teg, oherwydd mae'r peth arall yn fwy o ddirgelwch: bag llaw denim.

A dyna pryd dw i'n sylweddoli. Mae rhywbeth ddwedodd Teg yn ailadrodd yn fy meddwl: *Mae'n gallu newid ei siâp a'i ffurf. Mae o'n hoff iawn o ymddangos fel helgi. Ond mae o'n ofnadwy bob tro mewn rhyw ffordd neu'i gilydd.*

O yndi, mae'r Grendilwch wedi cael hyd i ni. Ond mae'n ymddangos ei fod wedi bod yn amlwg o dan ein trwynau ers tipyn, gan guddio'i olion gydag esgidiau pinc, a chuddio'i arogl afiach gyda phersawr melys, melys.

'Tania Clec,' sibrydaf.

Alla i ddim gwastraffu mwy o amser, ond yna mae yna sŵn byddarol yn chwalu tawelwch y tŷ. Mae'r Gwyliwr Gwrês Tair Mil o'r diwedd wedi ymateb i'r fflamau ar flew Cadno.

'Ty'd, Cadno,' meddaf. 'Tyd i nôl ein teulu adre.'

Mi ydan ni'n rhedeg ar hyd llwybr yr ardd i'r stryd pan mae dau siâp cyfarwydd yn rhuthro tuag atom.

'Be dach chi'n wneud yma?' gwaeddaf, a chymysgedd o ryddhad a phryder yn swigod yn fy mol.

Mae Gwenno a Rŵ yn sefyll wrth fy ymyl ac wedi colli'u gwynt. Mae'n rhaid bod tabledi lladd poen Cadno yn dechrau gweithio – mae o'n neidio o amgylch eu coesau. Mae'r rhwymyn ar ei goes wedi'i losgi ffwrdd yn barod.

'Mi wnaethon ni dy ddilyn di! Oeddat ti wir yn credu y bysan ni'n dy adael di i ddelio efo hyn dy hun?' gofynna Gwenno.

'Mae o'n mynd i fod yn beryglus iawn,' meddaf.

'Hei, 'dan ni wedi bod yna ar gyfer pob sefyllfa beryglus arall yn ystod yr wythnosau diwethaf,' meddai Rŵ. 'Pam rhoi'r gorau iddi hi rŵan?'

'Iawn, eich dewis chi ydi o,' ochneidiaf, ac yn ddistaw bach dw i'n teimlo'n ddiolchgar.

'Be ddigwyddodd i mewn yn fan'na?' gofynna Rŵ, gan edrych ar y drws ffrynt agored. 'Be ydi'r *sŵn* yna?'

'Y larwm tân. Mi wnaeth o synhwyro gwres Cadno. Does ganddon ni ddim llawer o amser. Dach chi'n cofio Tania Clec?'

Mae fy ffrindiau'n nodio.

'Wel, hi oedd y Grendilwch trwy'r amser, a dw i'n meddwl ei bod hi wedi herwgipio Dad a Tada er mwyn cael Cadno. Dowch. Mae'n rhaid i ni fynd.'

'Ro'n i'n gwbod bod yna rywbeth yn bod efo hi! Ond aros... lle 'dan ni'n mynd?' meddai Gwenno.

'Yn ôl i lle wnaeth hyn i gyd ddechrau,' atebaf a dechrau cerdded yn gyflym i lawr y stryd. 'Peidiwch â phoeni. Mi wna i esbonio popeth. Mae'r Grendilwch wedi cipio fy rhieni, ac er mwyn eu cael yn ôl, mae angen bochdew dy chwaer fach.'

Awn yn syth i dŷ Gwenno. Tydi car Siân ddim yna. Dywedodd Gwenno ei bod hi a Rŵ wedi rhedeg ar fy ôl i'n syth, ond bod ei mam yn gweiddi ar eu holau. Mae'n rhaid bod Siân allan yn chwilio am Gwenno.

'Aros yn fan hyn,' meddai Gwenno, ac yna diflannu rownd cefn y tŷ. Mae Rŵ, Cadno a finnau'n aros yn bryderus am rai munudau cyn i Gwenno ailymddangos gyda phelen dryloyw yn ei dwylo. Y tu mewn i'r belen mae bochdew ei chwaer.

'Dyma fo,' meddai.

'Helô, Dorito,' meddai Rŵ. Mae Dorito yn llyfu ei bawennau bychain ac yn sychu'i glustiau.

'Deud wrtha i be ti'n mynd i'w wneud efo fo,' ymbilia Gwenno. 'Mae o'n fochdew bach da.'

'Fydd Dorito ddim yn cael ei anafu, dw i'n gaddo. Ddeud gwir mae o'n mynd i fod yn arwr.'

Mae fy ffrindiau'n edrych yn amheus, felly dw i'n esbonio. 'Pan wnes i gyfarfod Teg, mi ddwedodd wrtha i am wlad Pellgaer. Mi ddwedodd ei fod yn gartref i bethau od, fel llygod ffyrnig anferth all dy fyta i frecwast. Ac mae hynny'n esbonio pethau. Pan aeth y Grendilwch i'r cawell anghywir yn y filfeddygfa, nid Cadno welodd o, ond Pwdin y gerbil – a dychryn am ei enaid. Ac yna yn y ffair haf, roedd Tania wedi dychryn pan wnaethon ni sôn am lygod ffyrnig —'

'Mae gan y Grendilwch ofn cnofilod,' meddai Gwenno a gwên yn dechrau ymddangos ar ei hwyneb. 'Oherwydd mae cnofilod Pellgaer yn fwy na fo.'

'Yn union.' Dw innau'n gwenu. 'Ac mi ydan ni'n mynd i droi Dorito yn llygoden ffyrnig anferthol.'

Rhuthra'r tri ohonom a Cadno trwy'r dref at y bryn lle mae'r castell, gan ddilyn y llwybr igam ogam gorau fedrwn ni yn y tywyllwch. Dw i'n clywed Dorito'n crafu ei belen wrth i furiau allanol y castell ein hwynebu. Brysiwn ar draws y bont ac o dan y porthcwlis, a dim ond y lleuad yn goleuo'n llwybr.

Awn yn ofalus ar draws y tir sydd yn amgylchynu tyrau'r castell a chyrraedd y darn clir ar yr ochr arall. Mae golau'r lleuad yn creu patrymau arian arno. Dw i'n gwthio fy hun yn erbyn wal gron y tŵr gogledd-orllewinol, gan amneidio ar Gwenno a Rŵ i wneud yr un peth, ac yna dw i'n edrych rownd y gornel.

Ac maen nhw yno. Mae fy nhadau wrth ymyl y llenni o iorwg yn erbyn y wal bellaf. Maen nhw wedi cael eu clymu gefn wrth gefn gyda rhaff, tâp ar draws eu cegau, eu hwynebau'n llawn ofn – ond maen nhw'n iawn. Dw i bron â rhoi bloedd o ryddhad.

Ond tydw i ddim yn gwneud unrhyw sŵn.

Oherwydd tydyn nhw ddim ar eu pennau eu hunain. Mae yna rywun cyfarwydd yn cerdded tuag at y llenni iorwg. Rhywun â gwallt melyn yn domen uchel ar ei phen a siaced binc flewog amdani.

Tania Clec ydi hi, yn gafael mewn darn o raff sydd yn arwain yn ôl at Dad a Tada. Mae hi'n aros o flaen y porth agored. Mae'r tywyllwch yr ochr draw i'r porth rhywsut yn dywyllach na'r nos o'n cwmpas. Saif yno am sawl munud yn rhythu, fel petai'n aros am rywbeth. Neu rywun.

Mwyaf sydyn mae hi'n codi'i phen ac yn ymestyn ei gwddf. Alla i ddim gweld ei hwyneb, ond mi fedra i ddweud ei bod hi'n arogli'r aer. Mae edefyn bach o ofn yn gwthio'i ffordd i fyny fy asgwrn cefn. Ac yna mae hi'n siarad, ac er ei bod hi'n siarad yn isel, mae ei llais yn llenwi'r castell.

'Mi wyddwn y byddet ti'n dod.'

Pennod 22

Mae Gwenno a Rŵ yn sefyll yn stond. Mae Cadno yn dechrau gloywi yn fy mreichiau. Dw i'n dal llygad fy ffrindiau cyn camu allan i'r tir agored.

'Gollwng fy nhadau'n rhydd,' meddaf. Mae fy llais yn swnio'n fach o'i gymharu â'i llais hi.

Mae Dad a Tada yn fy ngweld o ochr arall y darn tir agored. Mae eu cegau wedi'u selio, mae baw ar eu bochau ac maen nhw'n gwingo yn erbyn y rhaffau. Edrycha'r ddau yn ofnus, yn ffwndrus – ond yn fwy na dim maen nhw'n edrych yn flin. Dw i'n gwybod pe bawn i'n tynnu'r tâp oddi ar eu cegau y bydden nhw'n dweud wrtha i am redeg i ffwrdd.

Mae Tania yn dal i wynebu'r iorwg, ac mae ei hysgwyddau'n dechrau ysgwyd. Mae hi'n chwerthin. Mae'r sŵn yn llenwi'r awyr, sŵn chwerthin heb ddim hapusrwydd ac mae o'n gwneud i mi deimlo'n wag tu mewn.

'Annwyl iawn,' meddai. 'Dim "os gwelwch yn dda" hyd yn oed. Ydyn nhw ddim yn dysgu cwrteisi i blant y byd hwn? Fe fyddai'r llys brenhinol yn gwaredu.'

Mae arogl afiach yn llenwi fy ffroenau. Arogl pydredd – yr un arogl ag oedd yn ein tŷ ni.

Mae Tania yn troi i fy wynebu, ac alla i ddim rhwystro fy hun rhag rhoi bloedd y tro hwn.

Nid llygaid bod dynol sydd ganddi bellach. Maen nhw fel gleiniau duon. Fel llygaid trychfilyn. Maen nhw'n perthyn i rywbeth sy'n ymlusgo ar draws y pridd, rhywbeth sy'n gwledda ar gig marw, pydredig. Tydi hi ddim yn fod dynol. Anghenfil ydi hi. Mae yna swigod ac olion llosgi ar ei bochau – yn dilyn y tân yn y ddrysfa, dw i'n amau.

Mwya'n byd dw i'n meddwl am y peth, mwya'n byd o synnwyr mae o'n ei wneud. Y ffordd ryfedd yr oedd hi'n siarad. Y ffordd roedd hi'n gwisgo'i hesgidiau ar y traed anghywir. Y paent oedd ar ei hwyneb yn hytrach na cholur, a sut roedd hynny'n llai amlwg yr ail dro y gwelais i hi. Roedd y Grendilwch yn *dysgu* sut i fod yn berson, dysgu o'r dechrau un. Ac yn gwneud hynny yn y ffordd waethaf bosib – trwy edrych ar hen gylchgronau ffasiwn, rhai oedd wedi gwneud iddo feddwl fod yn rhaid i ferched wisgo dillad pinc a cholur trwchus. Fod yn *rhaid* i bobl ymddangos rhyw ffordd arbennig a ffitio i mewn i ryw focs penodol.

Wel, allai o ddim fod yn bellach o'r gwir. Does dim rhaid i neb ffitio i mewn i focs – mae fy nheulu *i* yn brawf o hynny.

Dw i'n teimlo mor fach o flaen Tania rŵan. Ond mae'r tân wnaeth fy ngyrru yma'n dal i fudlosgi y tu mewn i mi. Mae Tania yn dal ei phen ar un ochr. Mae hi'n rhythu heb gau ei llygaid am eiliad. Edrycha ar Cadno, sydd yn sefyll wrth fy ochr ac sydd mor boeth fel mai prin ydw i'n gallu bod wrth ei ymyl.

Llithra rhywbeth allan o geg Tania, fel neidr. Ei thafod hi. Mae hi'n llyfu'r awyr, a phoer gludiog yn diferu i lawr ei gên. Mae fel petai hi'n gallu *blasu* Cadno ar awel y nos.

'Er gwaethaf dy ddiffyg cwrteisi, rwyf yn fodlon bargeinio,' meddai Tania, a'i thafod yn diflannu yn ôl i'w cheg. 'Mae gen i rywbeth sydd yn eiddo i ti, ac mae gen ti rywbeth sydd yn eiddo i mi. Rho'r llwynog tân i mi, ac mi gei di dy warchodwyr. Mae hynna ddigon teg. Dy ddewis di ydi o.'

Dw i'n edrych draw ar fy nhadau. Maen nhw'n rhythu arna i, ac mae dagrau yn eu llygaid. Yna dw i'n edrych i lawr yn sydyn ar Cadno. Mae o wedi'i danio, a'i flew yn fflachio'n beryglus. Mae o'n barod i ddal ei dir. Wel, mi ydw innau hefyd.

Does dim rhaid i mi ddewis. Dyna mae'r Grendilwch am i mi wneud, ond nid dyna dw *i* wedi dod yma i'w wneud. Dw i wedi cael digon o gael fy mwlio, anghenfil neu beidio.

Dw i'n edrych yn sydyn ar Gwenno a Rŵ. Maen nhw'n syllu arna i o'r cysgodion. Dw i'n ysgwyd fy mhen y mymryn lleiaf. Ddim eto. Mae'n rhaid iddyn nhw gadw at y cynllun, waeth be sy'n digwydd. Mae'n rhaid iddyn nhw aros am yr arwydd.

'Does dim rhaid i chi wneud hyn,' ymbiliaf. 'Plis, rhowch Dad a Tada'n ôl i mi.'

'Tydi pethau ddim mor syml â hynny, y grocrotsien fach afiach.' Mae hi'n ochneidio. 'Oes gen ti unrhyw syniad faint o arian mae'r Brenin Aran yn ei gynnig os bydda i'n dychwelyd y llwynog tân olaf iddo? Mwy o aur nag y medrwn i ei wario drwy gydol fy oes.'

'Ond be wneith o efo llwynog tân?'

'O, be wn i – ei arddangos o flaen y bobl gyffredin?' Mae Tania yn chwerthin yn hyll. 'Dysgu'r creadur bach i wneud triciau? Cyn pen dim, fe fydd o'n cerdded ar ei goesau ôl, yn dal maip ar flaen ei drwyn ac yn rhan o arddangosfa tân gwyllt. Ac wedyn, pan fydd o'n rhy hen i berfformio, mi wneith stôl braf i'r brenin orffwys ei draed arni. Neu, gwell fyth, fe fyddai'n bosib ei droi'n glogyn. A dweud y gwir, does dim bwys gen i be sy'n digwydd iddo fo, cyn belled 'mod i'n cael fy ngwobr.'

Dw i'n dychmygu Cadno yn sefyll ar ei draed ôl a phawb yn llys Pellgaer yn chwerthin a gwawdio.

Mae'r syniad yn codi pwys arna i. Nid rhywbeth mewn syrcas i ddiddanu pobl ydi Cadno. Mae o'n anifail byw. Mae'n rhaid iddo fo fod yn rhydd. Mae o angen awyr iach ac awel o'r mynydd a chyfle i weld y byd. Mae o angen cariad.

Mae o fy angen *i,* fel ydw i ei angen o.

'Rho gora i'r lol 'ma,' gorchmynna Tania, a'i thafod llawn llysnafedd yn dod i'r golwg eto. 'Dw i wedi treulio llawer gormod o amser yn cael gafael ar yr anifail dieflig 'na. Roedd hi ddigon hawdd cael hyd i chdi. Fel petaet ti *eisiau* i mi gael gafael arnat ti. Ond doeddat ti byth ar dy ben dy hun. Roedd yna bobl o dy amgylch o hyd. A phan ges i afael arnat ti ar dy ben dy hun, mi wnest ti ddianc. Ond yna mi wnest ti fy arwain yn syth at y gweithiwr cymdeithasol da i ddim 'na, ac roedd posib i mi ddynwared ei phlisgyn di-werth o gnawd. Mi wyddwn i fod yr anifail gen ti, ond allwn i ddim ei arogli yn y lle roeddet ti'n byw, felly wyddwn i ddim lle roeddet ti'n ei guddio.'

Dw i'n cofio ymweliad Tania. Dyna pam aeth Cadno i guddio yng nghanol y llieiniau glân – i guddio'i arogl ei hun. A'r diwrnod cyn hynny pan

ddaeth Non i'r tŷ, mi *wnes* i weld llygaid coch yr helgi yn y llwyni. Roedd o'n ein gwylio ni. Dw i'n meddwl tybed be ddigwyddodd i Non, ac mi ydw i'n teimlo ias annifyr.

'Ond dw i wedi blino ar yr actio bellach. Mi wyt ti wedi gohirio pethau'n rhy hir. Rho'r llwynog i mi,' gorchmynna Tania, a'i llygaid yn sgleinio'n beryglus, 'neu mi wna i ei gymryd oddi arnat ti – a fydd hynny ddim yn ddi-boen, hogyn. Efallai y gwna i benderfynu mynd â dy warchodwyr yn ôl i Bellgaer efo fi, hefyd. Efallai y caf i fwy o arian gan y brenin am ddod â dau was newydd iddo fo.'

'Ti ddim yn ei gael o,' meddaf, ond mae fy llais yn fach. Dw i'n pesychu, ac yn siarad eto, yn uwch y tro hwn: 'Ti ddim yn ei gael o! A ti ddim yn cael fy nhadau chwaith!'

O glywed hynny mae Tania'n gwenu.

'Wel dyma syndod,' meddai, gan dynnu ei gwefusau yn ôl o'i dannedd mewn ffordd afiach. 'Charlie bach distaw yn cwffio'n ôl. Dyna drueni. Mi oeddwn i wedi gobeithio dy adael i fyw gweddill dy fywyd yn cofio dy fod wedi methu achub dy anifail a dy warchodwyr. Ond ti'n rhoi dim dewis i mi, fe fydd rhaid i mi dy ddinistrio di.'

Wrth i Tania siarad mae ei chorff yn dechrau ysgwyd a chwyddo, fel swigen yn cael ei llenwi ag aer.

'Wir i ti,' meddai, a'i llais yn mynd yn ddyfnach wrth i'w chorff chwyddo a chwalu, 'dw i'n falch o gael gwared o'r corff yma o'r diwedd. Pethau bach bregus a pitw ydach chi, fodau dynol. Mor *wan*.'

Dw i'n gwylio mewn ofn wrth i ddillad Tania rwygo'n stribedi a disgyn i'r llawr. Mae ei chorff cyfan yn ymestyn, ei breichiau'n tyfu fel eu bod bron â chyffwrdd y llawr. Mae ei chroen yn llwyd ac yn frychau i gyd, ac yn sgleinio fel pysgodyn marw. Tyfa cudynnau budr o wallt du o'i breichiau a'i phen. Mae ei llygaid yn chwyddo yn ei phen, ac yn ymddangos yn rhy fawr i'w phenglog, a'i dannedd yn gwthio allan o'i cheg fel darnau o wydr wedi torri. Mae ei holl wyneb yn plygu a newid siâp, ei cheg yn ymestyn, neu ei gwefusau'n cilio. Mae fel petai ganddi ormod o ddannedd.

Fe all ymddangos mewn gwahanol ffurfiau,

ddywedodd Teg. Yr helgi oedd un. Tania oedd un arall. Rŵan dw i'n gweld y Grendilwch yn ei wir ffurf. Ac mae o'n waeth nag unrhyw beth wnes i ei ddychmygu. Dw i eisiau cau fy llygaid. Dw i eisiau troi a rhedeg i ffwrdd.

Ond fedra i ddim. Alla i wneud dim ond gwylio wrth i Tania Clec ddiflannu a'r hunllef hon, tebyg i flaidd â llygaid trychfilyn, gymryd ei lle. Y Grendilwch. Mae'r drewdod mor gryf nes fy mod i bron â chyfogi.

Mae Cadno yn sgyrnygu'n gandryll.

'Bydd ddistaw!' gwaedda'r Grendilwch, a dyna pryd dw i'n sylweddoli, nid yn unig tydi o ddim yn edrych fel bod dynol bellach, tydi o *ddim yn swnio* fel un chwaith. Mae ei lais yn gras a gyddfol.

Mae o'n plygu ei gorff fel ei fod ar ei bedwar, ac mae o'n dal yn fwy na cheffyl. Mae'n symud ei bwysau i'w goesau ôl, y poer yn disgleirio ar ei ddannedd wrth iddo baratoi i neidio ar draws y tir gwastad.

Rŵan. Mae'n rhaid iddo ddigwydd rŵan.

'Aros,' meddaf, ac mae'r Grendilwch yn oedi. Mae'n edrych arna i'n oeraidd.

'Be sydd, hogyn bach?'

'Wyt ti'n cofio gofyn i mi a oedd gen i anifail anwes?' gofynnaf. 'Yn y ffair haf? A finna'n deud nad oedd gen i? Wel, ro'n i'n deud celwydd.'

'Ro'n i'n gwybod dy fod ti'n deud celwydd,' cyfartha'r creadur, a phoer yn hedfan o'i geg. 'Rho'r gora i wastraffu fy amser i —'

'Nid deud celwydd am Cadno,' meddaf yn sydyn. 'Wel ia, hynny, ond deud celwydd am rywbeth arall hefyd. *Mae* gen i anifail anwes.'

Mae llygaid y Grendilwch yn ansicr am eiliad.

'Deud y gwir, dw i wedi dod â fo efo fi i fan'ma heddiw,' meddaf, ac edrych yn sydyn ar Gwenno a Rŵ. Mae Gwenno eisioes yn dal Dorito yn ei dwylo, ac mae Rŵ yn anelu ei ffôn ati hi. Maen nhw'n barod.

'Llygoden ffyrnig ymerodrol anferthol ydi hi,' meddaf. 'Dorito ydi'i henw hi.'

Mae'r Grendilwch yn cilio'n ôl fymryn bach. 'Ll... llygoden ffyrnig ymerodrol?'

'O, doeddat ti ddim yn gwbod bod yna rai yma hefyd? Dw i'n credu'u bod nhw'n fwy na'r rhai ym Mhellgaer. Gwirioneddol fawr. Tua dwywaith dy faint di.'

'Ti'n deud celwydd,' chwyrna'r Grendilwch.

'Nag ydw,' meddaf, ac edrych i gyfeiriad Gwenno a Rŵ. 'O, edrych, dyma hi'n dod rŵan. Mae'n edrych braidd yn flin. Hei, Dorito!'

Wrth i mi siarad mae Rŵ yn goleuo'r fflachlamp ar ei ffôn, ac mae golau gwyn disglair yn dod ohono gan daro yn erbyn y waliau y tu ôl i mi – a thaflu cysgod anferth llygoden ffyrnig ymerodrol, a honno'n crafangu'r awyr gyda'i hewinedd enfawr.

Mae'r Grendilwch yn sgrechian mewn ofn ac yn cilio'n ôl tuag at y porth. Mae ei lygaid yn agored led y pen, ac er nad oeddwn i wedi credu y byddai'n bosib, mae'r creadur yn ymddangos yn fregus – mae'n edrych fel petai eisiau rhedeg i ffwrdd.

Ac yna mae o'n gwneud hynny. Mae'r llygoden ffyrnig ymerodrol yn cymryd un cam ymlaen, a'i chysgod yn tyfu'n fwy fyth, ac mae hynny'n ddigon i'r Grendilwch. Mae'n troi ac yn neidio trwy'r llenni iorwg, trwy'r porth ac o'r golwg, a'i sgrech yn cilio wrth iddo fynd.

Arhoswn ychydig eiliadau cyn rhoi bonllefau o hapusrwydd.

'Mi weithiodd! Mi weithiodd y tric!'

Mae Gwenno a Rŵ yn rhuthro ataf ac yn fy ngwasgu'n dynn, er mae Gwenno'n ofalus nad ydi hi'n gwasgu Dorito bach. Mae Cadno yn trio llyfu wynebau'r tri ohonom ar unwaith.

'Mae popeth yn iawn, Cadno,' chwarddaf. 'Ti efo fi. Ti ddim yn mynd i unrhyw le.'

Dw i'n clywed synau aneglur y tu ôl i mi ac yn troi i weld fy nhadau yn ymladd yn erbyn y rhaff sy'n eu dal.

'Arhoswch funud!' gwaeddaf a rhoi Cadno ar y llawr. Dw i'n rhedeg atyn nhw, ond yn hytrach nag edrych yn hapus mae eu llygaid yn llawn ofn. Maen nhw'n edrych ar rywbeth y tu ôl i mi, a'u bochau'n goch wrth iddyn nhw geisio sgrechian. Mae'r porth y tu ôl i mi.

Mae arogl pydredd yn fy llethu. Dw i'n teimlo gwynt poeth afiach yn erbyn fy ngwar ac mi ydw i'n troi'n araf.

Mae pen y Grendilwch yn edrych arnaf trwy'r llen iorwg. Yn nüwch gwag y llygaid trychfilaidd dw i'n gallu gweld adlewyrchiad ohonof fi fy hun.

Dw i'n edrych yn ofnus.

Pennod 23

Mae'r Grendilwch yn rhythu'n gas tros fy ysgwydd ar bopeth sydd y tu ôl i mi. Dw innau'n troi ac yn gweld Gwenno a Rŵ, wedi'u rhewi ag ofn, yr ochr arall i'r darn o dir gwastad. Mae Dorito yn ôl yn ei belen blastig rŵan, ac yn edrych yn fach iawn a hawdd i'w wasgu.

Dw i'n troi yn ôl i wynebu'r Grendilwch. Mae o'n fflachio'i ddannedd pigog. 'Mi wnest ti fy nhwyllo i, hogyn bach.'

'Mi.. mi...' dechreuaf, ond tydi'r Grendilwch ddim yn gwastraffu eiliad arall. Mae o'n gwthio'n ôl trwy'r llenni iorwg a mwyaf sydyn mae o ar fy mhen, yn fy ngwasgu i'r llawr efo'i freichiau cyhyrog. Mae blew hir a du, mor dew â choesau pryf copyn, yn cyffwrdd fy nghroen, ac mae fy stumog yn troi.

Mae'n rhuo yn fy wyneb, ei boer yn ddiferion ar fy mochau. Dw i'n trio cilio oddi wrtho, ond does dim posib dianc. Dw i'n cau fy llygaid. Dyma ni. Y diwedd.

Mae cyfarthiad cyfarwydd yn torri trwy awyr y nos, y tu hwnt i siâp mawr y Grendilwch. Mae'r anghenfil yn troi ei ben, ac mi ydw innau'n edrych heibio iddo fo.

Mae Cadno yno yng nghanol y darn tir, yn sefyll yn falch. Mae'n ffrwydro yn belen ffyrnig o dân. Anghofia'r Grendilwch amdana i'n syth, ac mae'n rhuo'n gandryll.

'Tyrd yma, y belen flew afiach!'

Mae Cadno'n cyfarth

ar y Grendilwch gan ei watwar. Cryna holl gorff y Grendilwch gyda chynddaredd, ac yna mae'n rhedeg tuag at y cenau bach a'i freichiau yn ymestyn amdano. Mae Cadno yn rhedeg yn ei flaen, rhwng coesau'r anghenfil, yn union fel y gwnaeth efo Rŵ a'r bêl, ac yn diflannu trwy'r bwa sydd yn arwain i mewn i'r tŵr gogledd-orllewinol.

Rhua'r Grendilwch yn wyllt ac yna troi'n sydyn. Mae'n llamu heibio i mi ac yn diflannu ar ôl Cadno, a'r tir yn crynu wrth iddo daranu heibio.

Dw i'n stryffaglu ar fy nhraed, yn benderfynol o achub Cadno. Edrychaf ar Dad a Tada. Mae'n ymddangos eu bod wedi'u brawychu, ond maen nhw'n saffach yn fan'na wedi'u clymu am y tro nag yn unrhyw le arall.

'Arhoswch chi efo nhw!' gwaeddaf ar Gwenno a Rŵ. 'Ond peidiwch â'u rhyddhau nes y do' i 'nôl. Dw i ddim am iddyn nhw fy nilyn i a chael eu hanafu.'

'Ond, Charlie —' dechreua Rŵ.

Erbyn hyn dw i'n rhedeg ar hyd y tir gwastad. 'Plis, gwnewch be dw i'n ofyn!' gwaeddaf ac yna mae'r awyr uwch fy mhen yn goleuo. Dw i'n clywed sŵn rhuo ofnadwy.

Dw i'n edrych i fyny'r tŵr. Yno, ar y rhan uchaf un, a fflamau fel mynydd tanllyd newydd ffrwydro yn tasgu ohono, mae Cadno. Mae siâp anferth yn ymddangos y tu ôl iddo fo, ac mi ydw i'n gweiddi rhybudd, ond maen nhw rhy bell i'w glywed. Rhaid i mi fynd yn nes i gael unrhyw obaith o'i achub.

Dw i'n mynd trwy'r bwa ac yn cychwyn i fyny'r grisiau troellog i ben y tŵr. Mae'r grisiau'n gul a serth. Maen nhw'n mynd ymlaen ac ymlaen nes fy mod i yn y diwedd yn gweld mymryn o oleuni uwch fy mhen. Ar ben y grisiau mae to crwn cyfarwydd a mur pigog o'i amgylch. Dw i'n sbecian dros ymyl y ris uchaf, gan ddal i guddio. Yr unig fantais sydd gen i yw nad yw'r Grendilwch yn disgwyl fy ngweld.

Mae'r Grendilwch yn sefyll yng nghanol y teras, â'i gefn ataf i. Doeddwn i heb sylwi o'r blaen, ond mae ganddo gynffon hir gyhyrog gyda bachyn o flew du cras ar ei blaen, ac mae'n ei chwipio yn ôl ac ymlaen.

Mae Cadno yn sefyll ar ymyl y teras, ei fflamau'n chwyrlïo o'i amgylch fel storm. Gallaf deimlo'r gwres o'r man lle dw i'n cyrcydu. Mae'r Grendilwch yn amlwg yn gallu gwrthsefyll gwres gan ei fod yn cymryd cam yn nes ato. Y tu hwnt i Cadno mae'r wal yn disgyn i lawr ymhell i fuarth canolog y castell sydd wedi'i amgylchynu gan y pedwar tŵr.

'Ty'd rŵan, y coblyn bach,' medda'r Grendilwch. 'Gad i ni fynd â chdi yn ôl i Bellgaer. Mi wna i berswadio'r brenin i dy flingo'n fyw oherwydd yr helynt ti wedi'i achosi i mi.'

Tydi o ddim yn gwybod fy mod i yma. Mae'n rhaid bod hynny'n rhoi rhyw fantais i mi. Mi fedra i stopio'r anghenfil afiach 'ma. Does ond angen i mi aros am yr adeg iawn. Mae'r Grendilwch yn cymryd cam arall tuag at Cadno.

Rŵan!

Dw i'n neidio yn fy mlaen gyda fy mreichiau ar led, a sgrech fuddugoliaethus yn dechrau yng ngwaelod fy ngwddw. Mae Cadno yn fy ngweld ac yn neidio allan o'r ffordd ar yr union adeg ag y mae fy nwylo'n taro yn erbyn cefn y Grendilwch.

Mae'r Grendilwch, wedi'i daro'n ddirybudd, yn baglu yn ei flaen. Mae ei bwysau'n ei dynnu dros ochr y tŵr, mae'n rhuo am y tro olaf, ac yn diflannu i'r tywyllwch.

Neu o leiaf dw i'n credu mai dyna sydd wedi digwydd. Dw i ar fin troi i roi cwtsh i Cadno pan mae rhywbeth yn bachu o amgylch fy fferau ac yn fy nhynnu trwy'r awyr. Llaw grafangog. Mwyaf sydyn dw i'n hyrddio tuag at ymyl y tŵr, a bloedd o ofn yn ffrwtian yn fy ngwddw.

Dw i'n llithro dros yr ochr, fy nwylo yn gwneud eu gorau i afael mewn rhywbeth – unrhyw beth. Mae fy mysedd yn darganfod hollt ac mi ydw i'n gafael yn dynn ynddo, yn crogi tri deg metr uwchben y buarth canolog islaw.

Mae fy nghalon yn curo yn fy ngwddw. Mae fy ngwaed yn rhuo yn fy nghlustiau. Mae fy ffêr yn teimlo fel ei bod ar fin torri, gyda'r rhan fwyaf o bwysau'r Grendilwch arni wrth i'w goesau ôl grafangu i gael troedle ar wal y tŵr. Mae ei chwerthiniad milain yn codi tuag ataf.

'Os nad ydw i'n cael y cenau bach, chei di mohono chwaith!'

Felly dyma ni. Alla i ddim ond gafael am ychydig eiliadau eto... mae fy mysedd yn llithro. Mi fydd o'n fy nhynnu i lawr efo fo.

Mae Cadno yn ymddangos uwch fy mhen, ei dân yn llosgi'n llachar. Mae o'n udo fel blaidd a'r sŵn yn boddi chwerthiniad ofnadwy'r Grendilwch, ac wrth i mi ymdrechu'n wyllt i dynnu fy hun yn ôl i fyny, mae fy migyrnau'n taro yn erbyn rhywbeth caled.

Mae fy llaw yn cau o'i amgylch, ac mi ydw i'n sylweddoli be ydi o – tamaid o graig o'r darn o wal y tŵr oedd wedi chwalu, o'r lle wnes i guddio'r garreg wedi'i pheintio. Mae hynny'n teimlo fel amser maith yn ôl. Dw i'n tynnu'r darn craig tuag ataf, gan dynhau fy ngafael ar yr hollt gyda fy llaw arall i rwystro fy hun rhag disgyn.

Dw i'n cofio'r patrwm wnes i beintio ar fy ngharreg. Tân. Doeddwn i ddim hyd yn oed yn gwybod am Cadno pan wnes i ei beintio. Roeddwn i'n fach ac yn ofnus, a rŵan mae'r bydysawd wedi fy arwain yn ôl i'r lle mae'r garreg wedi'i chuddio. A'r tro hwn mae fy nhân mewnol yn llosgi'n gryf.

'Fedri di ddim dal dy afael yn llawer hirach, hogyn bach!' gwaedda'r Grendilwch. 'Well i ti ffarwelio efo dy warchodwyr!'

A dyna'r cwbl sydd ei angen. Yr un gair yna.

'NID FY NGWARCHODWYR I YDYN NHW!' rhuaf, a thynnu'r darn craig yn rhydd a'i daflu i lawr gyda fy holl nerth.

Mae'r Grendilwch yn edrych i fyny ar yr eiliad olaf un. Sylweddola be sy'n digwydd, ac yna mae'r darn craig yn ei daro yn union rhwng ei ddwy lygad. Mae'n gwingo'n wirion, ac mi fedra i weld o'r ffordd mae ei gorff yn rhewi'n stond ei fod wedi cael ei daro'n anymwybodol. Mae ei afael ar fy ffêr yn llacio, ac mae o'n disgyn.

Dw i'n cau fy llygaid wrth i sŵn crensian afiach atsain trwy'r tywyllwch.

Dringaf yn ôl dros ochr y tŵr a rhowlio drosodd ar fy nghefn.

'*Dau dad* i mi ydyn nhw,' meddaf dan fy ngwynt, 'fy *nhadau*.' Dw i wedi ymlâdd.

Mae pelen dân yn fy nharo. Mae'n fy ngorchuddio efo cusanau, ei gorff bach tew yn crynu mewn hapusrwydd. Gallaf deimlo'r gwres trwy fy nillad, ond mae'n oeri fesul eiliad wrth iddo wneud ei orau i beidio fy llosgi.

'Chdi a fi, Cadno,' meddaf gan wenu ar y sêr. 'Fi a chdi.'

Pennod 24

Dw i'n casáu'r syniad o fynd i waelod y tŵr a gweld olion y Grendilwch, ond erbyn i mi gyrraedd ac edrych i mewn i fuarth canolog y castell mae'r Grendilwch fel petai wedi troi'n rhywbeth tebyg i olosg ac mae'n brysur chwalu'n lludw. Mae'r nos yn ddistaw eto, yn llawn heddwch, hyd yn oed.

Dw i'n codi Cadno yn fy mreichiau ac yn mynd trwy'r bwa i'r tir gwastad. Yno mae Gwenno a Rŵ yn eistedd wrth ymyl Dad a Tada ger y wal bellaf, a'u hwynebau'n llawn pryder wrth iddyn nhw stryffaglu i ddatod y clymau sy'n eu dal.

'Dal y golau'n llonydd, Rŵ. Fedra i ddim gweld be dw i'n wneud.'

'Wel, chdi sy'n symud trwy'r amser!'

'Charlie!' gwaedda Dad, a'i geg yn rhydd o'r tâp.

Mae eu hwynebau'n goleuo pan welan nhw fi, ond yna maen nhw'n dechrau edrych yn y cysgodion.

'Peidiwch â phoeni,' meddaf. 'Mae o wedi mynd.'

A bron na fedra i gredu hynny fy hun. Mae'r Grendilwch wedi mynd. Oherwydd *fi*.

'Charlie!'

Mae Gwenno a Rŵ yn fy ngwasgu'n ddigon caled i gracio fy esgyrn, bron. Mae Cadno yn y canol – ond tydi o'n poeni dim. Mae o'n mwynhau'r holl gariad, ac mae ei gynffon yn ysgwyd yn ôl ac ymlaen.

'Be ddigwyddodd?' hola Gwenno.

'Ydi o wir wedi mynd *mynd*?' gofynna Rŵ.

'O, mae o wir, *wir*, wedi mynd,' dw i'n eu sicrhau. 'Mi wna i ddeud y stori i gyd. Ond i ddechrau...'

Dw i'n eu gadael a mynd at fy nhadau. Dw i'n

gorffen datod clymau'r rhaff ac mae'r tri ohonom yn cofleidio ar y llawr. Y cofleidio tynnaf dw i wedi'i brofi erioed. A'r cofleidio gorau.

Ac yna daw i ben yn sydyn. Dw i ar fy nhraed ac yn cael fy nal hyd braich gan Tada. Mae o'n fy astudio'n fanwl, ac mae'n amlwg o'i wyneb ei fod yn pryderu a'i fod yn flin.

O na.

'Be ar y *ddaear* oeddat ti'n feddwl oeddat ti'n ei wneud? M-mynd ar ôl... ar ôl y *peth* 'na fel y gwnest ti? Mi ddylat ti fod wedi mynd at yr heddlu, fel wnaethon ni ddeud wrthat ti am wneud! 'Sa ti wedi gallu cael dy ladd, Charlie.' Mae ei lygaid yn llenwi â dagrau. 'Mi allai pob un ohonoch chi fod wedi cael eich lladd!'

'Dw i'n gwbod, dw i'n gwbod,' meddaf. 'Ond wnaeth o ddim digwydd! A rŵan 'dan ni i gyd yn fyw ac mae'r Grendilwch wedi mynd!'

'B-be ddigwyddodd i Tania? Be oedd... be oedd y *peth* wnaeth hi droi iddo?' hola Dad. 'Charlie, mae gen ti lawer iawn o waith esbonio.'

Mae Gwenno a Rŵ yn chwerthin wrth glywed yr enw Tania. Dw inna'n gwenu hefyd.

'Mi wna i esbonio popeth, dw i'n gaddo. Dim mwy o gyfrinachau. Ond i ddechrau mi hoffwn i chi gyfarfod rhywun.'

Dw i'n agor fy mreichiau'n araf ac mae Cadno yn sbecian allan o blygiad fy mhenelin ac yn edrych ar Dad a Tada.

'Cadno, dyma fy nhadau,' meddaf. 'Tada a Dad, dyma Cadno. A deud y gwir, mae o wedi bod yn byw efo ni ers ychydig wythnosau bellach. Ac wn i ddim a wnaethoch chi sylwi cynt, ond nid llwynog cyffredin ydi o. Llwynog tân ydi o. Y llwynog tân olaf, a bod yn fanwl gywir.'

Mae Tada yn camu'n ôl ddau gam. 'Dw i'n breuddwydio.'

Mae Dad yn edrych ar Cadno, â'i lygaid yn agored led y pen. 'Charlie, mi wyt ti mewn coblyn o helynt,' meddai mewn llais difrifol, ac mae fy nghalon yn suddo. 'Ti'n gwbod sut dw i'n teimlo am fflamau agored yn y tŷ. Ond mae gen i hefyd deimladau cryfion am anifeiliaid hoffus...'

Mae llygaid mawr Cadno yn ei swyno. Mi fedra i weld y peth yn digwydd. Mewn ychydig eiliadau fe fydd calon Dad wedi toddi'n llwyr.

'Gawn ni fynd yn ôl at yr hyn sydd wedi digwydd?' meddai Tada'n ddiamynedd. 'Charlie, mae gen ti waith esbonio —'

Mae o'n oedi pan mae Cadno yn codi'i ben ac yna'n codi'i bawen fel petai am ysgwyd llaw.

'Mae o eisiau deud helô,' meddaf wrth Tada. Dw i'n gweld mymryn o ofn yn llygaid fy nhad.

'Wneith o ddim dy frifo,' meddaf. 'Mae o'n hollol ddiniwed. Wel, fwy neu lai'n ddiniwed. Tydi'r tân ddim ond yn ymddangos pan mae o'n flin neu wedi dychryn, neu'n llwglyd. Ar hyn o bryd mae o'n teimlo'n ddiogel. Cyffwrdd o. Wneith o byth frifo pobl mae o'n eu caru.'

Mae Dad yn rhoi pwniad ysgafn i ysgwydd Tada, ac mae Tada'n camu ymlaen yn araf. Mae ei law yn crynu ychydig wrth iddo ymestyn ei fraich a rhoi mwythau i dalcen Cadno efo un bys. Mae ei wyneb yn meddalu pan mae o'n sylweddoli fod Cadno, yr eiliad hon, er gwaethaf y sioe dân flaenorol, yn teimlo fel cenau llwynog bach blewog cyffredin, ychydig cynhesach na'r arferol efallai.

'Fy llieiniau,' meddai, mwyaf sydyn.

'Be?' gofynna Dad, yn amlwg ar goll.

'Yr holl sanau a llieiniau aeth ar dân ar y lein ddillad y diwrnod o'r blaen,' meddai Tada, gan rythu ar Cadno. 'Fo oedd hwnna!'

O, na. Dw i wedi cael fy nal! 'Ia, wel... damwain oedd o...'

'Mi wyt ti mewn ffasiwn helynt, ddyn ifanc,' meddai Tada, ond yna mae'n gwenu. 'Ond gawn ni drafod hynny rhywbryd eto. Ar hyn o bryd dw i mor falch fod pawb yn ddiogel.'

Mae o'n tapio pen Cadno mewn ffordd braidd yn nerfus, ac yna mae Dad yn gwneud. Dw i'n gosod

Cadno ar lawr, ac mae Dad yn dechrau ei fwytho rhwng ei glustiau.

'Fel hyn,' meddaf, a rhedeg fy llaw o dop ei ben i fôn ei gynffon. 'Dyma mae o'n ei hoffi orau.'

Mae Dad yn gwenu ac yn fy nynwared, nes bod Cadno yn ymestyn mewn hapusrwydd. Am y tro cyntaf er wn i ddim pryd, mae pethau'n teimlo'n iawn.

Dw i'n cymryd anadl ddofn. 'Mae gen i gymaint i'w ddeud, ond mwya tebyg na fyddwch chi'n credu ei hanner o.'

'Ar hyn o bryd,' meddai Dad, yn dal i rythu ar Cadno, 'dw i'n meddwl y gwna i gredu unrhyw beth.'

'Wel, da iawn, ond falla nad dyma'r lle gorau i ddeud yr hanes i gyd.'

'Adre,' meddai Dad. 'Beth am ddechrau trwy fynd adre?'

'Arhoswch,' meddaf wrth i mi gofio rhywbeth. 'Ddim eto. Mae yna rwbath sydd rhaid i mi ei wneud.'

Dw i'n rhoi fy llaw yn fy mhoced ac yn tynnu'r garreg gloi y gwnes i ei darganfod yn y cyntedd.

Fedra i ddim gadael y porth yn agored neu fe allai rhywbeth arall ddod trwyddo. Ond sut ar wyneb y ddaear mae hi'n gweithio?

Mae sŵn rhywbeth yn symud yn yr iorwg, a llais cyfarwydd.

'Hei, fi bia honna!'

Dw i'n troi i edrych a dyna fo, yn ei gôt frown flewog, a'i lygaid mawr yn disgleirio fel dau oleudy.

'Teg!' gwaeddaf. Mae Cadno yn cyfarth yn llawen ac yn rhedeg at draed Teg.

Chwardda Teg wrth godi'r cenau i'w freichiau. 'Ti wedi tyfu, pwt!'

'Ffrind ysgol i ti?' sibryda Dad yn fy nglust wrth i Teg a Cadno ddawnsio o gwmpas.

'Ydi o'n *edrych* fel rhywun sy'n mynd i fy ysgol i?'

Mae Dad yn tynnu stumiau. 'Falla ddim.'

Mae Teg yn rhoi'r gorau i ddawnsio ac yn sefyll o fy mlaen

yn gwenu. 'Charlie, mae'n ddrwg gen i 'mod i ychydig bach yn hwyr.'

'Ychydig bach?' ebychaf. 'Lle wyt ti wedi bod? Dau ddiwrnod ddwedaist ti!'

Mae cysgod yn disgyn dros wyneb Teg. 'Ia, yndê. A choelia fi, wnes i ddim dewis bod yn hwyr. Ar ôl i mi dy adael di fe wnaeth y Grendilwch ddal i fyny efo fi, dwyn y garreg gloi, a fy ngadael gyda'r brenin. Dyna pam wnes i fethu dychwelyd fel roeddwn i wedi gaddo. Mae'n ddrwg gen i.'

Mae Teg yn edrych dros ei ysgwydd, ar y rhaffau iorwg a'r porth i Bellgaer. 'Unwaith eto, does gen i ddim llawer o amser. Dw i wedi dianc o fy ngharchar, ond mae dynion y brenin ar fy ôl. Dw i ddim am i unrhyw beth fy nilyn trwy'r porth —'

'Teg, roedd y Grendilwch yma,' meddaf. 'Mae o wedi bod yn ein hymlid yr holl amser.'

'Be?' Mae corff Teg yn mynd yn dynn i gyd ac mae' o'n edrych i'r cysgodion. 'Lle mae o rŵan?'

'Mae o wedi marw.'

Mae o'n edrych arna i mewn sioc. 'Wedi marw? Ond sut...' Mae'r syndod yn ei wneud yn ddistaw ac yna mae o'n ysgwyd ei ben a gwenu. 'Be ydi o bwys sut. Be sy'n bwysig ydi bod y ddau ohonoch chi'n iawn. Mi wnes i ofyn i ti edrych ar ôl Fflamgwt oherwydd mai chdi oedd yr unig berson oedd yna —'

'Ia, ia, dw i'n gwbod,' meddaf dan fy ngwynt.

Mae Teg yn gwenu. 'Ond dw i'n gallu gweld rŵan mai chdi oedd y person gorau ar gyfer y gwaith. Mae dy galon di mor llachar â chalon llwynog tân. Dim ond ychydig farwor oedd yna pan wnes i dy gyfarfod, ond erbyn hyn mae o'n dân poeth.'

'Allwn i ddim fod wedi'i wneud heb fy ffrindiau,' meddaf, gan edrych dros fy ysgwydd ar Gwenno a Rŵ. Mae'r ddau ohonyn nhw'n astudio Teg, yn llawn diddordeb ynddo fo. 'Mi wnaethon nhw helpu i ymladd y Grendilwch. Ac maen nhw wedi fy helpu i edrych ar ôl Cadno.'

'Mi wnes i hyd yn oed godi ei faw o'r ardd,' meddai Rŵ, a gwelaf Tada'n gwingo.

'Os felly mi fydda i'n ddyledus i chi am byth,' ateba Teg, a rhoi bow fach. 'A dw i'n gweld eich bod chi wedi'i ailenwi!'

'Doedd Fflamgwt ddim yn swnio'n iawn,' meddaf. Ac yna ychwanegu'n swil, 'Dw i'n gobeithio bod hynny'n iawn?'

Mae Teg yn edrych ar y cenau yn ei freichiau a gwenu. 'Cadno,' meddai. 'Mae o'n enw perffaith.'

Mae dagrau'n llosgi fy llygaid. 'Fe wnaeth o fy helpu i'n fwy na wnes i ei helpu o, 'sti.'

Mae Cadno yn aflonyddu ym mreichiau Teg ac yn crio ychydig, fel petai o am ddod yn ôl ataf i.

'Fe wnaethoch chi helpu'ch gilydd, Charlie. Ond rŵan dw i angen i ti wneud penderfyniad.'

Mae fy nghalon yn curo fel drwm.

'Mae'n rhaid dinistrio'r porth rhwng y byd hwn a fy myd i er mwyn rhwystro mwy o helwyr y brenin rhag dod trwyddo. Rhaid gwneud hynny heno. Beth sydd yn rhaid i ti ei benderfynu, Charlie, yw a ydi Cadno yn aros yn y byd hwn efo chdi, neu'n dod yn ôl i Bellgaer efo fi.'

Dw i a Cadno yn edrych i fyw llygaid ein gilydd. Dw i'n gweld fy hun wedi'i adlewyrchu yn y ddwy lygad fawr ond yn fwy na hynny – dw i'n gweld fy hun yn y belen fychan hon o dân a dewrder. Am y tro cyntaf dw i'n deall fy hun.

Roedd Cadno yn rhedeg i ffwrdd oddi wrth rywbeth pan ddaeth Teg â fo i mi, yn union fel yr oeddwn i. Roedd ganddo elynion, yn union fel yr oedd gen i. Roedd y ddau ohonom ar goll. Roedd gan y ddau ohonom ofn. Ond fe wnaethon ni helpu ein gilydd. Mae Cadno wedi helpu i roi tân yn fy enaid. Mae Teg yn iawn. *Mae* gen i dân yn fy nghalon, ac roedd angen i mi syrthio mewn cariad efo Cadno i sylweddoli hynny.

'Ga i ei ddal o?' gofynnaf i Teg, ac agor fy mreichiau.

Mae Teg yn nodio ac yn pasio'r belen fflwff fach, folgrwn i mi. Mae Cadno yn gwthio'i ben yn erbyn fy moch.

'Charlie, rhaid i ti ddeall bod pa bynnag benderfyniad wnei di heddiw yn barhaol,' rhybuddia Teg. 'Os wyt ti'n dewis cadw Cadno yma efo chdi, chdi fydd yn gyfrifol am warchod y llwynog tân olaf un. Am byth. Ond, os wyt ti'n gadael iddo ddod yn ôl i Bellgaer efo fi, fyddi di byth yn gallu gweld Cadno eto.'

Dw i'n edrych ar fy nhadau. Mae Dad yn gorffwys ei law ar ysgwydd Tada, ac mae Tada'n gafael yn dynn yn ei law.

'Dw i'n gwbod nad ydach chi'n deall,' meddaf

wrthyn nhw, 'ond fedra i ddim gadael iddo fo fynd yn ôl i Bellgaer. Plis. Tydi hi ddim yn ddiogel iddo fo yno.'

Gallaf weld y gwrthdaro yn eu hwynebau. Mae Cadno yn ddieithr iddyn nhw. Mae o'n dal yn ddieithr i mi weithiau, hefyd. Sut fedra i ddisgwyl iddyn nhw ei dderbyn, heb unrhyw fath o rybudd?

'Mi fydd o'n union yr un peth â chael ci bach,' mentraf. 'Heblaw y bydd yna ychydig o... wreichion.'

Mae Dad yn simsanu. Mae'n rhoi pwniad bach ysgafn i Tada. 'Mi ydan ni wedi bod isio ci erioed,' meddai.

'Ia, *ci,* yndê, Jac. Nid... nid hyn. Be os ydi o'n rhoi y tŷ ar dân?'

'Wel, mae o'n beth da bod gen i declynnau diffodd tân ym mhob stafell felly, tydi,' ateba Dad gan chwerthin.

'Fyddai Cadno byth yn gwneud hynny,' meddaf, ac mae o'n gwneud sŵn rhochian er mwyn cyd-weld. 'Mae o'n ystyried fy llofft i fel ei gartref. Fyddai o byth yn ei difrodi. Plis?'

Mae Dad yn gwthio'n wefus isaf allan i geisio

annog Tada i gytuno. Mae Tada'n griddfan, yn edrych unwaith ar Cadno – a dyna fo. Mae o wedi'i berswadio.

'O, iawn!' cwyna, ond does dim gwadu bod ei lygaid yn feddal, feddal. 'Ond tydw i ddim yn codi baw llwynog o'r ardd. Iawn?'

Mae fy nghalon yn dawnsio. 'Cadno, ti'n dod adre!'

Mae Cadno yn udo mewn buddugoliaeth, ac mi ydw innau'n chwerthin. Mae Dad yn chwerthin hefyd, ac mae hyd yn oed Tada'n methu rhwystro'i hun rhag gwenu. O fewn eiliadau mae pawb yn chwerthin. Mae Gwenno a Rŵ yn edrych fel pe baen nhw'n mynd i ffrwydro ag hapusrwydd.

'Wyt ti'n sicr mai dyma wyt ti am wneud, Charlie?' hola Teg.

'Yn fwy sicr nag ydw i wedi bod o unrhyw beth erioed.'

Mae Teg yn nodio. 'Felly mae'n rhaid i ni weithredu. Rŵan.'

Cerddwn ar draws y llain tir agored, y sêr wedi'u gwasgaru uwch ein pennau. Mae'r llenni iorwg yn siffrwd yn yr awel, a thywyllwch y porth yn sisial arnom o'r ochr arall.

'Unwaith dw i wedi mynd rhaid i ti ddinistrio'r porth,' meddai Teg. 'Wyt ti'n deall?'

'Sut ydw i'n gwneud hynny? Gyda'r garreg gloi?'

'Dim ond cau'r porth wneith y garreg gloi. Byddai unrhyw un gyda charreg gloi arall yn gallu ei agor eto. Does yna ond un ffordd o ddinistrio porth hud.' Gwena Teg, 'Rhaid defnyddio tân hudol.'

Dw i'n edrych ar Cadno ac yn nodio.

'Be sy'n mynd i ddigwydd i ti, Teg?' holaf, fy nghalon yn llawn tristwch mwyaf sydyn. 'Fedri di ddim mynd yn ôl i weithio i'r brenin.'

Mae Teg yn wfftio. 'Paid â phoeni amdanaf fi. Roedd y ceginau brenhinol yn lladd fy ysbryd. Mi fyswn i'n hapus iawn petai dim rhaid i mi olchi sosban fyth eto. Dw i'n credu y gwna i fynd i grwydro. Dw i'n fwy cartrefol mewn llefydd gwyllt. Falla y gwna i gyfarfod rhyw anifail truenus arall sydd angen i mi ymladd ar ei ran.'

Ar ôl iddo fo ddweud hynny, dw i'n gwenu. Tydw i ddim yn adnabod Teg yn dda, ond mi fedra i ddweud nad yw bywyd cyffredin yn ei weddu.

'Wel, amser ffarwelio felly,' meddai Teg, a phlygu i lawr i gosi Cadno rhwng ei glustiau. 'Edrych di ar ôl dy fod dynol, a bydd yn hogyn da. Ac mi ydw i'n gaddo y bydd o'n edrych ar dy ôl di.'

Mae Cadno yn cyfarth yn gyfeillgar, ac mae Teg yn chwerthin cyn troi yn ôl ataf i.

'Unwaith y bydda i o'r golwg, iawn?'

Dw i'n nodio ac mae Teg yn estyn ei law. Dw i'n gafael yn ei law ac am eiliad mae'r ddau ohonom yn sefyll yn llonydd, ddim wir yn ysgwyd llaw, dim ond gafael yn dynn.

'Diolch yn fawr, Charlie Challinor a dy ffrindiau,' meddai. 'Mae eich calonnau'n llawn tân. Peidiwch â gadael iddo ddiffodd byth.'

Ac heb ddweud gair arall mae Teg yn codi llaw ar bawb ac yn llithro trwy'r iorwg ac o'r golwg.

'Cadno,' meddaf, ac alla i ddim rhwystro fy llais rhag crynu. Mae'r cenau'n camu ymlaen fel petai'n gwybod yn union be i'w wneud.

Mae'n sefyll o flaen y llenni iorwg, ac mae ei flew yn dechrau gloywi gan daflu golau aur yn erbyn muriau'r castell. Mae ei fflamau'n ymddangos fel madarch mawr o wres a golau. Mae Cadno yn ysgwyd ei gynffon fawr, flewog a chyda un symudiad mae'r porth ar dân. Dw i'n gwylio wrth i'r iorwg losgi, yn rhaeadr o fflamau sydd yn wenfflam am hydoedd. Ond yna mae'r iorwg wedi llosgi'n ddim ac mae'r tân yn diflannu.

Lle bu porth unwaith, mae yna wal garreg.

Mae'r porth wedi mynd. Am byth.

Mae Cadno yma am byth.

'Dowch,' meddai Dad a rhoi ei law ar fy ysgwydd. 'Amser mynd adre.'

'Y peth cyntaf dw i'n mynd i'w wneud yw ffonio'ch rhieni i ddeud wrthyn nhw eich bod chi'n iawn,' meddai Tada wrth Gwenno a Rŵ. 'Mae'r tri ohonoch chi'n dal mewn helynt, cofiwch.'

Mae Gwenno a Rŵ yn griddfan wrthi ni groesi'r tir gwastad. Wrth i ni fynd heibio gwaelod y tŵr gogledd-orllewinol mae Gwenno yn sefyll ac yn dal ei gwynt.

Dw i'n troi. Mae pawb yn edrych yn bryderus.

'Gwenno, be sy'n bod?' gofynnaf.

Mae Gwenno'n edrych yn araf ar y tŵr, fel

petai'n rhoi'r cyfan at ei gilydd bob yn dipyn. Ac yna mae hi'n gwenu.

'*I ganfod y garreg rhaid mynd tua'r gogledd-orllewin,*' adrodda. 'Y garreg wnest ti ei chuddio – mae hi fyny'n fan'na, tydi? Charlie, sut oeddan ni'n fod i gael hynna?'

Dw i'n codi fy ysgwyddau. 'Dw i ddim yn gwbod am be ti'n sôn.'

Mae Gwenno'n edrych yn benderfynol a'i gwefusau'n fain. 'Dw i'n mynd i fyny yna peth cyntaf bore fory, ac wedyn dw i'n cael cuddio'r garreg nesa, iawn?'

'Does dim posib dadlau efo'r rheolau,' atebaf yn ddidaro.

Mae Rŵ yn taflu ei ben yn ôl ac yn griddfan. 'Charlie, mi wnes i ddeud wrthat ti am guddio'r garreg yn rhywle lle na fyddai hi *byth* yn cael hyd iddi hi!'

'Do, ond os wyt ti'n meddwl am y peth, petaet ti heb ddeud wrtha i am ei chuddio'n rhywle hurt, fyddwn i ddim wedi'i chuddio ar ben y twr. Fyddwn i heb ddarganfod y cerrig rhydd a heb ddefnyddio un i daro'r Grendilwch. Felly'n dechnegol, Rŵ, chdi wnaeth ein hachub ni i gyd!'

Mae Rŵ'n meddwl am funud ac yna'n dechrau nodio. 'Ia... ti'n iawn. Dw i'n arwr!'

'Arhoswch chi'ch dau,' meddai Gwenno mewn llais cynhyrfus. 'Dw i'n mynd i gael y guddfan orau erioed. Wnewch chi *byth* gael hyd iddi hi.'

Mi ydw i a Rŵ'n gwenu ar ein gilydd.

'Na wnawn, gobeithio,' meddaf o dan fy ngwynt, ac mae'r tri ohonom yn cerdded efo'n gilydd i mewn i'r nos.

Pennod 25

Mae sêr yn dal i loywi'r awyr pan gyrhaeddwn adref.

Mae Cadno'n gwasgu yn erbyn fy mrest. Mae'n edrych braidd yn syfrdan, fel petai'n cael trafferth cadw'i lygaid yn agored. Dw i ddim yn ei feio. Ar ôl y dyddiau diwethaf, dw i'n teimlo y gallwn i gysgu am wythnos.

Mae Gwenno a Rŵ'n dod adref efo ni. Mae Tada'n cadw'i air – y peth cyntaf mae o'n ei wneud yw ffonio eu rhieni. Mae Siân yn gandryll efo Gwenno. Doedd tad Rŵ heb sylweddoli ei fod ar goll, ac mae Tada'n ei sicrhau ei fod o'n ddiogel ac y bydd adref yn y bore.

'Felly oedd Tania yn anghenfil yr holl amser?' gofynna Tada ar ôl iddo orffen gwneud y galwadau ffôn. 'Mi wnes i estyn fy llestri te gorau ar ei chyfer!'

Awn i mewn i'r ystafell fyw. Mae Dad yn gwneud mygiau o siocled poeth i bawb. Dw i'n cymryd sip, ac yn mwynhau'r teimlad o wres yn lledu i bob rhan o fy nghorff.

'Mae gen i lawer iawn o waith esbonio,' meddaf. Mae Cadno yn belen ar fy nglin, ei fol yn codi a disgyn yn gyson. Dw i'n sylweddoli mai dyma'r tro cyntaf iddo eistedd efo fi ar y soffa. Mae o'n teimlo'n naturiol. Mae o'n teimlo'n *iawn,* yn teimlo fel ei fod o'n perthyn yn fan'ma efo fi.

Mae Dad bron â thagu ar ei siocled poeth. 'Oes, a deud y lleia!'

'Ac mae'n well i ti ddeud *popeth* wrthon ni, neu wir i ti, mi wna i roi'r gorau i brynu Coco Pops a gwneud i ti fyta uwd i frecwast,' meddai Tada.

Mae meddwl am hynny'n fy nychryn. Dw i'n edrych am funud ar Gwenno a Rŵ, sy'n eistedd ochr yn ochr ar y soffa, yn yfed eu siocled poeth yn ddistaw wrth i fi a fy nhadau siarad.

Dw i'n dechrau yn y dechrau. Dw i'n adrodd yr holl stori – hanes Teg, Pellgaer a'r Grendilwch. Dw i'n esbonio popeth sydd wedi digwydd yn ystod yr wythnosau diwethaf. Ac erbyn i mi orffen edrycha Tada fel ei fod ar fin bod yn sâl.

'Ym, dwedwch rywbeth, plis.'

'Yr... yr anghenfil,' meddai Tada. 'Ydi o wedi mynd go iawn rŵan?'

'Yndi,' meddaf yn bendant. 'Ac mae'r porth wedi'i gau am byth. All ddim byd ddod trwyddo rŵan.'

Mae Tada yn edrych arna i, yn edrych ar Cadno, yn edrych yn ôl arna i. 'Ac mae Cadno yn... yn ddiogel i fod yn ein canol ni?'

Mae Cadno'n cysgu'n drwm ar fy nglin, ac yn chwiban chwyrnu bob tro mae'n anadlu.

'Mae o'n amlwg yn anifail peryglus all ein lladd,' meddai Dad gan wenu. 'Yn sicr mae angen ei ofni.'

Dw i'n chwerthin ac mae Tada'n cochi. 'Mi fydd yn well i ni brynu 'chydig o deganau iddo fo, yn bydd?' meddai.

Dw i'n edrych i fyny. Mae Tada yn gwenu arna i.

Mae Dad yn gwenu arno fo. Mae Gwenno a Rŵ'n gwenu ar ei gilydd. Mae pawb yn gwenu, ac am y tro cyntaf ers hir iawn, mae fy nghalon yn teimlo'n llawn.

*

Er cymaint mae Dad a Tada eisiau gwneud gwely i Cadno i lawr grisiau, dw i'n mynnu ei fod o'n cysgu i fyny grisiau efo fi. Mae'r ddau ohonom wedi arfer efo hynny. Dw i ddim yn credu y gallwn i fynd i gysgu heb ei wres wrth fy ymyl bellach.

Dw i'n rhoi cusan nos da i'r ddau ac yn mynd i 'ngwely. Dw i'n teimlo fel cysgu am ddyddiau. Mae gan Gwenno a Rŵ sachau cysgu er mwyn iddyn nhw allu cysgu ar lawr fy llofft i, ac maen nhw'n mynd i gysgu'n syth. Mae holl gynnwrf y dyddiau diwethaf wedi ein llorio o'r diwedd.

Dw i'n gallu clywed fy nhadau'n siarad yn yr ystafell fyw oddi tanaf. Mae eu lleisiau'n swnio'n dawel ac yn ddifrifol.

Mae'n siŵr na fydd pethau yr un fath byth eto. Tydi hyn ddim fel cael anifail anwes cyffredin.

Mae'r llwynog tân olaf yn byw efo ni. Y tro diwethaf y gwnes i edrych yn y llyfrgell doedd yna ddim *Llwynog Tân Hapus – llyfr canllawiau*.

Efallai y gwna i ei ysgrifennu rhyw ddiwrnod.

Mi fydd yn cymryd ychydig o amser iddyn nhw arfer efo hyn, i gredu'r hyn sydd yn digwydd. Weithiau dw i'n dal i gael trafferth i'w gredu fy hun. Ond fe ddown nhw. Dw i'n gwybod y down nhw. Fy nhadau i ydyn nhw wedi'r cyfan, ac maen nhw'n anhygoel.

Dw i'n symud Cadno ychydig fel 'mod i'n gallu gorffwys fy ngên ar ei ben. Mae o'n rhochian. Dw i'n ei gusanu, yn union rhwng ei ddwy glust, ac mae'r ddau ohonom yn syrthio i gysgu efo'n gilydd. Dwy fflam yn un.

Mae Gwenno a Rŵ'n cael eu casglu'n fuan y bore wedyn, ac mae Cadno a finnau'n gwneud dim byd heblaw pendwmpian am ychydig ddyddiau.

Pan nad ydan ni'n cysgu, rydym lawr grisiau efo Dad a Tada. Er mawr syndod i mi, y diwrnod wedyn dw i'n darganfod gwely ci siâp toesen wedi'i osod yng nghornel yr ystafell fyw, a chasgliad o deganau ci ymfflamychol iawn yr olwg.

'Chdi sydd wedi prynu rhain i gyd?' gofynnaf i Tada.

Mae Tada'n edrych fel pe bai ganddo ychydig o gywilydd. 'Os ydi o'n aros, waeth iddo gael pethau neis. Dw i wedi prynu bwyd ci iawn iddo fo hefyd, felly gei di roi'r gorau i'w fwydo fo ar gorn-bîff.'

'Ro'n i wedi bod yn meddwl lle roedd yr holl duniau'n mynd!' meddai Dad. 'Doedd yna ddim digon i wneud brechdan i fynd i'r gwaith!'

Dw i'n chwerthin ac yn rhoi cwtsh fawr i'r ddau, ac yna'n gwylio Cadno'n cerdded draw at gwlwm mawr o raff liwgar a'i gwthio'n betrus efo'i drwyn. O fewn eiliadau mae o'n rhedeg yn wyllt o gwmpas yr ystafell fyw â'r tegan yn ei geg. Dw i ddim yn gadael iddo redeg o gwmpas *ormod* – mae'r brathiad

ar ei goes yn dal wedi chwyddo, ond mae'r tabledi gafodd o gan Siân yn help mawr.

Mae Dad hefyd yn ffonio'r asiantaeth fabwysiadu, a tydi o'n ddim syndod bod nhw'n gwybod dim byd am Tania Clec. Tydi'r gweithiwr sy'n ateb y ffôn yno ddim yn fodlon dweud llawer, ond o'r hyn mae Dad yn ei ddeall fe gafodd Non anaf i'w phen a tydi hi'n cofio dim byd am yr wythnosau diwethaf, ond fe ddylai ddod ati ei hun mewn wythnos neu ddwy. Maen nhw'n ymddiheuro ac yn dweud y bydd gweithiwr cymdeithasol arall yn ymweld â'n cartref yn fuan.

'Sut wyt ti'n teimlo ynglŷn â hynny, Charlie?' gofynna Tada.

'Dw i'n teimlo'n dda am y peth,' atebaf, a sylweddoli fy mod yn bod yn hollol ddidwyll. Mi ydw i'n teimlo'n *arbennig* o dda ynglŷn â'r peth. Tydi'r syniad o fod yn frawd ddim yn fy llenwi ag ofn ac arswyd bellach. 'Gwych, a bod yn onest. Dw i'n edrych ymlaen!'

Mae Dad a Tada'n gwenu'n llydan.

'A ninnau,' meddai Tada, ac mae o'n rhoi sws fach sydyn i fy nhad arall ar ei wefusau.

Ychydig wedyn, mae rhywun yn cnocio'r drws ffrynt. Mae Tada yn rhuthro i'w ateb, gan fy ngadael i a Dad yn rowlio pêl dennis ar hyd y llawr, ac yn chwerthin wrth i Cadno faglu ar ei hôl.

Dw i'n gwrando ar Tada'n cyfarch pwy bynnag sydd yna. Mae gan un o'n hymwelwyr lais mawr, cyfarwydd. Mae'r llais yn dod yn nes ac mae Tada wedi'i wadd i mewn. Mae drws yr ystafell fyw yn agor, a Tada'n ailymddangos.

'Charlie, mae 'na rywun – sawl rhywun, a deud y gwir – sydd yn awyddus iawn i dy weld,' meddai, a chamu i un ochr.

Yno'n sefyll yn y drws mae Siân, Gwenno a Rŵ.

Mae fy nghalon bron â ffrwydro. Mae'r tri'n codi llaw yn sydyn arna i, ond yna'n edrych yn syth ar Cadno.

'Helô, Charlie,' meddai Siân, a phlygu i lawr wrth ymyl Cadno. Tydi o ddim yn gwrthwynebu ei bod hi'n rhedeg ei llaw o'i ben yr holl ffordd i lawr i'w gynffon flewog. 'Sut mae'r peth bach yn dod yn ei flaen?'

'Mae o'n llawer gwell. Mae'r chwydd wedi mynd lawr,' meddaf. 'Diolch am edrych ar ei ôl,

Siân. Mi wnaethoch chi ei achub o.'

Mae Siân yn gwenu. 'Roedd o'n bleser. Hyd yn oed os gwnaethoch chi redeg i ffwrdd a bron iawn cael eich lladd.'

Mae fy mochau i'n llosgi, ond mae Siân yn gwenu.

'Oes yna unrhyw beth arall y medra i ei wneud?' gofynna.

Dw i'n ysgwyd fy mhen. 'Ddim diolch. Ond mae croeso i chi ddod yma i'w weld unrhyw bryd, cofiwch. Neu mi fedran ni ddod â fo i'ch gweld chi.'

Mae chwerthiniad Siân yn atsain o amgylch yr ystafell. 'O, paid ti a phoeni. Fydd dim posib fy nghadw i oddi wrth yr anifail bach gwych yma!'

Mae Cadno'n cyfarth yn hapus.

'Peidiwch – mae ganddo dipyn o feddwl ohono'i hun yn barod,' meddaf gan chwerthin.

'Mi fydd angen rhywun i warchod llwynog yn fuan,' ychwanega Tada. 'Well peidio cael llwynog tân yn crwydro o amgylch y tŷ pan mae'r gweithiwr cymdeithasol newydd yn galw, tydi?'

'Â chroeso,' gwena Siân. 'Wel, mi adawa i chi

rŵan. Dw i'n falch dy fod ti'n iawn, Charlie, a bod Cadno bach yn well. Mi wela i di nes ymlaen, Gwenno.'

Mae hi'n codi'i llaw ar bawb ac yn gadael yr ystafell. Mae Gwenno a Rŵ yn dal wrth y drws yn gwenu arna i.

'Dad? Tada?' meddaf.

Mae Tada'n rowlio'i lygaid. 'O mawredd, cer. Mae o'n amlwg bod eich rhieni chi'n codi cywilydd arnoch chi a'ch bod chi isio dianc.'

Mae Dad yn edrych yn syn. 'Siarad di drostat dy hun! Dw i'n dad cŵl.'

'Mae'r ddau ohonoch chi'n dadau cŵl,' meddaf a chodi Cadno yn fy mreichiau. 'Wela i chi nes ymlaen.'

Awn allan i'r cyntedd, ac mae Gwenno a Rŵ yn mwytho a chusanu Cadno. Maen nhw'n dal ati am amser hir. O'r diwedd maen nhw fel petaen nhw'n cofio fy mod i'n sefyll yna, hefyd.

'Ti'n iawn, Charlie?' gofynna Rŵ.

'Dw i'n iawn, Rŵ. A chdi?'

Mae Rŵ'n nodio.

'Gwenno?'

Mae Gwenno'n chwythu ei bochau allan yn hapus. 'Dw i wedi cuddio fy ngharreg. Mi ges i hyd i dy un di ar ben y tŵr. Wnewch chi *byth* gael hyd i fy un i. Ydach chi isio'r cliw?'

Dw i'n chwerthin yn nerfus. 'Ym, oes, ond beth am fynd o fan'ma i ddechrau?'

'Lle gawn ni fynd?' gofynna Rŵ.

'Beth am fynd am dro yn y parc?' awgrymaf. Mae clustiau Cadno'n codi. Dw i'n credu ei fod o'n deall 'mynd am dro'.

Yn y parc mae Cadno yn llamu ar hyd y gwair, yn rhedeg ar ôl gloÿnnod byw ac yn tisian pan mae o'n mynd yn rhy agos at gloc dant y llew.

'Fedrwch chi gredu mai hwn ydi'r anifail ffyrnig wnaeth ymladd y Grendilwch ychydig ddyddiau'n ôl?' chwarddaf. Mae Gwenno a Rŵ hefyd yn chwerthin wrth wylio Cadno yn ceisio cael gwared o hedyn dant y llew sydd wedi glynu i'w drwyn.

'Fedri *di* gredu dy fod ti, *Charlie fygythiol,* wedi ymladd y Grendilwch ychydig ddyddiau'n ôl?' gwena Gwenno a fy mhwnio'n chwareus.

'*Bygythiol,*' meddaf innau. 'Dw i 'rioed wedi cael fy ngalw'n hynna o'r blaen.'

Dw i'n anghofio am hynny wrth i mi glywed dau lais cyfarwydd ac annifyr ochr arall i'r coed, a rhyw sŵn curo a chlecian.

Mae Wil a Zac yn y parc sglefrio yn syth o'n blaenau.

'Falla bod yn well i ni droi rownd?' meddaf. 'Beth am fynd i rywle tawelach, lle y gall Cadno redeg —'

'Wel, sbïwch, mae bwyd gŵydd yma!'

Mae hi'n rhy hwyr. Maen nhw wedi fy ngweld.

Neidia Wil oddi ar ben y ramp uchaf, ei wallt golau'n disgyn dros ei dalcen. Mae Zac yn ei ddilyn, a'i fwrdd sglefrio o dan ei fraich. Mae'r ddau'n gwenu'n hyll, ac yn gwenu'n hyllach fyth pan maen nhw'n gweld Cadno yn sefyll wrth fy nhraed. Y tu ôl iddyn nhw mae rhai o blant eraill yr ysgol yn eistedd ar ben y rampiau.

'Hei,' meddai Wil, gan roi pwyniad i Zac efo'i benelin. 'Edrych, y llwynog 'na eto! Hwn ydi dy ffrind gorau di rŵan, bwyd gŵydd? Wyt ti wedi rhoi'r gorau i drio cael ffrindiau go iawn?'

Dw i'n teimlo fy nghorff yn mynd yn dynn. Wrth fy nhraed mae Cadno'n dechrau chwyrnu. Mae Wil yn chwerthin, ac yna mae Zac yn chwerthin.

'Gwranda arno fo!' meddai Wil, a nodio i gyfeiriad Cadno. 'Mae o hyd yn oed yn *swnio'n* bathetig. Dim syndod dy fod ti'n ei hoffi, bwyd gŵydd – dau beth da i ddim!'

Mae o a'i ffrind yn eu dyblau'n chwerthin. Mae fy nwylo'n cau'n ddyrnau.

'Charlie...' meddai Gwenno, gan afael yn fy ngarddwn. 'Ty'd, gad lonydd iddyn nhw.'

'A fo oedd yn gyfrifol am yr helynt yn y ffair haf, yndê?' Mae Wil yn dal ati. 'Aros di nes i mi ddeud wrth bawb mai chdi a dy anifail od achosodd y drychineb fwyaf mae'r dref 'ma wedi'i gweld ers blynyddoedd!'

'Dw i ddim yn meddwl dy fod ti isio gwneud hynny,' meddaf yn ddistaw.

Mae Wil yn rhewi. Yn amlwg doedd o heb ddisgwyl i mi ateb yn ôl. 'Be ddudist ti?'

'Deud bo' fi ddim yn meddwl dy fod ti isio gwneud hynny, Wil,' meddaf. 'Neu ddylwn i ddeud... *Wilberforce, siwgwr lwmp?*'

Mae Wil yn mynd yn welw ac mae Zac yn edrych arno mewn syndod.

'B-be wnest i 'ngalw i?'

'Mi glywaist ti,' meddaf. 'Neu fyset ti'n hoffi i mi ei ddeud ychydig yn uwch?'

Dw i'n edrych dros ysgwydd Wil ar y plant eraill sydd yn gwylio ac yn llawn diddordeb. Mae llygaid Wil yn lledu mewn pryder. Mae Cadno'n rhochian, fel petai o'n ystyried hyn yn ddoniol.

Dw i'n edrych i lawr arno fo. Mae o'n ymddangos fel cenau llwynog cyffredin. Efallai nad ydan ni'n edrych yn ddim byd arbennig, ond ychydig ddyddiau'n ôl mi wnaethon ni drechu anghenfil brawychus. Ac os fedran ni drechu'r Grendilwch, pam ddylwn i fod ofn y ddau ffŵl yma?

'Rŵan gad lonydd i mi, neu mi wna i ddeud wrth bawb be ydi dy enw iawn di,' meddaf.

Edrycha Wil i fyw fy llygaid. 'Ti ddim digon dewr,' ateba, ond mae ei lais o'n crynu.

Dw i'n gwenu. 'Nag ydw?'

Dw i'n gweld mymryn o ofn yn ei wyneb.

'Felly,' af yn fy mlaen, 'cer i grafu. A phaid â dod ar fy ôl i na fy ffrindiau byth eto. Yn arbennig fy ffrind pedair coes.'

Mae ceg Wil yn troi'n llinell syth, benderfynol.

'Sgynnon ni ddim ofn y llygodan fach yma, nag oes, Zac?'

'Ym, nagoes,' ateba Zac yn ansicr braidd.

'Wyt ti'n siŵr? Mae ganddo fo dymer... *danllyd* iawn.'

Mae Cadno'n cyfarth yn ffyrnig fel petai am atgyfnerthu be dw i'n ei ddweud. Mae Zac yn llyncu ei boer. 'Wil, falla dylen ni fynd...'

'Dw inna'n meddwl hynny,' meddaf. 'Tydi Cadno ddim yn hapus.'

Mae Cadno yn cymryd un cam tuag atyn nhw, ac mae Wil a Zac yn baglu 'nôl wysg eu cefnau mewn ofn.

'Mi oeddan ni'n mynd beth bynnag,' meddai Wil yn sydyn, ac fel maen nhw'n troi dw i'n plygu i lawr a rhoi fy llaw ar gefn Cadno.

'Ar eu holau nhw, Cadno!'

Mae Cadno'n rhuthro'n ei flaen gan gyfarth yn ffyrnig. Mae Wil a Zac yn sgrechian ac yn rhedeg. Mae Wil, mewn panig, yn neidio ar ei fwrdd sglefrio – ond mae o'n glanio'n flêr ac yn syrthio i ganol un o'r llwyni.

Mae Cadno'n aros, yn edrych arno'n dosturiol,

ac yna'n pi-pi ar y llwyn. Yn y cyfamser mae Zac wedi diflannu. Mae'r plant eraill yn chwerthin dros y lle.

'Da iawn chdi, Charlie!'

'Mae dy lwynog di mor *ciwt!* Lle gest ti o?'

Dw i'n gwenu, a dw i ddim hyd yn oed yn troi i edrych ar Wil wrth i mi gerdded i lawr y llwybr. Mae Gwenno a Rŵ yn rhuthro ar fy ôl.

'Roedd hynna'n anhygoel!' meddai Gwenno. 'Welist ti eu hwynebau nhw?'

'Wilberforce,' meddai Rŵ. 'Wilberforce ydi'i enw fo go iawn?'

'Ia, wel dyna mae ei fam o'n ei alw pan mae hi'n ei ffonio fo amser cinio!'

Mae Gwenno yn chwerthin dros y lle. 'Gwych! Dw i ddim yn credu y bydd o'n dy boeni di eto, Charlie.'

Dw innau'n chwerthin, oherwydd dw i'n gwybod ei bod hi'n iawn.

'Ond mae pawb wedi gweld Cadno rŵan,' meddai Rŵ.

'Tydi o ddim bwys,' meddaf. 'Does dim angen i mi ei guddio bellach. Mae o'n rhan o'n teulu ni, ac mi ydw i'n falch ohono fo. A chan fod y Grendilwch wedi mynd does dim rheswm iddo fo fod yn ofnus nac yn flin, felly fyddwn ni ddim yn gweld cymaint o'i gymeriad tanllyd.'

Mae Cadno'n rhedeg o amgylch mewn cylchoedd hapus wrth i ni ddal ati i fynd am dro trwy'r parc. Mae'r haul yn tywynnu, ac er mai ond am ychydig eto y bydd yr haf yma, mae Cadno yn mynd i fod yma am byth. Efo'n gilydd mi fedra i a fo wynebu'r byd – hynny ydi, cyn belled ein bod ni'n osgoi gwyddau.

Diolchiadau

Mae fy niolch yn gyntaf i Amber Caravéo, siwper-asiant hynod. Mi wnest ti fy helpu i ddysgu be ydi hanfodion stori, a byddaf mewn dyled i ti am byth am yr holl ddoethineb ac anogaeth. Dw i'n meddwl bod ni wedi gwneud yn iawn, yn do? Edrych, mae Cadno wedi darganfod cartref efo Penguin!

Mae wastad wedi bod yn freuddwyd gen i i gael un o'm llyfrau wedi'i gyhoeddi yn Gymraeg, felly dw i'n hynod ddiolchgar i dîm Firefly am wireddu'r freuddwyd honno. Penny Thomas, Emyr Williams, Amy Low – a phawb arall weithiodd ar y prosiect hwn – diolch i chi! Ac wrth gwrs, diolch yn arbennig i Sian Northey am greu campwaith o addasiad – defnyddiaist ein hiaith hudolus i roi bywyd i'r stori hon!

Roeddwn i wedi breuddwydio erioed am gael llyfr oedd yn cynnwys lluniau, ac mae Laura Catalán wedi rhoi bywyd i Cadno a'i ffrindiau mewn ffordd na fyddwn i wedi gallu ei dychmygu. Diolch i ti am dy hud a lledrith!

Diolch i'r bobl ddarllenodd y stori hon yn ystod y camau cynnar: Anna Britton, fe wnest ti helpu i siapio y penodau dechreuol; Lesley Parr, fy nghydymaith agosaf ar y daith hon, ac mae ein cyfeillgarwch yn rhoi llawenydd i mi bob tro (a'r adegau pan mae dy gath yn dangos ei thin i mi pan 'dan ni'n Skypio).

I bawb yng ngrŵp WhatsApp Team Skylark: dach chi i gyd yn hurt bost, ond yn y ffordd orau un. Mi ydw i'n sôn am eifr ym Mhennod 10 – ydi hynny'n cyfrif? Os nad ydi o, dyma ni: geifrgeifrgeifr. Diolch i chi gyd am fy annog!

I'r holl ffrindiau dw i wedi'u cyfarfod trwy Twitter ac Instagram: Mia Kuzinar, Benjamin Dean, Rosie Talbot, George Lester a chymaint o bobl eraill. Dw i wedi troi atoch i gyd yn eich tro yn ystod y daith hon tuag at gyhoeddi llyfr, a gobeithio y gallaf eich cyfarfod i gyd wyneb yn wyneb rhyw ddydd.

Ac, yn olaf, diolch i fy nheulu. I fy mam, am wrando ar fy niweddariadau ac am ei ffydd ddiysgog ynaf, i fy mrawd a'm chwaer am eu cefnogaeth ddiddiwedd, i fy mam-yng-nghyfraith am fod yn *cheerleader* rhyfeddol, ac i Nan a Grampa am fynd â fi i siopau llyfrau a finnau ond cenau llwynog tân bychan. Mi ydach chi gyd yn lysh.

Ac yn olaf, go iawn tro 'ma dw i'n gaddo, diolch i Tom a Parker. Mi ydach chi'n llenwi fy mywyd gyda chariad a goleuni a hapusrwydd. Dw i'n gobeithio fy mod i wedi gwneud y ddau ohonoch yn falch ohonof.